이디스 워튼

EDITH WHARTON

1862년 미국 뉴욕의 상류층 명문가에서 태어났다. 아버지의 서재에서 다양한 서적을 탐독하던 그녀에게 어머니는 결혼 전까지 소설 읽는 것을 금했다. 워튼은 어려서부터 문학적 재능을 드러냈으나 당시 상류층 여성이 작가가 되는 것은 환영받지 못할 일이었다. 1877년 열다섯의 나이로 첫 중편 소설 「제멋대로(Fast and Loose)」를 완성하고, 1891년에는 단편 「맨스테이 부인의 관점(Mrs. Manstey's View)」을 발표했다. 1905년 발표한 『환락의 집(House of Mirth)』이 성공을 거두었고, 6년 후에 발표한 『이선 프롬(Ethan Frome)』으로 주요 작가로서의 위치를 공고히 했다. 헨리 제임스, 싱클레어 루이스, 장 콕토, 앙드레 지드 등 저명한 문인들과 교류했던 그녀는 1885년 에드워드 워튼과 결혼했다가 1913년에 이혼한 후 유럽에서 지냈다. 제1차 세계 대전 당시 전쟁 난민들을 헌신적으로 돌보아 준 공로로 프랑스 정부에서 주는 레지옹 도뇌르 훈장을 받았으며, 1920년 『순수의 시대(The Age of Innocence)』를 발표하여 여성 최초로 퓰리처상을 수상했다. 1923년 예일대학교에서 명예 박사 학위를 받았고, 1930년 미국예술원 회원으로 추대되는 등 왕성한 활동을 이어 나갔다. 유럽 여러 나라를 다니며 여성 작가들을 독려했던 그녀는 1937년 75세의 나이에 뇌졸중으로 생을 마감하기 전까지 집필을 쉬지 않았다. 40년 동안 장편 소설 22권, 단편 소설집 11권, 여행기와 전기를 포함한 논픽션 9권 등 수많은 작품을 발표한 그녀는 헨리 제임스, 마크 트웨인과 함께 19세기 말에서 20세기 초 미국을 대표하는 작가로 손꼽힌다.

KB051132

버너 자매

버너 자매

BUNNER SISTERS

이디스 워튼 지음, 홍정아·김옥동 옮김

옮긴이 홍정아

숙명여자대학교 영문학과를 졸업했으며 전문 번역가로 활동 중이다. 역서로『퀸 메릴』, 공역
으로『맥티그』,『그리스인 조르바』등이 있다.

옮긴이 김욱동

한국외국어대학교 영문과 및 같은 대학원을 졸업하고 미국 미시시피대학교에서 영문학 석사,
뉴욕주립대학교에서 영문학 박사 학위를 받았다. 현재 서강대학교 인문학부 명예교수로 있다.
번역서로『위대한 개츠비』,『노인과 바다』,『허클베리 핀의 모험』,『앵무새 죽이기』,『동물 농
장』,『호밀밭의 파수꾼』,『아메리카의 비극』,『맥티그』(공역) 등 30여 권이 있다.

버너 자매

발행일
2021년 9월 30일   초판 1쇄
2024년 3월 8일   리커버 특별판 1쇄

지은이 · 이디스 워튼
옮긴이 · 홍정아, 김욱동
펴낸이 · 정무영, 정상준
펴낸곳 · (주)을유문화사

창립일 · 1945년 12월 1일
주소 · 서울시 마포구 서교동 469-48
전화 · 02-733-8153
FAX · 02-732-9154
홈페이지 · www.eulyoo.co.kr
ISBN 978-89-324-0530-8 04840 978-89-324-0330-4(세트)

차례

버너 자매

제1부

1

　뉴욕시가 활기 없는 마차처럼 느릿느릿 움직이고, 사람들이 음악 아카데미에서 소프라노 가수 크리스티나 닐슨*에게 박수 갈채를 보내며, 국립 디자인 아카데미 벽에 걸린 허드슨 리버 화파*의 풍경화 속 노을빛을 따사로이 쪼이던 시절이었다. 그 시절, 쇼윈도가 하나밖에 없어 사람들의 눈에 좀처럼 띄지 않던 조그마한 가게 하나가 스타이브센트 광장 근처 여성 고객들에게 꽤 알려져 사랑을 받았다.

　가게는 아주 작았고, 쇠락의 길을 걸을 수밖에 없는 뒷골목의 누추한 지하에 자리 잡고 있었다. 보통 사람들은 유리창 뒤에 전시된 갖가지 물건과 그 위에 걸린 아주 단순한 간판(검은 바탕에 얼룩덜룩한 금색 글씨로 "버너 자매"라고 쓰여 있을 뿐이었다)만 가지고선 도대체 무엇을 파는 가게인지 짐작하기가 어려웠다. 하지만 그런 것은 별로 중요하지 않았다. '버너 자매' 가게는 오로지 현지 주민을 위한 곳이어서, 물건을 팔아 주는 고객들은 그곳에 가면 어떤 종류의 '물건'을 살 수 있는지 거의 본능적으로 알아챘다.

'버너 자매' 가게와 지하에 같이 붙어 있는 집은 두 자매의 생활 공간으로 벽돌 벽에 초록색 덧문이 느슨하게 달려 있었으며, 가게 위쪽 유리창에는 "재봉사"라는 간판이 걸려 있었다. 나지막한 이 3층짜리 건물 양옆으로는 조금 더 높은 건물들이 서 있었다. 브라운 스톤으로 된 정면 벽은 금이 간 데다 페인트칠이 기포로 고르지 못했고, 주철 발코니와 뒤틀린 울타리로 두른 잔디밭이 있어 고양이들이 자주 돌아다녔다. 이 집들도 한때는 개인 집이었지만 이제 한 건물 지하에 싸구려 간이식당이 들어섰고, 다른 한 건물에는 등나무가 얼기설기 감싼 중앙 발코니 위로 "멘도저 패밀리 호텔"이라는 간판이 달렸다. 지하 출입구에 언제나 놓여 있는 쓰레기통들과 커튼도 없이 뿌연 창문을 보면 멘도저 패밀리 호텔에 종종 묵는 가족들은 취향이 그리 세련되지 못한 것이 확실했다. 하지만 그들은 분명 돈을 지불한 것만큼 깐깐하게 굴었을 테고, 호텔 주인은 그들이 그럴 만한 권리가 있는지 생각했을 터였다.

세 건물은 그 거리의 특성을 잘 보여 줬다. 길거리는 동쪽으로 뻗어 들어갈수록 초라하던 모습이 불결하게 확 바뀌었다. 불룩 튀어나온 가게 간판들, 코가 빨간 남자들과 깨진 단지를 든 창백한 어린 소녀들이 슬며시 문을 여닫는 술집이 점점 더 많아졌다. 길거리의 한중간은 이따금 우울한 풍경으로 가득 찼다. 아무도 돌보지 않는 그 슬픈 구간은 먼지와 지푸라기와 구겨진 종이들이 바람에 날려 소용돌이치며 풀썩이곤 했다. 하루가 끝나갈 무렵, 교통이 활발해질 때쯤이면 여기저기 금이 간 길바닥에는 알록달록한 광고 전단과 토마토 깡통의 뚜껑과 오래된 신발과 담배꽁초와 바나나 껍질들이 모자이크를 이루었고, 날씨 상태에 따라 진흙으로 바닥에 들러붙거나 풀풀 날리는 먼지로 뒤덮였다.

쓰레기들을 바라보며 우울해진 마음에 위안을 줄 수 있는 유일한 곳은 버너 자매 가게의 창문 너머 광경이었다. 가게의 창유리는 항상 깨끗이 닦여 있었다. 그리고 안쪽에 전시된 조화와 비늘 모양의 플란넬 천으로 만든 밴드들과 철사로 된 모자 틀과 수제 통조림들은 비록 박물관 진열장에서 아주 오래 머문 것처럼 가장자리가 회색으로 희미하게 바랬지만, 그 뒤편으로 보이는 잘 정돈된 계산대와 희게 칠한 벽면이 가게 부근의 음산함과 대조되어 보는 이의 기분이 상쾌했다.

버너 자매는 그 깔끔한 가게가 자랑스러웠고 소소한 돈벌이에 만족했다. 처음 기대에는 미치지 못한 데다 일찍이 품었던 야망보다 훨씬 볼품없는 모양새였지만, 적어도 가게 수입으로 임대료를 내고 빚 없이 먹고 살아갈 수 있었다. 높이 솟구치던 희망은 꺾인 지 이미 오래됐다.

회색빛 나날이 이어지던 그들에게 이따금 맑은 날이라고 할 수는 없어도 황혼 녘의 은빛 정도 되는 시간이 폭풍 같은 하루가 끝날 무렵 찾아오기도 했다. 언니인 앤 엘리자가 뒷방에 앉아 무엇인가를 하며 즐거워하던 1월의 어느 저녁이 그런 시간이었다. 뒷방은 그녀와 동생 에블리나에게 침실이자 부엌이자 거실이었다. 가게의 블라인드를 내리고 계산대를 깨끗이 정리하고 창가의 물건들은 낡은 천으로 살포시 덮어 놓았다. 하지만 가게 문은 염색업자에게 꾸러미를 맡기러 간 에블리나가 돌아올 때까지 잠그지 않았다.

뒷방에서는 스토브에 물 주전자가 끓고 있었다. 앤 엘리자는 중앙에 있는 식탁 한쪽 모서리에 천 조각을 올려놓고, 초록색 갓을 씌운 재봉용 램프 옆에는 찻잔 두 개와 접시 두 개, 설탕 통, 파이 한 덩어리를 놓아뒀다. 방 안은 온통 초록빛이었으며 구식 마호가니 침대 틀의 윤곽이 불빛으로 조금 희미해졌다. 침대 틀 위에는 나이트가운을 걸친 젊은 여자가 감정이 풍부한 눈을 데굴데굴 굴리며 빛나는 글씨로 "영원한 반석"이라고 새긴 바윗덩어리에 매달려 있는 크로모(다색 석판) 장식이 걸려 있었다. 그리고 커튼 없는 창문 곁에 놓인 흔들의자 두 개와 재봉틀은 어스름 속에서 검은 윤곽만 희미하게 드러났다.

늘 불안해 보이는 앤 엘리자의 작은 얼굴이 평소답지 않게 평온했다. 혈관이 불룩한 관자놀이로 흘러내린 옅은 머리칼이 램프 아래에서 반질반질하게 빛났다. 그녀는 식탁에 앉아 종이로 싼 울퉁불퉁한 물건을 평소처럼 어설프면서도 찬찬하게 끈으로 묶는 중이었다. 줄이 너무 짧아 묶는 데 애를 먹던 그녀는 가게 문고리가 찰칵거리는 것 같은 소리에 동생이 돌아왔나 싶어

동작을 멈췄다. 하지만 인기척이 없자 안경을 바로잡고 다시 꾸러미와 씨름하기 시작했다. 무엇인가 중요한 날을 기념하려고 그녀는 두 번 염색하고 세 번 뒤집어 만든 검은 실크 옷을 입었다. 옷이 얼마나 오래됐는지 르네상스 시대의 청동이라 할 만한 녹이 껴 있는 데다, 앤 엘리자의 라파엘 전파 몸매가 한때 만들어 놓았을 법한 곡선이 모두 사라져 버렸다. 하지만 이 뻣뻣한 실루엣 때문에 성직자 같은 분위기를 풍겼고, 그날이 중요한 날이라는 것을 강조하는 듯했다.

성직자 같은 검은 실크 옷, 깃에 둘러서 모자이크 브로치로 고정한 레이스 가닥, 복장과 한데 어우러진 그녀의 표정 때문에 앤 엘리자는 계산대 뒤에 서서 일에 지쳐 있을 때보다 열 살은 젊어 보였다. 검은 실크 드레스만큼이나 닳고 번들거리는 외모만 보고서는 그녀의 나이를 알아맞히기 어려웠을 터였다. 하지만 그녀의 광대뼈에는 기나긴 하루가 끝날 무렵 서쪽 하늘을 물들이는 노을같이 연한 붉은빛이 여전히 감돌았다.

꾸러미를 만족할 만한 모양새로 묶고 나자 그녀는 그것을 동생 그릇의 바로 맞은편에 눈에 띄게 슬쩍 올려놓고서는 짐짓 무심한 표정으로 창가 흔들의자에 가서 앉았다. 얼마 지나지 않아 가게 문이 열리더니 에블리나가 들어왔다.

동생은 언니보다 키가 조금 더 컸고, 코는 조금 더 두드러지고 턱과 입은 윤곽이 조금 덜 뚜렷했다. 그녀는 경망스러워 보일지라도 옅은 색 머리칼을 여전히 고불고불하게 만들었다. 아시리아 조각의 땋은 머리처럼 뻣뻣한 머리칼이 도트 베일 아래에 납작하게 눌렀다. 베일은 추위로 빨개진 코끝까지 내려와 얼굴을 덮고 있었다. 너무 작은 재킷과 검은 캐시미어 치마를 입고 있어 그녀는 빈약하고 초라해 보였다. 하지만 여건만 더 좋았더라면 얼마든지 더 어려 보일 터였다.

"뭐야, 언니, 대체 왜 옷을 차려입고 있는 거야?" 그녀가 항상 그러듯 가늘고 짜증스러운 목소리로 소리쳤다.

그러자 앤 엘리자가 뺨에 홍조를 띠고 의자에서 일어났다. 뺨의 홍조가 그녀의 금속 안경테와 어울리지 않았다.

"왜 에블리나, 왜 좀 이렇게 입으면 안 되니? 오늘이 네 생일이잖아." 그녀는 감정을 억누를 때마다 으레 그러듯 어색하게 팔을 쭉 내뻗었다.

에블리나는 언니의 동작을 눈치채지 못한 듯 좁은 어깨에 걸친 재킷을 뒤로 확 젖혔다.

"어휴, 이제 생일은 좀 그만 챙기는 게 어때?" 그래도 아까보다는 덜 짜증스럽게 말했다. "요즘에는 크리스마스나 겨우 챙길 수 있는 형편인데."

"에블리나, 그렇게 말하면 안 되지. 우리가 그 정도로 형편이 어렵지는 않아. 춥고 피곤한 모양이구나. 주전자 가져올 테니까 어서 앉아. 마침 물이 끓네."

그녀는 에블리나를 식탁 쪽으로 밀었다. 무기력하게 움직이는 동생을 곁눈질로 살피면서 두 손으로 바쁘게 주전자를 챙겼다. 잠시 뒤 그녀가 기다리던 탄성이 들려왔다.

"아니, 언니!" 에블리나가 접시 뒤에 놓인 꾸러미를 보고 나무

토막처럼 꼼짝 않고 섰다.

떨리는 마음으로 찻주전자에다 물을 옮겨 따르는 데 집중하던 앤 엘리자는 능청스럽게 놀라는 시늉을 했다.

"어머, 에블리나! 왜 그래?"

동생은 재빠르게 끈을 풀고 포장지를 벗겨 1달러 75센트쯤 주고 샀을 둥근 니켈 탁상시계를 꺼내 들었다.

"아 언니, 어떻게?" 에블리나는 시계를 내려놓았다. 자매는 식탁을 사이에 두고 흥분한 눈빛으로 서로를 바라봤다.

"오늘이 네 생일이잖아?" 언니가 되물었다.

"그렇긴 하지만……."

"너 날씨가 좋든 나쁘든 아침마다 광장까지 헐레벌떡 달려가서 시계를 봐야 했잖아. 작년 7월엔가 엄마 시계를 팔고 나서부터 말이야. 안 그래, 에블리나?"

"그렇지만……."

"'그렇지만'이라니. 우린 항상 시계가 필요했고, 이제 하나 생긴 거야. 그럼 됐지. 에블리나, 너무 예쁘지 않아?" 앤 엘리자는 물 주전자를 스토브에 도로 갖다 놓고서는 동생의 어깨 너머로 팔을 뻗어 시계의 둥근 가장자리를 만족스러운 듯이 만졌다. "얼마나 큰 소리로 똑딱거리는지 한번 들어 봐. 난 네가 집에 오자마자 이 소리를 들을까 봐 걱정했다니까."

"아니, 전혀 못 들었어." 에블리나가 중얼거렸다.

"아직도 기쁘지 않은 거야?" 앤 엘리자는 동생을 부드럽게 꾸짖었다. 그녀의 꾸지람에 신랄함이라곤 전혀 없었다. 에블리나가 무심하게 구는 건 말로 표현하지 못한 양심의 가책 때문이란 것을 잘 알고 있었기 때문이다.

"아니, 정말 기뻐, 언니. 그래도 이런 건 사지 말지 그랬어. 이 거 없이도 우리는 충분히 잘 지낼 수 있었잖아."

"에블리나 버너, 앉아서 차 마셔. 나도 너만큼이나 해야 할 일 이 뭔지, 해서는 안 될 일이 뭔지 가릴 줄 아니까. 나도 나이 먹을 만큼 먹었어."

"언니, 정말로 고마워. 하지만 이 시계를 사 주려고 언니가 필 요한 걸 포기한 거잖아."

"나한테 필요한 게 뭔데? 이 정도 멋진 드레스 하나 있으면 됐 잖아?" 언니는 긴장한 티를 내면서도 기쁜 듯 한껏 웃어 보였다.

그녀는 에블리나에게 차를 따라 주고 연유 그릇에서 연유를 떠서 넣은 다음, 파이를 아주 크게 한 조각 잘라 주었다. 그러고 나서 식탁 가까이 의자를 당겨 앉았다.

두 여자는 얼마간 말없이 먹기만 했다. 마침내 에블리나가 입 을 열었다. "시계는 정말 마음에 들어. 이게 생겨서 싫다는 말은 아니야. 다만 이걸 사려고 언니가 무슨 대가를 치렀을지 생각하 는 게 너무 싫어."

"아니야, 별로 안 들었어." 앤 엘리자가 대답했다. "굳이 알고 싶다면 말인데, 아주 헐값에 샀어. 요전 날 밤에 호킨스 부인이 부탁한 재봉질을 조금 해 주고 번 돈으로 산 거야."

"그 아기 블라우스 말이야?"

"그래."

"내 이럴 줄 알았다니까! 그 돈으로 언니 새 신발 사겠다고 맹세했잖아."

"그런데 새 신발이 별로 갖고 싶지 않았다면? 신던 것을 수선해서 꼭 새것처럼 만들어 놓았지. 그리고 말이야, 에블리나 버너, 네가 질문 하나만 더 하면 내 기분이 상할 것 같아."

"알겠어, 그만할게." 동생이 말했다.

두 사람은 더는 말하지 않고 음식을 먹었다. 에블리나는 언니가 먹으라고 해서 파이를 마저 다 먹었고, 차를 두 잔째 따른 뒤 마지막 설탕 한 덩어리를 넣었다. 두 사람 사이 식탁 위에서 시계가 붙임성 좋게 똑딱거렸다.

"언니, 시계 어디서 샀어?" 시계가 아주 마음에 들었던 에블리나가 물었다.

"어디서 샀을 것 같니? 광장 건너편에 거기 말이야. 아주 이상하게 생긴 작은 가게 있잖아. 그곳을 지나가다 창문으로 보고는 가게에 바로 들어가서 얼마냐고 물었어. 가게 주인이 아주 좋아하더라고. 정말로 친절한 남자더라. 독일 사람 같았어. 돈이 별로 없다고 했더니 그 사람도 불경기를 잘 이해하고 있더라고. 이름이 래미야, 허먼 래미. 가게 위쪽에 쓰여 있는 걸 봤어. 그리고 티파니 시계 매장에서 몇 년간 일했다고 하더라. 그러다가 3년 전에 무슨 열병에 걸려서 실직했대. 다 낫고 나서 복직하려 했더니 벌써 다른 사람이 대신하고 있었고, 더는 자신을 원하지 않더래. 그래서 그 조그마한 가게를 연 거래. 사람이 정말 똑똑해 보였어. 교육을 잘 받은 사람처럼 말하더라고. 좀 아파 보이긴 했지만."

에블리나는 집중해서 이야기를 들었다. 두 자매의 한정된 삶에서 그런 이야기는 결코 사소한 게 아니었다.

"그 사람 이름이 뭐라고?" 앤 엘리자가 말을 멈추자 동생이 물었다.

"허먼 래미."

"몇 살쯤 되어 보이는데?"

"글쎄, 그거야 정확히 알 수 없지. 꽤 아파 보였거든. 하지만 마흔은 넘지 않은 것 같아."

그때쯤 해서 두 사람은 접시와 찻주전자를 깨끗이 비웠다. 둘은 자리에서 일어났다. 앤 엘리자는 검은 실크 드레스에 앞치마를 두르고 조심스럽게 먹은 흔적들을 치웠다. 컵과 그릇을 씻어 선반에 올려놓고서는 흔들의자를 램프 곁으로 끌어가 쌓여 있는 수선거리들 사이에 앉았다. 한편 에블리나는 방 안을 이리저리 돌아다니며 시계를 둘 만한 마땅한 곳을 찾았다. 거의 옷을 걸치지 않은 독실한 젊은 여자의 크로모 장식 옆에는 장식 세공을 한 자단 장식장이 달려 있었다. 다른 마땅한 곳을 살피던 두 자매는 장식장 맨 위 선반에 오랫동안 마른 풀포기를 꽂아 두던 깨진 도자기 꽃병 대신 시계를 두기로 했다. 꽃병은 오랜 고민 끝에 파란색과 하얀색 구슬이 알알이 달린 천을 씌운 작은 탁자에 갖다 놓았다. 탁자에는 성경책과 기도 책 그리고 아버지가 학교에서 상으로 받았던, 삽화 딸린 롱펠로의 시집 한 권이 놓여 있었다.

이렇게 물건의 위치를 바꾸고 여러 각도에서 바뀐 모양새를 살핀 뒤 에블리나는 나른한 태도로 핑킹 기계*를 가져다 식탁 위에 올려놓고 그 앞에 앉아서 검은 실크로 된 주름 장식을 잘라내는 단조로운 작업을 시작했다. 길쭉한 천 조각들이 그녀 옆 바닥으로 스르르 흘러내렸고, 전망 좋은 곳에 자리를 차지한 탁상시계는 그녀의 손가락 밑에서 달깍거리며 사람을 낙담시키는 기계 소리에 박자를 맞췄다.

2

앤 엘리자의 삶에서 에블리나에게 시계를 사 준 것은 동생이 짐작하는 것보다 훨씬 더 중요한 사건이었다. 우선 앤 엘리자는 두 사람의 공용 자금에 굳이 보탤 필요 없는 돈을 자기 주머니에 챙겨 동생과 상의 한 번 하지 않고 마음대로 써 버릴 수 있다는 혼란스러운 쾌락을 맛봤다. 그런 다음, 가끔 가게를 나설 핑곗거리를 꾸며 낼 수 있을 때 몰래 밖을 쏘다니는 흥분도 맛볼 수 있었다. 염색업자에게 천 꾸러미를 가져가는 것도, 가게에서 구매한 보닛 모자라든가 가장자리를 지그재그 모양으로 자른 천 보따리를 들고 가는 걸 부끄러워하는 고상한 고객들을 위해 물건을 집까지 배달해 주는 일도 보통 에블리나가 해 왔다. 그래서 앤 엘리자에게 호킨스 부인의 젖니가 나는 아이를 보러 갈 구실마저 없었더라면 계산대 뒤의 자리를 떠날 핑곗거리를 만들기란 쉽지 않았을 터였다.

이렇게 어쩌다 한번씩 밖을 나와 걸어 다니는 것이 그녀의 삶에서 아주 특별한 일이 되었다. 가게에서 수녀처럼 조용히 지내다가 번잡한 거리에 나서는 것만으로도 그녀는 은근한 재미를 느꼈다. 하지만 브로드웨이*나 3번가의 집어삼킬 듯한 소음 속으로 빨려 들어갈 때면 재미를 느끼기에는 너무 부담스러워, 역류하는 인파와 소심하게 씨름하기 시작했다. 그녀는 커다란 쇼윈도를 한두 번 힐끗 쳐다보고서는 뒷골목의 피난처로 다시 휩쓸려 들어갔다. 숨이 차고 피곤한 상태로 마침내 자기 집 지붕 아래로 돌아왔다. 그녀는 작은 가게 안의 낯익은 고요와 에블리나의 달깍거리는 핑킹 기계 소리로 점차 안정을 되찾았지만, 어떤 장면과 소리는 방금 휩쓸렸던 급류에서 그녀에게로 떨어져 나오곤 했다. 그녀는 걸어 다니며 봤던 그 다양한 일을 머릿속에서 재구성하는 데 남은 하루를 다 보냈고, 급기야 죽 이어진 하나의 근사한 이야기로 만들었다. 그리고 그 뒤로 몇 주 동안 동생과 길게 대화를 나눌 때면 거기서 어떤 단편적인 기억을 떼어 내 얘기하곤 했다.

하지만 앤 엘리자는 어쩌다 외출할 적에 에블리나에게 줄 선물을 찾아야 했기 때문에 더욱 강렬한 흥미를 느꼈다. 그녀는 동생에게 숨긴다는 사실만으로 마음이 술렁거려 휴식할 수조차 없었다. 동생에게 선물을 준 다음, 선물 사는 것과 관련한 경험을 털어놓고 나서야 비로소 그녀는 삶에서 그토록 흥분되던 순간을 어느 정도 여유를 갖고 돌아볼 수 있었다. 그날 이후로 그녀는 래미 씨의 작은 가게를 떠올릴 때면 으레 어떤 잔잔한 기쁨 같은 것을 느꼈다. 그의 가게는 그녀의 가게처럼 시골티가 나는 데다 잘 알려져 있지 않았다. 다만 계산대와 선반에 겹겹이 쌓인 먼지 때문에 두 가게를 비교하는 일은 피상적인 것에 그치고 말았다. 그러나 그녀는 그의 가게 상태를 그렇게 엄격하게 평가하지는 않았다. 래미 씨는 세상에 자기 혼자뿐이라고 했고, 그녀가 아는 한 외로운 남자들은 먼지를 어떻게 해야 할지 잘 몰랐다. 그는 왜 결혼을 한 번도 하지 않았는지, 혹시 홀아비는 아닐지, 사랑스러운 자식들을 전부 잃은 것은 아닐지 생각하며 그녀는 꽤 많은 시간을 보냈다. 어느 쪽이 더 흥미로운 경우인지는 몰랐다. 하지만 어느 쪽이든 간에 그의 삶이 불행한 것만은 틀림없었다. 그녀는 그가 저녁 시간을 어떻게 보낼지 한참 헤아려보기도 했다. 그녀는 가게 안으로 들어서면서 어둑한 방 안에 흐트러진 침대가 있는 것을 얼핏 봤기 때문에 그가 가게 뒤편에서 살고 있다는 것을 알 수 있었다. 그리고 식은 튀김 냄새가 가게 안에 밴 것을 보면 음식을 직접 만들어 먹는 것 같았다. 그가 혹시라도 끓이지 않은 물로 차를 만들어 마시는 것은 아닐지 궁금했고, 그가 시장을 보러 나갈 때 가게를 봐 주는 사람이 있을지 의문을 품을 때는 질투심마저 느꼈다. 그러다 그가 에블리나와 같은 시장에서 식료품을 살지도 모른다는 생각이 번뜩 들었다. 두 사람이 둘 사이의 연결고리를 까맣게 모르면서 계속 만날 수도 있을 것 같았다. 생각이 이 단계에 이를 때면 그녀는 고개를 들어 시계를 쳐다봤다. 스타카토로 똑딱거리는 시곗소리가 어느덧 그녀의 마음속 깊이 자리 잡아 가고 있었다.

오랜 시간 묵상하며 심어 놓은 생각의 씨앗이 마침내 에블리나를 대신해서 아침 장을 보러 가야겠다는 비밀스러운 소망으로 싹텄다. 하지만 이런 소망이 의식의 수면 위로 떠오르자 그녀는 부끄러움에 생각을 멈추고 뒷걸음질 쳤다. 여태껏 수정처럼 맑은 그녀의 영혼 안에서 겉과 속이 다른 이중적인 계획은 한 번도 구체화된 적이 없었다. 어떻게 감히 그런 일을 생각할 수 있단 말인가? 게다가(그녀는 '게다가'라는 단어 다음에 말을 이어 나갈 적당한 논리력조차 없었다) 동생의 호기심을 자극하지 않을 만한 핑곗거리를 어떻게 만들 수 있겠는가? 하지만 이 두 번째 질문은 '언제쯤이면 나갈 수 있을까?'라는 세 번째 질문으로 아주 자연스럽게 이어졌다.

공교롭게도 확실한 구실을 만들어 준 것은 에블리나였다. 장 보러 가야 하는 어느 날 그녀가 잠자리에서 일어나면서 목구멍이 아프다고 한 것이다. 그날은 토요일이었고, 두 사람은 일요일마다 항상 스테이크를 조금씩 먹는 습관이 있었기에 시장 나들이를 미룰 수는 없었다. 그러니 앤 엘리자가 에블리나의 목에 낡은 스타킹을 둘러 주고 자기가 대신 정육점에 다녀오겠다고 해도 전혀 이상해 보이지 않을 듯했다.

"아 언니, 그 사람들이 언니한테 바가지 씌울 게 분명해." 동생이 투덜거렸다.

앤 엘리자는 슬쩍 웃으며 동생의 볼멘소리를 무시해 버렸다. 그러고 나서 단 몇 분 만에 방을 싹 정돈하고 마지막으로 가게를 힐끗 쳐다보고서는 어설픈 손동작으로 서둘러 보닛 모자 끈을 묶었다.

태양에 한 뼘도 자리를 내주지 않고 음산한 구름이 하늘을 덮은 그날 아침은 습하고 추웠지만, 아직은 눈송이가 어쩌다 떨어질 뿐이었다. 이른 아침 빛에 길거리는 철저히 버림받은 것처럼 누추하기 짝이 없었다. 하지만 스스로 책임질 필요 없는 더러움에 대해서는 눈곱만치도 상관하지 않는 앤 엘리자에게 길거리는 이상하리만큼 친근해 보였다.

몇 분을 걸어가자 그녀는 에블리나가 장을 보는 시장에 다다랐다. 만약 래미 씨에게 조금이라도 지리적 감각이 있다면 마찬가지로 그 시장에 올 터였다.

감자를 담은 원통들과 축 늘어진 생선 옆을 지나 앤 엘리자가 들어선 가게에는 손님 하나 없이 푸줏간 주인만 뒤편에 서서 피로 얼룩진 앞치마를 두르고 고기를 썰고 있었다.

그녀가 생선 비늘과 피와 톱밥이 모자이크처럼 뒤섞인 바닥을 지나 주인에게 다가서자 그는 큼직한 식칼을 내려놓으며 동정 어린 말투로 물었다. "동생이 어디 아프슈?"

"아, 심한 것은 아니고요, 그냥 감기예요." 그녀는 동생의 병명을 거짓으로 지어내기라도 한 것처럼 죄책감을 느끼며 대답했다. "평소처럼 스테이크 주세요. 동생이 그러는데 자기에게 주는 것처럼 제게도 좋은 걸로 주실 거라고 했어요." 그녀는 아이같이 솔직하게 말했다.

"아, 물론입죠." 정육점 주인은 식칼을 번쩍 들고 활짝 웃으며 말했다. "동생분은 고기 파는 우리만큼이나 고기를 잘 안다니까요."

그러다 앤 엘리자는 주인이 잘라서 고깃덩어리를 싸 준다면 아무런 수확 없이 실망하며 집으로 돌아가는 수밖에 없다는 데 생각이 미쳤다. 수줍음이 많아 그녀의 말솜씨로는 정육점 주인에게 이 말 저 말 걸며 시간을 끌기도 어려웠다. 때마침 구닥다리 보닛 모자와 망토를 걸친, 귀가 먼 노파가 들어와 준 덕분에 가게에 더 머물 수 있었다.

"이 할머니 먼저 해 주세요. 전 급하지 않거든요." 앤 엘리자가 속삭이듯 말했다.

정육점 주인은 새로 온 손님에게 다가갔고 뒤로 물러선 앤 엘리자는 두근거리는 마음으로 노파가 고기 간을 살지, 돼지갈비를 살지 한도 끝도 없이 고민하는 것을 지켜봤다. 좀 뚱뚱하고 지저분한 아일랜드인 소녀가 팔에 바구니를 걸고 정육점에 들어섰을 때도 노파의 고민은 계속되고 있었다. 새로 들어온 손님 때문에 노파의 주의가 잠시 흐트러졌다. 소녀가 떠나자 노파는 전문 이야기꾼만큼이나 중간에 방해받는 것이 싫었던 모양인지, 어느 부위를 살지를 두고 복잡한 고민을 처음부터 다시 하기 시작했다. 정육점 주인에게 조언을 구하면서, 돼지와 간의 상대적 이점을 처음부터 다시 헤아렸다. 노파가 한참 더 머뭇거리고 손님 두셋이 새로 들어와 방해해도 아무 소용이 없었다. 가게에 들어오는 손님 가운데 래미 씨는 없었다. 마침내 더 오래 머물러 있기가 머쓱해진 앤 엘리자는 마지못해 자기 스테이크를 달라고 하여, 아까보다 한층 굵어진 눈발을 뚫고 집으로 돌아왔다.

아무리 단순하게 생각해 봐도 그녀의 기대는 헛된 것이었다. 실망이 뒤따르는 우리의 행동에 비춰 보면 설령 래미 씨가 같은 시장에서 장을 본다고 쳐도 같은 날, 같은 시간에 올 거라고 생각한 게 어리석은 일이었다.

그 뒤로 별다른 사건 없이 재미없는 한 주가 흘러갔다. 낡은 스타킹을 목에 감은 덕분에 에블리나는 목이 다 나았다. 호킨스 부인은 한두 번쯤 가게에 들러 아기 젖니에 관해 이야기했고, 천을 지그재그로 잘라 달라는 주문이 몇 건 더 들어왔으며, 에블리나는 퍼프소매 블라우스를 입은 숙녀에게 보닛 모자를 팔았다. 퍼프소매 블라우스를 입은 숙녀('광장'에 사는 주민이었는데 자기가 산 물건들을 늘 직접 가지고 갔으므로 이름은 전혀 알 수 없었다)는 두 자매가 아는 한 가장 품위 있고 흥미로운 인물이었다. 앳돼 보이면서도 우아했고(그래서 그녀를 "숙녀"라 부르곤 했다) 사랑스러우면서도 슬픈 미소를 띠고 있었기에 두 자매는 그녀에 관해 수많은 이야깃거리를 지어냈다. 하지만 그녀가 시내로 돌아왔다는 소문(그녀는 그해 처음으로 가게에 모습을 드러냈다)에도 앤 엘리자는 별로 흥미를 느끼지 않았다. 그녀의 시간을 채워 주곤 했던 소소한 일상이 이제는 미치도록 무의미해 보였다. 그리고 몇 해 동안 힘들고 단조로운 일만 계속해 오던 중 처음으로 지루한 삶에 몸서리쳤다. 에블리나는 습관처럼 불평을 터뜨렸지만 앤 엘리자는 그런 불평을 젊은 시절의 특권쯤으로 여기며 너그럽게 받아들였다. 게다가 에블리나가 그렇게 한정된 삶을 살면서 시들어 가는 것은 신의 섭리가 아니었다. 원래의 계획대로라면 에블리나는 결혼하고 출산하고, 일요일마다 실크 옷을 입고 교회에서 주도적인 역할을 해야 마땅했다. 하지만 에블리나는 여태껏 '기회'라는 것에 속아 왔다. 에블리나는 그녀가 품은 원대한 염원과 정성 들여 곱실거리게 만든 헤어스타일에도 불구하고 앤 엘리자만큼이나 사람들 눈에 띄지 않고 인기가 없었다. 앤 엘리자는 자기 운명을 오래전에 받아들였지만 동생만큼은 그렇게 살지 않았으면 했다. 한 번은 교회에서 주일 학교 교사를 하던 젊고 유쾌한 남자가 수줍게 동생을 몇 번 찾아온 적이 있었다. 그것은 벌써 몇 년 전의 일이었다. 그 청년은 자매 눈앞에서 재빠르게 자취를 감추고 말았다. 그가 과연 에블리나에 대한 환상을 품고 떠나갔는지 어쨌는지 앤 엘리자로서는 전혀 알 수 없었다. 하지만 그의 관심 덕분에 에블리나는 '가능성'이라는 멋진 후광을 덧입게 되었다.

그 무렵 앤 엘리자는 자신을 불쌍히 여기는 사치를 부릴 꿈도 꾸지 않았다. 그것은 에블리나가 정성 들여 머리칼을 곱실거리게 만드는 것만큼이나 동생만의 특권인 듯했다. 그러나 이제는 오랫동안 에블리나에게만 베풀던 그 동정의 일부를 자기 자신에게 돌리기 시작했다. 그리고 자기에게도 그동안 놓쳐 버린 기회들을 되찾을 권리가 있음을 깨달았다. 일단 이렇게 위험한 선례를 만들고 나자 놓쳐 버린 기회들이 자꾸 머릿속에 떠올랐다.

앤 엘리자의 심경이 이런 단계에 이른 어느 날 저녁, 에블리나가 일하다 말고 고개를 쳐들더니 느닷없이 말했다. "어머나! 멈춰 버렸잖아."

앤 엘리자는 갈색 메리노 양모 솔기에서 눈을 들어 동생의 시선을 따라 방 건너편을 바라봤다. 두 사람은 일요일이면 늘 시계태엽을 감곤 했고, 그날은 월요일이었다.

"에블리나, 어제 태엽 감은 것 확실해?"

"당연히 감았지. 시계가 망가졌나 봐. 어디 한번 봐야겠어."

에블리나는 손질하던 모자를 내려놓고 선반에서 시계를 내렸다.

"이봐, 이럴 줄 알았다니까! 태엽이 꽉 조여 있잖아. 언니, 이거 왜 이럴까?"

"나도 모르지." 언니는 시계를 자세히 들여다보려고 안경알을 문질러 닦으며 말했다.

두 자매는 잔뜩 긴장한 채 고개를 푹 숙이고 마치 죽은 생명체를 살려 내려는 것처럼 시계를 흔들어 대고 돌려 봤지만, 시곗바늘은 요지부동이었다. 이윽고 에블리나가 한숨을 내쉬며 시계를 내려놓았다.

"어딘가 고장이 났나 봐. 안 그래 언니? 방이 너무 적막해!"

"응, 정말이네."

"어쨌든 원래 있던 곳으로 돌려보내 줄 거야." 에블리나는 고인을 위한 장례식을 집전하려는 사람의 어조로 말했다. "그런데 내 생각엔, 언니가 내일쯤 래미 씨 가게에 들러서 수리할 수 있는지 물어봐야 할 것 같아." 그녀가 덧붙였다.

그러자 앤 엘리자의 얼굴이 화끈거렸다. "내가…… 그래, 내가 가 봐야겠지." 그녀는 허리를 숙이고 바닥에 떨어진 솜뭉치 하나를 주워 올리면서 말을 더듬거렸다. 납작한 가슴을 덮은 알파카 털옷의 솔기까지 심장의 떨림이 뻗쳐 나갔고, 양쪽 관자놀이에서는 갑자기 맥박이 살아서 팔딱거렸다.

그날 밤, 앤 엘리자는 에블리나가 잠들고 난 한참 뒤에도 전에 없던 고요 속에서 한참을 깨어 있었다. 고장 난 시계는 재잘거리며 시간을 말해 주던 때보다도 존재감이 더 강렬했다. 이튿날 아침, 그녀는 시계를 들고 래미 씨 가게에 갔는데 가게가 연기처럼 사라져 버린 끔찍한 꿈에서 깨어났다. 그녀는 하루 종일 일하는 내내 그 꿈에 시달렸다.

점심을 먹자마자 앤 엘리자는 시계를 가지고 가기로 했다. 하지만 식사를 하고 있는데 시력이 좋지 않은 어린 여자가 옷핀이 잔뜩 달린 검은색 앞치마를 걸친 채 소리치며 불쑥 가게 안에 들이닥쳤다. "어쩜 좋아요, 버너 이모! 미스 멜린스가 또 시작했어요!"

미스 멜린스는 위층에 사는 재봉사였고, 시력이 나쁜 아가씨는 그녀의 어린 견습생이었다.

앤 엘리자는 자리에서 벌떡 일어났다. "금방 갈게. 에블리나, 어서 빨리 코디얼* 가져와!"

그것은 두 자매가 체리브랜디 병을 두고 하는 말이었다. 할머니가 물려준 열두 병 중 마지막 남은 것으로 이런 응급 상황을 위해 찬장에 숨겨 뒀다. 잠시 뒤, 앤 엘리자는 손에 코디얼을 쥐고 시력이 나쁜 아가씨를 따라 서둘러 위층으로 올라갔다.

미스 멜린스의 '발작 상태'가 너무 심각해 앤 엘리자는 두 시간 가까이 그곳에 있어야 했다. 그녀가 양이 얼마 남지 않은 코디얼 병을 들고 가게로 내려올 왔을 때는 벌써 어스름이 내렸다. 늘 그렇듯 가게에는 손님이 없었고, 에블리나는 뒷방에서 핑킹 기계 앞에 앉아 있었다. 앤 엘리자는 재봉사를 회복시키려 애를 쓴 나머지 여전히 흥분이 가라앉지 않은 상태였다. 온 정신이 팔려 있었는데도, 방에 들어서자마자 그녀가 둔 그대로 시계가 선반 위에서 큰 소리로 똑딱거리는 것을 듣고 흠칫 놀랐다.

"어머, 움직이네!" 에블리나가 미스 멜린스에 대해 묻기도 전에 앤 엘리자가 숨 가빠하며 말했다. "저절로 움직이기 시작했어?"

"그건 아니고, 시간을 모르는 게 좀 답답해야 말이지. 시계가 옆에 있는 것에 너무 익숙해졌단 말이야. 언니가 위층에 올라가자마자 호킨스 부인이 들렀어. 그래서 잠깐 가게 좀 봐 달라고 부탁하고 시계를 챙겨 래미 씨 가게로 달려갔지. 시계에 문제가 있었던 건 아니고, 부품 사이에 먼지가 살짝 껴 있었대. 그 사람이 금방 고쳐 줘서 바로 가져왔어. 시계 소리를 다시 들으니까 좋지 않아? 그건 그렇고, 미스 멜린스는 어떻게 된 거야? 빨리 말해 봐!"

앤 엘리자는 잠시 할 말이 떠오르지 않았다. 그녀는 기회를 송두리째 날리고 난 뒤에야 자기가 거기에 얼마나 많은 희망을 걸고 있었는지 깨달았다. 하지만 그때까지도 자신이 왜 그 시계 수리공을 그토록 보고 싶어 했는지 알 수가 없었다.

'그건 아마 여태껏 나한테 어떤 일도 일어난 적이 없었기 때문일 거야' 하고 그녀는 생각했다. 그러면서 그들의 삶에 찾아온 모든 기회를 에블리나만 독차지하는 운명 때문에 에블리나에게 찌릿한 질투를 느꼈다. '주일 학교 교사도 쟤가 차지했었잖아.' 앤 엘리자는 속으로 이렇게 생각했다. 하지만 포기하는 일에 길든 그녀는 동생이 눈치채지 못할 만큼 짧게 침묵한 뒤에 재빨리 재봉사의 발작에 대해 자세히 말하기 시작했다.

에블리나는 호기심이 일어날 때면 지칠 줄 모르고 질문을 해 댔다. 그래서 저녁 식사 시간이 되어서야 겨우 미스 멜린스에 관한 질문을 마쳤다. 자매가 저녁 식사를 하려고 식탁에 앉자 앤 엘리자는 드디어 이야기를 꺼낼 기회를 잡았다. "그러니까 먼지 한 점 끼었을 뿐이었다는 거지."

에블리나는 그것이 미스 멜린스에 관한 이야기가 아니라는 것을 곧바로 알아챘다. "응, 맞아. 적어도 그 사람 생각엔." 그녀는 여느 때처럼 찻주전자에서 첫 번째 잔을 따라 마시고 나서 대답했다.

"생각이라니?" 앤 엘리자가 중얼거렸다.

"확실한 것은 아니랬어." 에블리나가 찻주전자를 무심결에 언니 쪽으로 밀며 이어 말했다. "그러니까 그게 뭐더라…… 이름을 말해 줬는데 까먹었어. 아무튼 다른 것에 문제가 있을 수도 있대. 그 사람이 가게에 들러 봐 주겠다는 거 같았어. 내일모레 저녁 식사 시간 이후에."

"누가?" 앤 엘리자가 숨이 막혀 움찔하며 물었다.

"누구긴, 당연히 래미 씨지. 언니, 그 사람 정말 좋은 사람 같던데. 마흔은 절대로 안 넘었을 것 같아. 하지만 진짜 아파 보이긴 하더라. 가게에 온종일 혼자 있으니 굉장히 외로울 것 같기도 하고. 나한테도 그런 식으로 말했어. 그리고 왠지," 에블리나는 동작을 멈추고 고개를 쳐들었다. "그 사람, 시계 봐 주러 들르겠다는 말은 그냥 핑계인 것 같아. 내가 가게에서 막 나서려고 할 때 그렇게 말했거든. 언니, 어떻게 생각해?"

"아, 내가 그걸 어떻게 알아." 앤 엘리자는 속내를 들키지 않으려고 차갑게 대꾸할 수밖에 없었다.

"글쎄, 내가 남들보다 똑똑한 척하는 건 아니지만 말이야," 에블리나가 머리칼에 의식적으로 손을 갖다 대며 말했다. "허먼 래미 씨가 그 비좁은 가게 안에 있는 것보다야 저녁 시간에 여기 들르는 게 낫겠지."

앤 엘리자는 동생의 그런 자의식이 짜증 났다.

"그 사람, 친구가 많을 수도 있어." 앤 엘리자는 매몰차다시피 하게 말했다.

"아니거든, 그 사람 친구 거의 없어."

"그 사람이 그런 것까지 말해 주든?" 자신의 귀에도 말투가 어렴풋하게나마 비꼬듯이 느껴졌다.

"응. 그렇게 말했어." 에블리나가 눈을 내리깔며 미소 지었다. "누군가와 대화하고 싶어서 안달인 것 같더라. 내 말은, 마음이 맞는 사람하고 말이야. 언니, 내가 보기엔 그 사람 불행한 것 같았어."

"나도 그렇게 생각해." 앤 엘리자가 대뜸 말했다.

"교육을 받은 사람 같아 보이던데. 내가 가게에 들어갔을 때 신문을 읽고 있더라고. 티파니 시계 매장에서 몇 년 동안 일하면서 매니저 노릇까지 했다는 남자가 그런 조그만 가게에 처박혀 있다니 너무 안쓰럽지 않아?"

"그 사람이 그런 것까지 다 말했단 말이야?"

"응, 내가 앉아서 들어줄 시간만 있었더라면 자기 인생 이야기를 다 끄집어냈을지도 몰라. 언니, 말했잖아. 그 사람 엄청 외롭다니깐."

"그렇겠지." 앤 엘리자가 말했다.

3

이틀 뒤, 앤 엘리자는 저녁을 먹으려고 식탁에 앉기 전 에블리나가 옷깃 아래 붉은 리본을 단 것을 알아차렸다. 식사를 마치자 평소에는 뒷정리를 그다지 상관하지 않던 동생이 잔뜩 긴장한 채 서두르며 앤 엘리자를 도와 그릇을 치웠다.

"음식이 지저분하게 널린 꼴을 못 보겠어. 이 단칸방에서 모든 걸 해야 한다니, 정말 지긋지긋하지 않아?" 동생이 투덜댔다.

"에블리나, 이만하면 우린 아주 편하게 지내고 있는 거야." 앤 엘리자가 반대하듯 한마디했다.

"그래 맞아, 편하게 지내고 있지. 그렇다고 해서 우리에게 응접실 하나쯤 더 있었으면 좋겠다고 말하면 안 돼? 아무튼, 침대

가릴 칸막이 정도는 곧 살 수 있겠지."

앤 엘리자는 얼굴을 붉혔다. 에블리나의 말에는 무엇인지 몰라도 사람을 무안하게 만드는 구석이 있었다.

"우리가 가진 것보다 더 많은 걸 바라면 어쩐지 우리가 갖고 있던 것마저 빼앗길 것 같은 생각이 들어." 언니가 조심스럽게 말했다.

"글쎄, 이 집에선 빼앗아 갈 만한 물건도 별로 없을 텐데." 에블리나가 웃음을 띠고 식탁보를 문질러 닦으면서 대꾸했다.

얼마 뒤, 뒷방은 평소처럼 흠 없이 말끔해졌고 두 자매는 램프 곁에 앉았다. 앤 엘리자는 바느질을 하기 시작했고, 에블리나는 조화를 만들 준비를 했다. 자매는 보통 조화를 만드는 이 섬세한 작업을 해가 긴 여름철로 미뤄 두곤 했다. 그런데 그날 에블리나는 겨우내 침대 밑에 놓여 있던 상자를 꺼내 와 밝은색 면직물 꽃잎, 노란색 수술, 초록색 꽃부리, 치과에서 쓸 것 같이 생긴 신기한 도구들이 담긴 쟁반을 앞에 펼쳐 놓았다. 앤 엘리자는 동생의 평소답지 않은 행동에 아무 말도 하지 않았다. 동생이 그날 저녁 왜 조금 더 우아해 보이는 작업을 골랐는지 짐작이 갔기 때문이다.

얼마 지나지 않아 바깥문을 두드리는 소리가 났고 두 자매는 고개를 들었다. 먼저 일어선 에블리나가 즉시 말했다. "기다려, 언니. 내가 가서 누군지 알아볼게."

앤 엘리자는 일어날 필요 없이 앉아 있는 것이 다행스러웠다. 바느질하고 있던 아기용 페티코트를 잡은 손이 떨렸다.

"언니, 래미 씨가 시계를 봐 주러 오셨어." 잠시 뒤 에블리나가 낯선 사람 앞에서 내곤 하는, 늘어지는 고음으로 말했다. 키가 짤막한 남자가 쭈뼛거리며 들어왔다. 창백한 얼굴에 수염이 나고 옷깃을 세우고 있었다.

앤 엘리자가 일어서자 일감이 바닥에 떨어졌다. "래미 씨, 어서 오세요. 직접 들러 주시다니 감사해요."

"천만에요." 시계 수리공은 '그림의 법칙'에 따라 자음을 바꿔 발음하려 해도 마음대로 되지 않아 국적이 드러났다. 하지만 그는 분명 영어, 적어도 버너 자매에게 친숙한 특정 사투리를 어느 정도 구사할 수 있었다. "난 말이요, 내 시계를 가져간 고객이 분명히 만족해야 한다고 생각해요." 그가 덧붙여 말했다.

"아, 네, 저흰 매우 만족해요." 앤 엘리자가 그를 확신시켜 주었다.

"하지만 내가 만족이 안 돼요." 래미 씨가 방안을 천천히 둘러보며 말했다. "시계가 제대로 돌아가는 걸 볼 때까진 만족할 수가 없어요."

"래미 씨, 혹시 코트 좀 받아드릴까요?" 에블리나가 끼어들었다. 에블리나가 보기에 언니는 도통 손님을 맞는 이런 에티켓을 제대로 기억하는 법이 없었다.

"감사합니다." 그가 대답했다. 에블리나는 그의 올 나간 코트와 허름한 모자를 받아서, 퍼프소매를 입는 숙녀가 비슷한 상황에서 보여 줄 법한 자세로 의자에 놓았다. 그제야 예절 감각이 돌아온 앤 엘리자가 그다음 순서의 에티켓은 자기가 보여 주리라 마음먹었다. "자리에 앉으시겠어요? 동생이 시계를 갖다 드릴 거예요. 하지만 시계는 이제 아무 문제 없어 보여요. 래미 씨께서 고쳐 주신 뒤로 무척이나 우아하게 잘 가거든요."

"그거 다행입니다." 래미 씨가 말했다. 입을 벌리고 웃자 줄지은 누런 잇새로 한두 개 빈틈이 보였다. 하지만 앤 엘리자는 그런 빈틈을 보고도 그의 미소가 무척이나 유쾌하다고 생각했다. 어딘지 애처롭고 사람의 마음을 끄는 것이, 연민을 자아내는 푹 꺼진 뺨과 툭 튀어나온 눈과 제법 잘 어울렸다. 그가 에블리나에게 시계를 받아 램프 아래 고개를 숙였을 때, 불빛은 불거져 나온 이마와 잿빛 머리칼로 드문드문 뒤덮인 커다란 두개골을 비추었다. 두 손은 크고 핏기가 없었으며, 네모나고 옹이가 박힌 손끝에는 검은 때가 껴 있었다. 하지만 손길은 여성만큼 부드러웠다.

"숙녀분들, 시계는 문제 없습니다." 그가 단정적으로 말했다.

"정말 감사드려요." 에블리나가 언니를 한 번 힐끗 쳐다보며 말했다.

"네, 정말로요." 앤 엘리자는 에블리나가 던지는 눈길에 마지못해 중얼거리며 맞장구쳤다. 그녀는 허리에 재단용 가위들이 달린 꾸러미에서 열쇠 하나를 골라 잠가 둔 찬장을 열고 체리브랜디와 포도 넝쿨이 새겨진 구식 유리잔 세 개를 꺼냈다.

"정말 밤이 춥네요." 앤 엘리자가 말했다. "이 코디얼 한잔 마셔 보세요. 우리 할머니가 오래전에 만들어 주신 거예요."

"그거 죠죠." 래미 씨는 가볍게 고개를 끄덕이며 말했고, 앤 엘리자는 잔을 채웠다. 자기 잔과 에블리나의 잔에는 겨우 몇 방울 따랐지만 손님의 잔에는 넘칠 듯 가득 채웠다. "동생이랑 전 술을 거의 마시지 않거든요." 그녀가 설명했다.

래미 씨는 두 사람 모두에게 감사의 의미로 가볍게 목례를 한 뒤, 체리브랜디를 한입에 털어 넣고 맛이 훌륭하다고 했다.

한편 에블리나는 손님을 편안하게 해 주려는 듯 기구를 꺼내 장미 꽃잎을 만들기 시작했다.

"죠화를 만드시네요." 래미 씨가 흥미를 보이며 말했다. "아주 멋집니다. 독일에 있을 때 죠화를 만들던 여성 친구가 있었죠." 그는 각진 손끝을 뻗어 꽃잎을 만져 보려고 했다.

에블리나는 살짝 얼굴을 붉혔다. "독일에서 미국으로 오신 지 오래된 거죠?"

"네, 네. 꽤 오래되었죠. 제가 열아홉 살 때 미국에 왔으니까요." 그러고 나서 대화가 드문드문 이어졌다. 그러더니 게르만족 특유의 근시안으로 방 이곳저곳을 쳐다보던 래미 씨가 흥미롭 다는 듯 말했다. "여기 아주 잘 자리잡았네요. 방이 정말 아늑해 요." 애잔한 그의 목소리가 왠지 모르게 앤 엘리자의 마음을 움 직였다.

"아, 그냥 아주 평범하게 지내요." 에블리나가 말했다. 앤 엘 리자는 동생이 위엄 있는 체하며 말하는 것이 아주 특이하다고 생각했다. "저흰 그냥 취향이 아주 소박하거든요."

"어쨌든 아주 편안해 보여요." 그가 말했다. 방 안을 요목조목 살피던 그의 툭 튀어나온 눈에는 부러움이 살짝 서려 있었다.

"저도 이런 멋진 가게가 있었다면 죠았을 것 같아요. 하지만 어느 곳이든 항상 혼자라면 집같이 느껴지지가 않죠."

그리고 얼마간 대화가 두서없이 흘러갔다. 어떻게 자리를 떠야 할지 고심하던 래미 씨는 벌떡 자리에서 일어나 휙 떠나 버렸다. 드러나지 않게 서서히 가까워지는 데 익숙한 사람이라면 누구나 이런 태도에 놀랐을 터였다. 하지만 앤 엘리자와 동생은 그가 그렇게 갑작스럽게 자리를 떠났는데도 그다지 놀라지 않았다. 어떻게 떠나야 할지 머리가 지끈할 정도로 한참을 고민하다가 아무 말 없이 문밖으로 불쑥 나가 버리는 것을 종종 봐 왔던 두 자매는, 래미 씨가 능숙하게 작별 인사를 하려고 애썼더라면 오히려 그 사람만큼이나 당황스러웠을지도 모른다. 그가 떠난 뒤로 자매는 한참 동안 말이 없었다. 그러다 에블리나가 아직 다 만들지 못한 조화를 옆으로 밀어 두며 말했다. "내가 가서 가게 문 닫을게."

4

버너 자매는 이제 가게 안에서의 다람쥐 쳇바퀴 같은 일상이 참을 수 없을 만큼 단조롭게 느껴졌다. 램프 앞에서 보내는 저녁 시간은 길고 무덤덤했으며, 따분한 바느질과 핑킹 작업을 하며 습관적으로 주고받는 대화는 무의미했다.

에블리나는 긴장감 도는 분위기를 풀어 보려는 생각으로 다가오는 일요일에 미스 멜린스를 저녁 식사에 초대하자고 제안했다. 버너 자매는 초라한 식사라 할지라도 남에게 아낌없이 대접할 만한 형편은 아니었지만 1년에 두세 번은 친구를 초대해 저녁을 같이 먹었다. 심각한 '발작' 증세로 여전히 얼굴에 홍조를 띤 미스 멜린스는 두 자매가 초대할 만한 손님 중 가장 흥미로운 사람이었다.

두 자매가 평소에는 먹기 어려운 파운드케이크와 스위트 피클을 추가해 차린 저녁 식탁에 세 여자가 둘러앉았다. 피부색이 유난히 짙은 재봉사는 중간 피부색의 두 자매 사이에서 유독 두드러져 보였다. 미스 멜린스는 번들거리는 노란 얼굴에 키가 아담한 여인으로 검고 곱슬곱슬한 머리칼에는 거북 등딱지 핀을 꽂고 있었다. 한참 유행하는 옷소매에, 대여섯 개쯤 되는 금속 팔찌가 손목에서 쩽그랑댔다. 이야기를 줄줄이 늘어놓으며 간간히 탄성을 지를 때면 그녀의 목소리가 팔찌 소리만큼이나 요란하게 울렸다. 크고 둥근 눈동자는 곡예사가 널뛰기라도 하듯 재빠르게 두 자매의 얼굴을 향해 번갈아 움직였다. 그녀는 언제나 신기한 일을 직접 겪거나 남에게 전해 들어 많이 알고 있었다. 그녀가 한밤중에 자기 방에 침입한 도둑을 기습한 이야기(비록 도둑이 어떻게 집에 들어왔고, 무엇을 훔쳐 갔고 어떻게 다시 나가게 됐는지는 듣는 사람들에게 분명하지 않았지만), 그녀가 자주 가던 식료품점 주인(그녀에게 차인 남자)이 그녀가 마시는 차에 독을 넣었다고 알리는 익명의 편지를 받은 이야기, 고객 중 한 명이 탐정에게 미행당하던 이야기, 또 다른 고객

(부유한 여인)이 도벽으로 백화점에서 체포된 이야기, 그녀가 한 교령회(交靈會)'에 참석했을 때 한 노신사가 장모의 혼령이 나타나자 발작을 일으켜 죽은 이야기, 불난 집에서 잠옷 차림으로 두 번이나 도망쳐 나온 이야기, 사촌 장례식에서 영구차를 끌던 말들이 풀려나면서 관을 들이받아 유가족들이 한눈판 사이 사촌의 시체가 뚜껑 열린 맨홀 구멍으로 빠진 이야기.

의심 많은 독자라면 미스 멜린스가 모험담을 많이 아는 이유가 주로 『폴리스 가제트』라든가 『파이어사이드 위클리』 같은 잡지에서 정신적 자양분을 얻기 때문이라고 설명할 것이다. 하지만 미스 멜린스는 자기에게 그런 암시를 줄 가능성이 없는 부류의 사람들, 즉 그녀를 으레 그 소름 끼치는 드라마의 주인공으로 인정해 주는 부류의 사람들과 어울렸다.

"그래요," 그녀는 호기로운 눈빛으로 앤 엘리자를 쳐다보며 말했다. "미스 버너, 믿기 어려울지 몰라도, 그리고 누가 내게 이런 말을 해 줬는지 잘은 모르겠지만, 내가 태어나기 1년 전 우리 엄마가 점쟁이를 보러 갔는데, 그게 배터리 공원'에 텐트를 치고 앉아 있는 초록색 머리칼을 한 여인이었단 말이에요. 할아버지가 가지 말라고 했는데도 갔어요. 그런데 점쟁이가 엄마에게 뭐라고 했는지 아세요? 글쎄, 이렇게 말했대요. '다음번에 당신이 낳을 아이는 새까만 곱슬머리에 발작을 앓는 여자아이일 거요.'라고 말이죠."

"저런!" 앤 엘리자는 한 줄기 동정심이 등골을 타고 흘러내리자 나지막한 소리로 내뱉었다.

"미스 멜린스, 그전에도 발작을 일으킨 적이 있었나요?" 에블리나가 물었다.

"그럼요, 어디서 그랬는지 알아요?" 재봉사가 큰 소리로 말했다. "내 사촌 에마 매킨타이어 결혼식에서요. 저지 시티*에서 일하던 약사와 결혼했거든요. 죽은 엄마가 꿈에 나타나서 결혼하면 후회할 것이라 경고했는데도 했죠. 에마는 죽은 사람보다는 산 사람의 말에 귀 기울이겠다고 했거든요. 유령의 말을 귀 기울여 듣는다면, 뭘 하고 뭘 하지 말아야 할지 항상 갈팡질팡할 거라면서요. 하지만 결국 남편은 주정꾼이 된 데다 에마는 첫애를 낳은 후 완전히 변해 버렸죠. 여하튼 두 사람은 교회에서 우아하게 결혼식을 올렸는데, 제가 결혼 행렬과 함께 복도로 걸어 들어가면서 뭘 봤는지 아세요?"

"뭘 봤어요?" 앤 엘리자는 바늘에 실을 꿰는 것도 잊어버리고 속삭이듯 물었다.

"관이요. 정확히 성단소 제일 높은 계단에 있었어요. 에마의 친척들은 영국 성공회 교인들이어서 교회 결혼식을 하려 한 건데, 시어머니 될 사람이 안 된다고 미친 듯이 반대했었거든요. 그런데 말이에요, 신랑 신부를 결혼시키려고 목사님이 서 있던 자리 바로 앞에, 금색 테두리의 검은색 벨벳이 덮인 관이 있는 거예요. 관 위에는 하얀 동백꽃과 함께 『살짝 열린 문들』*이라는 책이 한 권 놓여 있지 뭐예요."

"아이 깜짝이야!" 에블리나가 화들짝 놀라며 말했다. "방금 누가 문을 두드렸어."

"대체 누굴까?" 미스 멜린스가 주술(呪術)로 불러온 환영 속에서 아직 헤어나지 못한 앤 엘리자가 몸서리치며 말했다.

에블리나는 자리에서 일어나 초를 켜 들고 가게로 건너갔다. 에블리나가 열쇠로 바깥문을 여는 소리가 들리더니 차가운 밤바람이 들어오며 뒷방의 답답한 공기를 휘저었다. 유쾌한 탄성이 난 뒤에 에블리나가 래미 씨를 데리고 방으로 돌아왔다.

앤 엘리자의 심장은 거센 파도 위의 배처럼 마구 뛰었고, 호기심으로 커진 재봉사의 눈이 이 얼굴에서 저 얼굴로 휙휙 움직였다.

"그냥 한번 들러 봤습니다." 래미 씨는 미스 멜린스가 있는 것을 보고 당황하는 기색이 역력했다. "그냥 시계가 잘 가고 있는지 보려고요." 그가 푹 꺼진 뺨에 미소를 띠며 말했다.

"아, 아주 우아하게 잘 가요." 앤 엘리자가 대답했다. "하지만 래미 씨를 또 뵙게 돼서 정말 기뻐요. 미스 멜린스, 이쪽은 래미 씨라고 해요."

재봉사는 낯선 사람을 의식하듯 도도하게 고개를 살짝 젖히며 눈을 내리깔았다. 래미 씨도 어색하게나마 목례로 화답했다. 어색한 첫 순간이 지나고 나자 세 여자는 새로운 만족감에 젖어들었다. 버너 자매로서는 저녁에 한번씩 자기들을 방문하는 손님이 있다는 사실을 미스 멜린스에게 보이는 것이 싫지 않았고, 미스 멜린스로서는 최근 자기에게 있었던 일을 들어 줄 사람이 또 하나 생긴 것에 신이 났다. 래미 씨는 기대보다 훨씬 더 편안하게 그 상황에 적응했다. 에블리나는 저녁 식사 자리가 정리되기 전에 그가 찾아온 게 유감이었지만, 그가 넉살 좋게 "같이 뒷정리해 줄게요."라고 제안하자 수줍어하면서도 좋아했다.

식탁은 깨끗이 정리되었고 앤 엘리자는 카드놀이를 하자고 권했다. 래미 씨가 가려고 일어선 것은 밤 열한 시가 지나서였다. 그의 작별 인사는 처음 왔을 때만큼은 갑작스럽지 않았고, 그 덕분에 에블리나는 손에 양초를 들고 현관문까지 배웅하는 예의를 보여 줄 수 있었다. 두 사람이 가게 쪽으로 사라지자 미스 멜린스는 재미있다는 듯 앤 엘리자를 쳐다봤다.

"어머, 미스 버너," 그녀가 가게 쪽으로 사라지는 두 사람의 뒷모습을 턱으로 가리키며 말했다. "동생분에게 남자가 있는 줄 몰랐네요. 미처 생각도 못 했어요!"

행복한 꿈에서 깨어난 앤 엘리자는 재봉사를 주저하듯 쳐다보며 말했다.

"아니에요. 잘못 보셨어요, 미스 멜린스. 저흰 래미 씨에 대해 잘 몰라요."

미스 멜린스는 믿기지 않는다는 듯 웃어 보였다. "미스 버너, 어디 두고 보세요. 아마 봄이 오기 전에 이 근처 어딘가에서 결혼식이 있을 거예요. 그때 웨딩드레스를 저 말고 딴 데서 만든다면 정말 섭섭할 거예요. 동생분에게 주름 잡힌 빨간 드레스가 딱 일 거라고 항상 생각했거든요."

그러나 앤 엘리자는 아무런 대답도 하지 않았다. 그녀는 얼굴이 매우 창백해져서는 방으로 돌아온 동생의 얼굴을 유심히 살폈다. 에블리나의 뺨은 발그스름했고 파란 눈은 반짝거렸다. 하지만 앤 엘리자가 보기엔 동생이 교태부리듯 고개를 살짝 기울인 자세가 유감스럽게도 점점 꺼져가는 뺨만 두드러져 보이게 할 뿐인 것 같았다. 동생의 외모에서 결함을 찾은 것은 그때가 처음이었다. 저도 모르게 동생의 외모를 책잡고는 동생을 몰래 배신한 것만 같아 깜짝 놀랐다.

그날 밤, 불을 다 끄고 나서 언니는 평소보다 더 오랫동안 무릎을 꿇고 기도를 드렸다. 어두운 방 안의 고요 속에서, 잠깐 동안이나마 자기 삶에 활기를 불어넣어 준 꿈과 열망에 대해 기도했다. 이제 그녀는 어떻게 래미 씨가 자기네 가게에 들른 이유가 미스 멜린스가 말한 이유와는 다르다고 생각할 수 있었는지 의아할 뿐이었다. 그가 에블리나를 보았기 때문에 시계를 살펴보려고 갑자기 가게에 들를 생각을 하지 않았을까? 도대체 그는 에블리나의 어떤 매력 때문에 다시 찾아올 생각을 했던 걸까? '비통함'이라는 횃불이 '환상'이라는 얄팍한 직물에 불을 붙였다. 그녀는 직물이 다 타서 재가 되는 것을 단호한 마음으로 지켜봤다. 깔끔히 포기하는 데서 오는, 아쉽지만 기쁜 마음으로 그녀는 무릎을 펴고 일어나서 잠자는 에블리나의 구불구불한 머리칼에 키스한 뒤 이불 속으로 기어 들어가 동생 옆에 나란히 누웠다.

5

그 뒤로 몇 달 동안 래미 씨는 자매들을 점점 더 자주 찾아왔

다. 일요일 저녁마다 습관적으로 들르다시피 했고, 주중에도 핑
곗거리를 만들어 자매들이 작업하려고 램프 옆에 앉았을 때 예
고도 없이 불쑥 찾아오곤 했다. 앤 엘리자는 에블리나가 매일
저녁 식사를 하기 전 옷깃에 진홍색 리본을 맨다는 것, 앤 엘리
자의 것보다 1년 늦게 구입하여 여전히 '새옷'이라고 부르던 실
크 드레스에 조심스럽게 손빨래한 레이스를 단다는 것을 눈치
챘다.

래미 씨는 친해질수록 말수가 줄었다. 두 자매가 그에게 파이
프를 피울 수 있는 특혜를 수줍게 허락한 뒤로 그는 사색에 잠긴
듯 오랫동안 말이 없었고, 두 자매는 그런 그의 모습이 제법 매
력적이라고 생각했다. 오랫동안 여성 특유의 사소한 의혹과 고
민이 가득하던 가게 분위기는 과묵한 남성이 있다는 것만으로
곧 안도감과 평화 같은 것이 감돌았다. 두 자매는 불확실한 일
이 있을 때마다 서로에게 으레 "래미 씨가 오면 물어보지, 뭐."
하고 말하는 습관이 생겼다. 그의 판결이 내려지면 그것이 무엇
이든 간에 숙명처럼 기꺼이 받아들이면서 모든 책임감에서 벗
어났다.

래미 씨가 입에 물고 있던 파이프를 빼고 속내를 털어놓으면
두 자매는 그에 대한 연민으로 마음이 아플 지경이었다. 두 사
람은 그와 같은 심정으로 그가 이른 나이에 독일에서 힘들게 생
활한 이야기며, 그를 그렇게 불행하게 만든 오랜 병에 대한 이
야기를 귀담아들었다. 그의 인생 여정에 관한 독백에서 그가 아
플 때 돌봐 줬다던 호치뮬러 부인(죽은 옛 친구의 부인)의 이름

이 나올 때면 자매는 부인에 대한 경외심으로 한숨을 짓기도 하고, 질투심으로 가슴에 통증을 느끼기도 했다. 한번은 두 자매만 있을 때 에블리나가 이름을 말하지 않고 불쑥 한마디 던졌을 뿐인데 앤 엘리자는 그 말을 알아듣고 얼굴을 붉혔다. "그 여자, 어떻게 생겼을까?"

어느 봄날, 두 자매에게 우편집배원이나 우유 배달원만큼 삶의 일부가 되어 버린 래미 씨가 이튿날 저녁 치커링 홀˙에서 열리는 환등기 상영회에 같이 가자고 조심스럽게 권했다.

처음에 "아!" 하고 환희의 탄성을 내지른 두 사람은 암묵적으로 합의점을 찾는 듯 침묵하더니 마침내 앤 엘리자가 침묵을 깨며 말했다. "에블리나, 네가 래미 씨와 같이 가렴. 밤에 가게를 비울 순 없잖아."

에블리나는 예의상 반대하다가 그 의견에 순순히 따랐다. 다음 날, 그녀는 직접 물망초를 수놓은 하얀색 보닛 모자를 온종일 손질했다. 앤 엘리자는 자기 모자이크 브로치를 꺼냈고, 어머니의 리넨 수의(壽衣)에서 캐시미어 스카프도 꺼냈다. 이렇게 치장한 에블리나가 수줍어하며 래미 씨와 함께 떠난 뒤, 언니는 동생이 앉곤 하던 핑킹 기계 앞에 앉았다.

앤 엘리자는 몇 시간 동안 홀로 앉아 있었던 것 같았다. 그러다가 에블리나가 문을 가볍게 두드렸을 때 시계가 고작 열 시 반을 가리키는 걸 보고 놀랐다.

'뭔가 또 잘 안 풀렸나 보네.' 그녀는 문을 열어 주려고 일어서며 생각했다.

하지만 그날 저녁은 더할 나위 없이 재미있었고, 환등기 상영 중에 베를린의 멋진 장면들이 몇 차례 등장하자 래미 씨는 그것을 기회로 아름다운 자기 고향에 대해 자세하게 설명했다는 것이다.

"그 사람이 나한테 모조리 보여 주고 싶대!" 에블리나가 소리치자 앤 엘리자는 기뻐하는 시늉을 했다. "언니, 그렇게 바보 같은 얘기 들어 본 적 있어? 도대체 눈을 어디에다 둬야 할지 모르겠더라니까."

앤 엘리자는 동생이 털어놓는 말에 공감이라도 하듯 말을 얼버무렸다.

"내 보닛, 나한테 너무 잘 어울리는 것 같지 않아?" 에블리나는 되는대로 이 말 저 말을 했고, 옷장에 달린 금이 간 유리에 자기 모습을 비춰 보면서 미소 지었다.

"넌 충분히 예뻐." 앤 엘리자가 말했다.

거친 바람에 흩날리는 먼지가 의심 많은 뉴요커들에게 어김없이 봄이 왔다는 것을 보여 주고 있었다. 그런 어느 날 저녁, 에블리나는 노란 수선화 한 뭉치를 들고 뒷방으로 들어왔다.

"바보짓을 저지르고 말았어." 호기심 어린 눈으로 바라보는 앤 엘리자에게 그녀가 대답했다. "사지 않고는 배길 수가 없더라. 좀 예쁜 걸 갖고 싶다는 생각이 막 들었어."

"아, 에블리나." 앤 엘리자는 동생이 몹시 가엾다는 생각에 말소리가 떨렸다. 에블리나와 같은 처지에 놓인 사람들에게는 그런 특별한 사치를 허락해 줘야 한다는 느낌이 들었다. 그녀 자신조차 말로는 설명할 수 없는 불가사의한 욕망을 순간적이나마 느낀 적이 있지 않았던가.

그러는 동안 에블리나는 깨진 도자기에서 마른 풀포기를 빼내더니 그 자리에 수선화를 꽂으면서 손으로 부드러운 줄기와 칼날 같은 잎을 계속 매만졌다.

"예쁘지 않아?" 에블리나가 꽃병 안의 꽃들을 별 모양처럼 모으며 같은 말을 되풀이했다. "정말로 봄이 온 것 같지 않아?"

앤 엘리자는 그날 저녁이 래미 씨가 찾아오는 날이라는 것을 기억했다.

그는 들어오자마자, 활짝 피어나는 것이라면 무엇이든 좋아하는 게르만족 특유의 눈으로 단번에 수선화를 돌아봤다.

"져 꽃 이쁘기도 하네. 경말 이 가게에 봄이 찾아든 것 같네요."

"그렇죠?" 에블리나는 그도 자기와 같은 생각을 한다는 사실에 전율하며 소리쳤다. "저도 방금 언니한테 똑같이 말했어요."

앤 엘리자는 벌떡 일어나 움직였다. 전날 시계태엽을 감지 않은 것이 떠올랐기 때문이다. 에블리나는 식탁에 앉았다. 그녀와 래미 씨 사이에 수선화가 가냘프게 솟아 있었다.

"아, 지금 이 순간 시골 어디론가 갈 수 있다면 얼마나 좋을까…… 온통 푸릇푸릇하고 조용한 어디론가. 이 도시에선 하루라도 더 견디기가 어려울 거 같아." 에블리나가 눈을 게슴츠레 뜨고 중얼거렸다. 하지만 앤 엘리자는 동생이 꽃이 아닌 래미 씨를 보고 있다는 것을 눈치챘다.

"언제 한 번 일요일에 센트럴 파크에 가 보는 게 어때요?" 그가 제안했다. "거기 가 봤나요, 미스 에블리나?"

"아뇨, 자주는 안 가요. 그러고 보니 안 간 지 한참 됐네요." 에블리나의 눈이 기대감으로 반짝였다. "언니, 가면 너무 좋을 것 같지 않아?"

"응, 그래." 언니는 다시 자기 자리로 돌아오며 대답했다.

"다음 쥬 일요일에 가면 어떨까요? 미스 멜린스도 같이 말이에요. 아주 기분 죠은 모임이 되겠죠." 래미 씨가 말했다.

그날 밤, 에블리나는 옷을 갈아입을 때 수선화 한 송이를 꽃병에서 꺼내와 과시하듯 기도 책 사이에 납작하게 끼워 넣었다. 앤 엘리자는 그런 동생을 몰래 지켜봤다. 앤 엘리자가 보기에 에블리나는 언니가 지켜보는 것을 신경 쓰지 않는 것 같았지만, 자신이 동생의 행동을 지나치게 의식한 나머지 그 행동에 의미를 더욱 크게 부여하는 것 같았다.

그다음 일요일은 하늘이 푸르고 날씨도 따뜻했다. 버너 자매는 주일마다 교회에 가는 교인들이었지만 그날은 처음으로 기도 책을 그냥 장식장 위에 올려 뒀다. 오전 열 시가 되자 자매는 장갑에 보닛 차림을 하고 미스 멜린스가 문을 두드리기를 기다렸다. 반짝이는 금속 장식과 스팽글이 잔뜩 달린 옷을 입고 나타난 미스 멜린스는 오자마자 그날 새벽에 낯선 사람 하나가 자기 창문 아래에서 서성이다가 휘파람 부는 소리를 듣고 유유히 사라졌다는 이야기를 했다. 곧이어 래미 씨가 도착했다. 그는 머리칼을 평소보다 더 정성스럽게 빗질했고, 널따란 손에는 올리브색의 염소 가죽 장갑을 끼고 있었다.

그렇게 모인 작은 무리는 가장 가까운 정거장으로 전차를 타러 나갔다. 래미 씨가 차표를 전부 사 주겠다고 하자 앤 엘리자는 기쁘면서도 당황해서 가슴이 벌렁거렸다. 그는 초반에만 씀씀이가 후한 게 아니었다. 센트럴 파크의 산책길인 '몰'과 '램블'을 따라 여자들을 인도하다가 허름한 식당에 데리고 들어갔다. 그리고 그들은 그곳에서 그가 사 준 우유와 레몬 파이를 그림처럼 아름다운 모습으로 먹었다.

그런 다음 일행은 다시 걷기 시작했고 낯선 곳을 거니는 행락객답게 느리디 느린 속도로 이 길 저 길을 걸었다. 막 움트기 시작하는 관목과 라일락 크로커스가 흩뿌려진 잔디 언덕을 지나, 개나리가 노란 햇살처럼 덮인 바위 밑을 지나갔다. 앤 엘리자는 주변에 있는 모든 것이 새롭고 기적같이 아름답게 느껴졌다. 하지만 그녀는 그런 생각을 입 밖에 내지 않은 채 에블리나가 툭 튀어나온 바위 그늘에 핀 노루귀를 보며 탄성을 내지르는 것을, 그리고 식물보다는 인간 세계에 훨씬 관심이 많은 미스 멜린스가 지나가는 사람들의 삶에 대해 마음껏 상상하며 떠들어 대는 것을 잠자코 듣고만 있었다. 길마다 산책하는 인파로 붐볐고 유모차로 길이 막혔다. 미스 멜린스는 평온한 가족들과 즐겁게 뛰노는 그들의 아이들을 쳐다보며 그들에 대해 음흉한 이야기를 지어냈다.

앤 엘리자는 사람들에 대한 미스 멜린스의 그런 설명을 듣고 있을 기분이 아니었다. 하지만 래미 씨가 미스 멜린스를 부른 이유가 오직 자기와 같이 다니게 하려는 것인 줄 알고 있었기에 그녀는 재봉사 옆에 딱 붙어 다녔다. 그 덕분에 래미 씨는 에블리나와 단둘이 앞장서서 걸어갈 수 있었다. 나들이로 한창 들뜬 미스 멜린스는 점점 더 말이 많아졌다. 미스 멜린스의 쉴 새 없는 수다와 인파의 소용돌이 때문에 앤 엘리자는 말할 수 없이 당혹스러웠다. 가게에서 편안한 슬리퍼만 신는 것에 익숙했던 발은 평소와 달리 긴 산책으로 아파 오기 시작했으며, 귀는 재봉사의 수다로 먹먹해졌다. 하지만 온 신경이 행복해하는 에블리나에게 쏠려 있던 그녀는 자기가 피곤하다고 해서 동생의 기쁨을 방해하지는 않으리라 마음먹었다. 그러다가 미스 멜린스가 그들 바로 앞에 가는 두 사람에게 호기심 어린 눈빛을 보내자 그 영웅다운 다짐이 흔들리기 시작했다. 앤 엘리자는 동생의 기쁨을 모른 척할 순 있어도 다른 사람 앞에서 인정하고 싶지는 않았다.

마침내 에블리나도 발이 아파 더는 걸을 수가 없자 돌아서서 일행에게 집으로 돌아가자고 했다. 발그레했던 얼굴이 피로로 창백해졌지만 눈동자만큼은 반짝반짝 빛이 났다.

그날 귀가하던 기억은 앤 엘리자에게 좀처럼 지워지지 않는 악몽으로 머릿속에 남았다. 마차는 집으로 돌아가는 무리로 콩나물시루처럼 가득 찼다. 그들 앞에 십여 명이 먼저 타고 갈 때까지 기다려야 했고, 마침내는 이미 사람들로 꽉 찬 마차에 억지로 몸을 우겨 넣다시피 해야 했다. 앤 엘리자는 그렇게 피곤

했던 적이 일찍이 없었다. 집으로 가는 길에서는 미스 멜린스의 폭포수 같던 수다조차도 말라 버렸다. 모두가 말없이 앉아 있었다. 그녀와 미스 멜린스는 흑인 여자와 머리에 반창고를 붙이고 얼굴에 마마 자국이 있는 남자 사이에 끼여 앉았다. 마차는 그들이 사는 골목에 다다르기까지 지저분한 큰길을 따라 덜컹대며 느리게 굴러갔다. 에블리나와 래미 씨는 같이 앞 칸에 앉아 있었다. 앤 엘리자는 물망초가 수놓인 동생의 보닛 모자와 시계 수리공의 반질거리는 코트 옷깃을 드문드문 볼 수 있었다. 골목에서 내린 일행은 사람들에게 밀려서 다시 한군데로 모였고, 피곤한 아이들처럼 말없이 버너 자매의 지하 가게까지 걸어갔다. 미스 멜린스와 래미 씨가 각자 자기 집으로 가려고 돌아섰을 때 에블리나는 마지막으로 힘을 내 웃어 보였다. 하지만 앤 엘리자는 입을 굳게 다문 채 가게 문지방을 건넜다. 작은 가게 안의 정적이 두 팔을 벌려 그녀를 품에 안고 위로해 주는 것 같았다.

그날 밤, 그녀는 잠을 이룰 수 없었다. 한기가 들고 욱신거리는 몸으로 동생 옆에 누워 있던 그녀는 갑자기 에블리나가 자기 몸에 두 팔을 턱 하니 얹으며 속삭이는 소리를 들었다. "아 언니, 정말 천국 같지 않았어?"

6

센트럴 파크로 나들이 갔던 일요일 이후로 버너 자매는 나흘

동안 래미 씨의 소식을 듣지 못했다. 처음에는 두 사람 모두 실망과 불안감을 서로에게 내비치지 않았다. 하지만 닷새째 되던 날 아침, 항상 자기감정을 먼저 내비치곤 하던 에블리나가 찻잔에 입도 대지 않은 채 고개를 돌려 말했다. "언니, 이젠 그 돈을 찾아와야 할 것 같아."

앤 엘리자는 동생의 말을 곧바로 알아듣고 얼굴을 붉혔다. 지난겨울은 수입이 꽤나 많아서 두 사람이 조금씩 저축한 돈이 무려 2백 달러나 되었다. 예상 밖으로 넉넉한 돈을 모으고 흐뭇해한 두 사람은 미스 멜린스가 그 돈을 예금해 둔 은행에 대한 뜬소문을 전하자 얼굴에 먹구름이 드리워졌다. 미스 멜린스의 경고가 헛소리라는 것을 알고 있었지만, 미스 멜린스가 똑같은 말을 자꾸 반복하자 앤 엘리자의 편안했던 마음이 흔들리기 시작했다. 그래서 한밤중에 한참 동안 의논한 끝에 두 자매는 결국 래미 씨에게 조언을 구하기로 했다. 그리고 집안의 가장인 앤 엘리자가 그에게 말하기로 했다. 그녀가 래미 씨에게 이 일을 털어놓자 그는 재봉사의 말이 사실이라고 했을 뿐 아니라 수상한 저축 은행보다 안전하고 이자를 더 높게 쳐 주는 곳을 알아봐 주겠다고도 했다. 앤 엘리자는 에블리나가 그 이야기를 하고 있다는 걸 알았다.

"그래, 그래야겠지." 앤 엘리자가 맞장구쳤다. "래미 씨가 자기 같으면 그 은행에 더는 넣어 두기 싫다면서 도와준다고 했잖아."

"그 사람이 그렇게 말한 게 벌써 일주일도 더 지났잖아." 에블리나가 언니를 상기시켰다.

"나도 알아. 그런데 그 사람이 투자할 만한 확실한 데를 찾기 전까지 기다리라고 했어. 그리고 그 뒤론 그 사람을 보지 못했잖아."

앤 엘리자의 말에 그동안 감춰 왔던 두려움이 밖으로 드러났다. "그 사람한테 무슨 일 생긴 건 아닐까? 어디 아픈 건 아니겠지?" 에블리나가 말했다.

"그러게 말이야." 앤 엘리자가 대꾸했다. 두 자매는 접시를 내려다봤다.

"하지만 난 언니가 어쨌거나 그 돈을 조만간 어떻게 해야 한다고 생각해." 에블리나가 다시 말을 꺼냈다.

"응, 그건 나도 알아. 네가 나라면 어떻게 하겠니?"

"내가 '언니'라면?" 동생이 얼굴을 붉히고 '언니'라는 말에 힘을 주어 말했다. "아마 바로 가게를 찾아가서 래미 씨가 아픈 건지 아닌지 확인해 봤겠지. '언니'라면 그래도 되니까."

그 말이 앤 엘리자의 가슴을 칼로 후비는 듯했다. "그래, 그렇네." 그녀가 말했다.

"그 사람이 진짜 아픈 거라면 찾아와 준 것을 고마워할 거야. 내가 언니라면 오늘 당장 찾아갈 거야." 에블리나가 계속 말을 이었다. 그리고 앤 엘리자는 저녁 식사를 끝내고 나서 그를 찾아갔다.

그녀는 가는 길에 염색업자에게 꾸러미를 하나 가져다줘야 했고, 그 일을 마친 뒤에 래미 씨의 가게로 향했다. 그녀는 여태껏 자신을 그렇게 늙고 절망적이고 초라하게 느껴 본 적이 없었다. 그녀는 에블리나의 사랑을 위해 심부름하고 있다는 사실을 잘 알고 있었고, 그것을 알기에 혈관 속에 남아 있는 마지막 한 방울의 젊음마저 메말라 버리는 것 같았다. 처녀의 수줍음조차 모조리 사그라지는 것 같았다. 그녀는 침착하지만 빠르게 시계 수리공 가게의 문손잡이를 홱 돌렸다.

하지만 가게 안에 들어서서 래미 씨가 계산대 뒤에서 얼굴을 두 손으로 감싸고 낙심한 듯 앉아 있는 모습을 보자 심장이 쿵쾅대기 시작했다. 문의 걸쇠가 딸깍거리는 소리에 그가 천천히 고개를 들어 총기 없는 눈으로 앤 엘리자를 빤히 쳐다봤다. 잠깐 동안이지만 그녀는 그가 자기를 알아보지 못했다는 생각이 들었다.

"어머, 아프시군요!" 그녀가 소리를 질렀다. 그 외침을 듣자 정처 없이 떠돌던 그의 감각이 제자리로 돌아온 듯했다.

"아, 미스 버너군요!" 그가 나지막하고 굵은 목소리로 말했다. 하지만 그는 몸을 움직이려 하지 않았다. 그의 안색은 누런 잿빛이었다.

"아픈 것 맞네요!" 그에게 확실히 도움이 필요하다고 느끼자 그녀는 용기를 내어 집요하게 말했다. "래미 씨, 왜 저희에게 얘기를 안 해 주셨어요. 섭섭하네요."

그는 여전히 흐리멍덩한 눈으로 그녀를 바라봤다. "아픈 거 아니에요." 그가 말했다. "아무튼 많이 아픈 건 아니에요. 그냥 견에 불편하던 게 돌아왔을 뿐이에요." 그는 마치 단어를 이어서 말하기가 어려운 듯 힘들여 느리게 말했다.

"류머티즘 말씀이세요?" 그녀는 그가 몸을 움직이지 않으려는 것을 보고 과감하게 물었다.

"글쎄, 뭐…… 아마도 그런 거요. 딱히 뭐라고 말하기가 어렵네요."

"만약 정말 류머티즘 같은 것이라면, 저희 할머니가 거기에 좋은 차를 만들곤 하셨는데……." 앤 엘리자가 말했다. 그녀는 분위기가 잠시 누그러지자 에블리나의 말을 대신 전하러 왔다는 사실을 그만 까맣게 잊어버렸다.

'차'라는 말을 듣자 래미 씨의 얼굴에 감출 수 없는 불쾌함이 스쳐 지나갔다. "아, 많이 나아졌어요. 오늘은 그냥 머리가 좀 아플 뿐이에요."

그의 목소리에서 거절의 기미를 알아채자 앤 엘리자는 낙심했다.

"죄송해요. 동생이랑 제가 어떻게라도 도움이 되면 좋았을 것 같아서요." 그녀가 부드럽게 말했다.

"고마워요." 래미 씨가 지친 듯 말했다. 그러더니 그녀가 돌아서서 나가려고 할 때 그가 힘을 내서 한마디를 덧붙였다. "아마 내일쯤이면 들를 수 있을 거예요."

"그럼 다행이에요." 앤 엘리자가 말했다. 그녀의 눈이 창가에 있는, 먼지 앉은 구리 시계에 가서 머물렀다. 그때는 잘 몰랐는데 한참이 지나고서야 보니, 펼친 책 위로 앞다리를 얹고 있는 시계 모형은 뉴펀들랜드종 개를 본떠 만든 것이었다.

그녀가 되돌아왔을 때 가게에는 손님이 한 사람 와 있었고, 손님은 딴생각으로 여념 없는 에블리나 앞에서 훅 단추를 고르는 중이었다. 앤 엘리자는 급히 그 옆을 지나 뒷방으로 들어갔다.

그러자 동생이 순식간에 옆에 와서 서는 소리가 났다.

"어서 빨리! 내가 손님한테 조금 더 작은 훅 단추를 찾아보겠다고 했단 말이야. 그 사람 지금 어때?" 에블리나가 숨을 헐떡거리며 물었다.

"별로 좋진 않아." 앤 엘리자가 안달이 난 동생 얼굴을 쳐다보며 천천히 말했다. "하지만 내일 밤엔 가게에 들를 수 있을 거 같대."

"그 사람이? 나한테 거짓말하는 거 아니지?"

"에블리나 버너! 그게 무슨 말이야?"

"아, 몰라!" 동생이 성질을 부리며 소리를 지른 뒤 서둘러 가게로 돌아갔다.

앤 엘리자는 에블리나가 여과 없이 자기감정을 드러내는 것을 보는 게 부끄러워서 얼굴을 붉히며 서 있었다. 그녀는 에블리나가 자기에게조차 감정의 민낯을 그대로 드러내 보이는 게 충격적이었다. 그래서 품위 없이 구는 동생과 함께 자기도 격이 떨어져 버린 것 같아 그 일에 대한 생각을 떨쳐 버리려고 애썼다.

다음 날 저녁, 래미 씨가 가게에 다시 나타났다. 여전히 병색이 짙고 눈꺼풀이 붉은 상태였지만 그것 말고는 평소와 별 차이가 없었다. 앤 엘리자는 그가 권한 투자에 대해 상의했다. 그 문제는 그가 직접 해결해 주기로 결정한 뒤 그는 삽화가 그려진 롱펠로의 시집을 펼쳐 들고(두 자매가 이미 알고 있었듯이 그는 신문을 읽는 것 이상으로 교양이 높았다) 자음을 온통 혼동해 가며 「처녀 시절」이라는 시를 큰 소리로 낭독했다. 그가 낭독하는 동안 에블리나는 눈을 살며시 내리깔았다. 참으로 멋진 저녁이었다. 뒷날, 앤 엘리자는 래미 씨처럼 시를 읽을 줄 아는 동반자와 함께 산다면 인생이 얼마나 달라질까 하고 생각했다.

7

다음 몇 주 동안, 래미 씨는 전처럼 자주 자매들을 찾아왔지만 그동안 보이던 쾌활함은 더 이상 찾아볼 수 없었다. 종종 머리가 아프다고 불평하면서도 앤 엘리자가 소심하게 내미는 치료약을 거절했고, 증상에 대해 물어봐도 대답하기를 꺼려 하는 것 같았다. 날씨가 후끈해지더니 7월이 불쑥 찾아왔다. 어느 날 저녁, 세 사람은 뒷방에 창문을 열어 놓고 그 앞에 앉아 있었다. 에블리나가 말을 꺼냈다. "이런 밤에 진짜 시골 공기 한번 들이마실 수만 있다면 소원이 없겠어."

"저도 그래요. 지금 이 순간 정자에 앉아 있고 싶네요." 래미 씨가 파이프를 톡톡 두드려 재를 털어 내면서 말했다.

"아, 그럼 너무 좋겠죠?"

"난 늘 이 집도 정말 시원하다고 생각했어. 미스 멜린스의 집이라면 여기보다 훨씬 더 더울 거야." 앤 엘리자가 말했다.

"아마 그렇겠지. 하지만 다른 데 가면 분명히 여기보다 훨씬 더 시원할 거야." 동생이 되받아쳤다. 동생은 앤 엘리자가 은근히 신을 편든다고 생각하며 종종 짜증을 냈다.

며칠 뒤, 래미 씨가 에블리나에게 솔깃한 제안을 가지고 나타났다. 그는 하루 전에 호보큰'의 교외에 사는 친구 호치뮬러 부인을 만나러 갔었는데, 부인이 다가오는 일요일에 버너 자매를 데리고 오라고 했다는 것이다.

"정말 멋진 정원을 갖고 있거든요." 래미 씨가 설명했다. "나무가 많고 정자도 있어 쉴 수 있어요. 닭과 병아리들도 있고요. 페리를 타고 가는 것도 아주 멋져요."

그 제안을 듣고 앤 엘리자는 아무런 대꾸도 하지 않았다. 그녀는 지루하기 짝이 없었던 센트럴 파크 나들이를 떠올릴 때면 아직도 가슴이 답답했다. 하지만 고압적인 에블리나의 눈빛에 어쩔 수 없이 말을 더듬거리며 그러자고 했다.

일요일은 무척이나 더웠다. 페리보트에 올라타자 앤 엘리자는 소금기 있는 바람과 넓게 펼쳐진 바다 풍경에 활기가 생겼다. 그러나 바다 건너편 해안에 도착해 더러운 부두를 빠져나오자 그녀가 예상했던 대로 피로감이 몰려왔다. 시내 전차에 올라탄 그들은 이어지는 길을 따라 터덜거리는 전차 안에서 속수무책으로 흔들거렸다. 래미 씨가 차장의 옷소매를 잡아당겼고, 그들은 다시 전차 밖으로 나왔다. 활활 타오르는 태양 아래, 손님들이 북적이는 맥주 집의 대문 옆에 서서 마차가 오기를 기다렸다. 그들은 마차를 타고 인적이 드문드문한 길거리로 향했다. 텅 빈 부지를 지나자 이따금 옹색한 벽돌집들이 이웃한 집도 하나 없이 홀로 우두커니 서 있었다. 이윽고 오두막들과 마을의

'구멍가게'같이 보이는 나지막한 나무 건물들이 옹기종기 모여 있는, 시골 같은 지역에 다다랐다. 마차는 그곳에서 스스로 멈춰 섰고, 그들은 바퀴 자국이 많이 나 있는 길을 따라 걸어갔다. 그리고 높다란 담벼락을 따라 극장 광고를 붙여 놓은 석공의 뜰을 지나갔다. 마침내 말뚝 울타리를 두른 정원이 있고 초록색 블라인드가 내려진 조그맣고 붉은 집에 도착했다. 정말로 래미 씨가 그들을 속인 것이 아니었다. 울타리 아래에는 금낭화와 백합이 무리 지어 피어 있었고, 박공지붕 위로는 구불구불한 느릅나무가 낭만적으로 드리워져 있었다.

현관 앞에서 몸집이 크고 붉은 벽돌색 메리노 양털 옷을 입은 호치뮬러 부인이 웃는 얼굴로 고개를 끄덕이며 그들을 맞았다. 그리고 부인 뒤에서는 금발에, 양쪽 뺨에 붉은 반점이 있는 어린 딸 린다가 호기심 어린 눈으로 그들을 곁눈질하며 서성였다. 호치뮬러 부인은 그들을 집 안으로 인도하면서 버너 자매를 자기 침실로 안내했다. 두 사람은 엄청나게 큰 하얀 깃털 침대 위에 캐시미어 망토들을 펼쳐 놓았다. 둘은 점잖아 보이려고 망토를 걸치고 온 탓에 땀을 뻘뻘 흘렸다. 두 사람이 검은색 실크 드레스를 홱 당겨 바로잡고 에블리나가 분홍색 조개껍질로 테두리를 장식한 거울을 보며 머리칼을 다시 붕붕 띄우고 나자, 집 주인이 와서 생강 쿠키 냄새로 공기가 탁한 응접실로 그들을 데려갔다. 또 한 번 형식적인 침묵과 몇 마디 상냥한 질문들과 수줍은 듯 내지르는 탄성이 있고 난 뒤, 부인은 그들을 부엌으로 데려갔다. 식탁에는 모양이 특이한 향신료 케이크와 뭉근히 익힌 과일들이 차려져 있었다. 두 자매는 머리털이 곤두선 린다가 김이 모락모락 나는 음식 접시들을 들고 스토브와 식탁을 오가는 동안 호치뮬러 부인과 래미 씨 사이에 앉았다.

앤 엘리자는 오찬이 한없이 길게 느껴졌고, 음식을 풍성하게 차렸는데도 이상하게 입맛이 돌지 않았다. 그녀는 집주인이 스스럼없이 친근하게 말하고 쳐다보는 게 당황스러웠다. 호치뮬러 부인은 래미 씨에게 경박스러울 만큼 친근하게 굴었다. 앤 엘리자는 부인이 그 풍만한 몸으로 허리를 굽히고, 아파서 누워 있는 래미 씨에게 간호하는 모습을 상상한 뒤에야 비로소 부인이 그를 '래미'라고 격식 없이 부르는 것을 받아들일 수 있었다. 잠시 침묵이 흐르는 동안 호치뮬러 부인은 나이프와 포크를 접시 양 끝에 놓으며 시계 수리공의 얼굴을 빤히 쳐다보더니 힐난조로 한마디했다. "래미, 또 한번 시작했더구먼."

"잘 모르겠는데." 그가 대답을 얼버무렸다.

에블리나는 두 사람을 번갈아 쳐다봤다. "래미 씨가 며칠 좀 아팠어요." 이윽고 그녀가 자기도 엄연히 말할 입장이 된다는 듯이 한마디했다. "요즘 머리가 자주 아프대요."

"호! 난 래미를 잘 알지요." 호치뮬러 부인이 여전히 시계 수리공에게 시선을 둔 채 웃음을 터뜨리며 말했다. "래미, 부끄럽지도 않아?"

그러자 접시만 쳐다보던 래미 씨가 두 자매가 알아들을 수 없는 말로 한마디 내뱉었다. 앤 엘리자에게는 '슈와이크'라고 말하는 것처럼 들렸다.

호치뮬러 부인은 다시 한번 웃어 댔다. "저런, 저런. 이 사람, 아팠으면서도 내게 한마디 말도 않다니 부끄러운 줄 알아야지. 그 끔찍한 열병에 시달리는 내내 간호를 해 줬구먼."

"네, 그렇네요." 에블리나가 래미 씨를 반짝이는 눈으로 바라보며 말했다. 그러나 그는 린다가 막 식탁에 올려놓은 소시지만 쳐다볼 뿐이었다.

오찬이 끝나자 호치뮬러 부인은 손님들을 데리고 부엌문을 통해 밖으로 나갔다. 그들은 초록빛 울타리로 두른, 반은 정원이고 반은 과수원인 마당에 들어섰다. 금빛 병아리들이 졸졸 쫓는 잿빛 암탉들이 비비 꼬인 사과나무 가지 아래에서 꼬꼬댁거렸다. 고양이 한 마리는 낡은 우물 가장자리에 앉아 깜박 졸고 있었다. 나뭇가지들에 빨랫줄이 얼기설기 걸린 걸 보니 호치뮬러 부인이 무슨 일을 하는지 짐작이 갔다. 사과나무들 뒤로는 강낭콩 넝쿨이 칭칭 감긴 노란 정자가 보였다. 거친 난간 너머 저 멀리 땅이 움푹 파였고, 푹 꺼진 곳에는 작은 숲이 있었다. 그 더운 일요일 오후, 모든 게 이상할 정도로 싱그럽고 고요했다. 사과나무 가지들 밑으로 잔디밭을 가로지르자 앤 엘리자는 교회에서 보내던 조용한 오후와 어렸을 적 엄마가 불러 주던 찬송가가 생각났다.

에블리나는 언니보다 한층 더 들떠 있었다. 그녀는 우물가에서 정자로 왔다 갔다 하거나, 닭들에게 부스러기를 던져 주거나 잠자는 고양이의 둥근 등을 쓰다듬어 잠을 깨우기도 했다. 마침내 그녀가 숲에 가 보고 싶다고 말했다.

"그러려면 길을 따라 돌아가야 할 거예요. 우리 딸 린다는 울타리에 난 구멍으로 지나다니긴 하는데, 그리하다가는 드레스에 구멍이 날지도 몰라요." 호치뮬러 부인이 말했다.

"내가 도와줄게요." 래미 씨가 말했다. 두 사람은 린다가 인도하는 대로 울타리를 따라가다가 판자에 난 구멍에 다다랐다. 그 구멍으로 두 사람이 사라졌고, 린다가 신기하다는 듯 웃는 얼굴로 사라지는 두 사람을 지켜보는 동안, 호치뮬러 부인과 앤 엘리자는 정자에 남았다.

호치뮬러 부인은 앤 엘리자를 향해 은밀한 미소를 지어 보였다. "두 사람 꽤 오랫동안 가 있을 거예요." 부인이 두툼한 턱으로 울타리에 난 구멍을 불쑥 가리키며 말했다. "져런 사람들은 시간이 가는 걸 절대 모르죠." 부인은 뜨개질거리를 꺼냈다.

앤 엘리자는 마땅히 대꾸할 말이 생각나지 않았다.

"동생분이 져 사람 생각 많이 하죠?" 집주인이 말을 이어 나갔다.

앤 엘리자는 얼굴이 화끈거렸다. "여기 외딴 데 있으면 좀 외롭지 않으세요?" 앤 엘리자가 물었다. "따님과 단둘이 있으면 밤에는 좀 무서울 것 같아요."

"아뇨, 아뇨. 전혀 그렇지 않아요." 호치뮬러 부인이 대답했다. "보시다시피 빨래를 받아와서 해 쥐고 있잖아요. 그게 제 직업이거든요. 이런 시골에서 이 일을 하는 게 도시에서 하는 것보다 훨씬 싸게 먹혀요. 호보큰 같은 곳에서라면 이 많은 빨래를 말릴 땅이나 있겠어요? 게다가 여기가 린다에게도 더 안전해요. 도시 길거리는 위험하니까요."

"아, 그렇죠." 앤 엘리자는 몸을 움츠리며 대답했다. 그녀는 집주인이 싫어지기 시작했다. 저도 모르게 짜증이 나서 린다의 각진 뒷모습으로 눈을 돌렸다. 린다는 호기심을 누르지 못하고 여전히 울타리 옆에 서 있었다. 앤 엘리자는 동생이 래미 씨와 숲에서 영원히 돌아오지 않을 것만 같았다. 하지만 결국 두 사람은 돌아왔다. 래미 씨의 이마에는 땀방울이 구슬처럼 방울져 있었고, 남을 의식하는 듯 얼굴이 발그레한 에블리나는 손에 축 처진 고사리 한 다발을 들고 있었다. 적어도 그녀에게만큼은 그 시간이 날개 돋친 듯 빠르게 흘러간 게 분명했다.

"이거 다시 살아날 것 같아?" 에블리나가 고사리를 쳐들고 물었다. 하지만 에블리나가 다가오는 것을 보고 자리에서 일어선 앤 엘리자는 냉랭하게 대꾸했다. "에블리나, 우리 이제 집에 가는 게 좋겠어."

"어머나! 커피 한잔 먼저 해야죠!" 호치뮬러 부인이 막아섰다. 앤 엘리자는 그 집을 조용히 떠나기 위해서는 또 한 번 그 기나긴 식사 의식(儀式)을 치러야만 한다는 사실에 크게 실망했다. 어쨌든 세 사람은 이윽고 다시 한 번 페리보트에 올라탔다. 바다와 하늘은 회색빛이었고, 그사이를 가르며 빛나는 석양에 배가 만드는 바닷길이 유백색으로 반짝였다. 바람은 배를 타고 수 킬로미터를 여행한 것처럼 시원하면서도 타르 냄새가 묻어났다. 물갈퀴를 저을 때 찰싹거리는 소리는 꼭 피로가 가득한 그들의 얼굴에 직접 물을 끼얹듯 상쾌했다.

앤 엘리자는 두 사람에게서 떨어져 앉아 딴 곳을 바라봤다. 그녀는 래미 씨가 숲에서 에블리나에게 청혼했을 것이라 믿었다. 그래서 그날 저녁 동생에게 그 비밀을 듣게 될 것이라 생각하며 말없이 마음의 준비를 했다.

하지만 에블리나는 비밀을 털어놓을 만한 기분이 아닌 듯했다. 두 사람이 집에 도착했을 때 에블리나는 풀죽은 고사리 다발을 물에 꽂았다. 그리고 저녁 식사를 간단히 마치고 나서 실크 드레스와 물망초 보닛 모자를 살포시 내려놓더니 열린 창문 곁 흔들의자에 말없이 앉아 있었다. 동생이 그렇게 말할 기분이 아닌 모습을 보는 건 정말 오랜만이었다.

그다음 토요일, 래미 씨가 문을 열고 가게로 들어섰을 때 앤 엘리자는 홀로 앉아 있었다. 그가 그 시간에 방문하는 일이 좀처럼 없었으므로 그녀는 그가 무슨 일 때문에 왔는지 조금 걱정이 되었다.

"무슨 일이라도 있나요?" 단추를 고르고 있던 그녀는 단추 바구니를 옆으로 밀어내며 물었다.

"아뇨, 없어요." 그가 조용히 대답했다. "그냥 이 계절에는 토요일이면 오후 2시에 문을 닫거든요. 그래서 한번 들러 봤어요."

"찾아주시니 고맙네요. 하지만 에블리나는 지금 외출 중이에요."

"알고 있어요. 저기 길모퉁이에서 만났어요. 48번가에 새로 개업한 염색업자에게 가 봐야 한다더군요. 몇 시간 동안은 안 돌아오지요?"

앤 엘리자는 그를 바라보면서 점점 더 당황스러웠다. "네, 아마도 그럴 거예요." 그녀가 대답했다. 그리고 손님 접대는 해야겠다는 본능적인 생각에 이렇게 덧붙였다. "그래도 좀 앉았다 가실래요?"

래미 씨는 계산대 옆에 있는 스툴에 앉았고, 앤 엘리자는 원래 서 있던 뒷자리로 돌아왔다.

"제가 이 시간에 가게를 비울 수가 없거든요." 그녀가 설명했다.

"뭐, 이렇게 가게에 있어도 괜찮겠네요." 앤 엘리자는 래미 씨가 평소와 다른 눈빛으로 자기를 유심히 쳐다보는 걸 문뜩 느꼈다. 그녀는 자기도 모르게 관자놀이로 흘러내린 머리칼을 손으로 쓸어 올린 다음 옷깃 아래에 단 브로치를 바로 매만졌다.

"미스 버너, 오늘따라 매우 죠아 보이네요." 래미 씨가 웃으며 그녀의 손짓을 바라봤다.

"아, 네." 앤 엘리자는 긴장해서 툭 내뱉었다. "제가 늘 건강하긴 하죠." 그녀가 한마디 덧붙여 말했다.

"네, 미스 에블리나보다 몸집은 쟉지만 더 건강한 거 같습니다."

"아, 그건 잘 모르겠어요. 에블리나가 가끔 좀 예민해 보일 때는 있어도 전혀 병약하진 않아요."

"네, 언니보다 더 잘 먹죠. 그건 별로 쥼요하지 않지만요." 래미 씨가 말했다.

앤 엘리자는 아무 말도 하지 않았다. 그녀는 래미 씨가 하는 생각의 흐름을 따라가기가 어려웠다. 게다가 그가 에블리나의 예민함을 흥미롭게 생각하는 건지, 아니면 그 반대인지 알아내기 전까지는 에블리나에 관해 더는 말하고 싶지 않았다.

하지만 래미 씨는 앤 엘리자에게 고민할 시간조차 주지 않았다.

"져기, 미스 버너." 그가 스툴을 계산대 쪽으로 가까이 끌어당기며 말했다. "제가 오늘 여기 왜 왔는지 그냥 빠르게 말하는 게 죠을지도 모르겠습니다. 져 결혼하고 싶습니다."

앤 엘리자는 자정에 기도할 때마다 그 고백을 들을 것을 대비해 마음을 단단히 먹으려고 수없이 애써 왔다. 그러나 막상 그 순간이 되자 준비가 하나도 안 된 것처럼 한심하리만큼 겁이 났다. 래미 씨는 계산대에다 양쪽 팔꿈치에 대며 기댔다. 깨끗해진 손톱과 손질된 모자가 앤 엘리자의 눈에 들어왔다. 그런 신호가 있었는데도 준비를 하지 못했다니!

이윽고 심장이 쿵쾅대고 목소리가 갈라지는 것을 느끼면서 그녀가 내뱉었다. "어머, 래미 씨!"

"결혼하고 싶어요." 그가 되풀이해 말했다. "져 너무 외로워요. 사람이 혼자 산다는 게 죠은 게 아니죠. 그리고 매일 찬 음식만 먹는 것도요."

"물론이죠." 앤 엘리자가 부드럽게 말했다.

"게다가 먼지를 당해 낼 수가 없어요."

"아, 먼지……. 무슨 말인지 잘 알죠."

래미 씨는 뭉뚝한 손 하나를 그녀에게 불쑥 내밀었다. "져를 받아 쥬셨으면 합니다."

앤 엘리자는 여전히 그의 말을 알아듣지 못했다. 그녀는 머뭇거리며 자리에서 일어나 두 사람 사이에 있던 단추 바구니를 옆으로 밀어 놓았다. 그러고는 그가 그녀의 손을 잡으려 한다는 사실을 알아차렸다. 두 사람의 손끝이 만나자 그녀 안에서 기쁨의 파도가 밀려왔다. 그때 두 사람이 나눈 모든 대화는 그녀의 기억 속에 아로새겨져 시간이 한참 지난 뒤에도 절대 잊을 수 없었지만, 그와 손이 맞닿은 순간 그가 했던 말은 도무지 기억해 낼 수가 없었다. 그녀가 기억할 수 있는 것은 오직 여름 바다에 떠 있는 것 같은 기분과 귓가에서 들리던 파도 소리뿐이었다.

"저, 제가요?" 그녀는 숨이 가빠왔다.

"네, 그래요." 구혼자가 차분하게 말했다. "미스 버너야말로 져에게 제격이에요. 그건 분명한 사실이에요."

길 가던 여자가 발걸음을 멈추고 가게 창문을 들여다봤다. 앤 엘리자는 여자가 안으로 들어왔으면 싶었다. 하지만 여자는 이리저리 두서없이 둘러보더니 그냥 가 버리고 말았다.

"혹시 제가 마음에 안 드나요?" 앤 엘리자가 아무 대답도 하지 않자 당황해서 그가 물었다.

그를 받아들이겠다는 말이 목구멍까지 올라왔지만 입술이 떨어지지 않았다. 그녀는 어떻게든 돌려 말할 방법을 찾아야만 했다.

"그런 말은 하지 않았어요."

"져는 늘 우리 두 사람이 천생연분이라고 생각했어요." 래미 씨는 잠시나마 들었던 의심이 사라지자 말을 이어 나갔다. "져는 늘 죠용한 스타일이 죠았어요. 챠분하고 젠체하지 않고 일하는 걸 겁내지 않는 그런 여자분 말이죠." 그는 냉정하게 그녀의 매력을 하나하나 열거하듯 말했다.

앤 엘리자는 더는 안 되겠다고 생각했다. "하지만 래미 씨, 잘 모르고 계셨군요. 전 결혼할 생각이 전혀 없어요."

래미 씨는 놀라서 그녀를 쳐다봤다. "왜요?"

"글쎄, 이유는 잘 모르겠어요." 그녀는 떨리는 입술을 침으로 축였다. "사실은, 제가 보이는 것처럼 그렇게 활달하지는 않거든요. 어쩌면 전 누군가를 돌보며 사는 것을 견디지 못하는지도 몰라요. 전 에블리나처럼 활기차지도 않고…… 또 그렇게 젊지도 않아요." 그녀가 마지막으로 힘을 내어 말했다.

"하지만 여기서도 항상 일을 도맡아서 하다시피 하잖아요." 구혼자가 이상하다는 듯 말했다.

"아, 뭐, 그건 에블리나가 바깥일로 바쁘니까요. 그리고 여자 둘이 있으니까 일거리가 그렇게 많지는 않아요. 게다가 제가 나이가 더 많잖아요. 제가 일을 살펴야죠." 그녀는 서둘러 말하면서도 그 단순한 변명에 그가 너무 쉽게 속아 넘어가는 것만 같아 가슴이 조금 아파 왔다.

"제겐 충분히 활달해 보이는데요." 그는 고집을 꺾지 않았다. 그가 차분하게 계속 밀어붙이자 그녀는 겁이 나기 시작했다. 그녀는 자기 결심이 확고해 보이지 않을까 봐 몸을 떨었다.

"아니, 아니에요." 그녀는 속눈썹에 눈물이 맺히는 것을 느끼며 되풀이하여 말했다. "래미 씨, 전 결혼할 수가 없어요. 결혼할 수가 없다고요. 전 지금 너무 놀랐어요. 전 그 상대가 항상 에블리나일 거라 생각했어요. 언제나 말이에요. 그건 저뿐 아니라

68

모두가 그렇게 생각했다고요. 에블리나는 너무나 밝고 예쁘니까요. 그게 훨씬 자연스러워 보였어요."

"다들 완전히 오해했네요." 래미 씨가 완고하게 말했다.

"정말 죄송해요."

그는 스툴을 뒤로 밀며 자리에서 일어났다.

"한 번 더 생각해 봐요." 그는 조금만 더 기다리면 되리라 생각하는 듯 큰 목소리로 말했다.

"아, 아니에요. 래미 씨, 그래봐야 소용없어요. 전 전혀 결혼할 생각이 없다고요. 전 정말 빠르게 피로감을 느껴요. 전 일하는 걸 두려워해요. 게다가 전 심각한 두통을 앓고 있어요." 그녀는 말을 멈추고 자신의 병명을 좀 더 설득력 있게 짜 내려고 머리를 굴렸다.

"두통이라니요, 미스 버너?" 래미 씨가 뒤를 돌아보며 물었다.

"네, 두통 말이에요. 아주 심해요. 두통이 생기면 아무것도 할 수가 없어요. 제가 두통에 시달릴 때면 에블리나가 모든 걸 해야 하는 걸요. 그래서 동생이 아침마다 저에게 차를 가져다줘야 해요."

"아, 그것 참 안됐네요." 래미 씨가 말했다.

"하지만 정말 고마워요." 앤 엘리자가 웅얼거리듯 말했다. "그리고 부탁이에요. 제발 저에게, 저에게……." 그녀는 눈물을 글썽거리며 그를 쳐다보다가 갑자기 말을 멈췄다.

"아, 괜찮아요. 마음 쓰지 말아요, 미스 버너. 모두 각자 형편에 맞는 대로 해야죠." 그녀가 두통에 대해 이야기한 뒤로 어쩐지 그의 목소리가 체념한 듯 들렸다.

그는 어떻게 대화를 끝맺어야 할지 알지 못하는 것처럼 잠시 멈칫거리며 그녀를 바라봤다. 이윽고 그녀가 용기를 내어 (언젠가 소설에서 읽은 적 있던 말을) 한마디했다. "이 일 때문에 우리 사이가 달라지지 않았으면 좋겠어요."

"아, 그럴 리가요." 래미 씨는 멍하니 모자를 집어 올리며 대답했다.

"평소처럼 찾아와 주실 거죠?" 그녀가 용기를 내어 말을 이었다. "만약 오지 않으신다면 저희는 래미 씨를 무척 그리워할 거예요. 그리고 에블리나, 그 애는……." 앤 엘리자는 에블리나에게로 래미 씨의 마음을 돌리고 싶으면서도 동생의 비밀을 섣불리 드러내게 될까 봐 두려워서 더는 말을 잇지 못했다.

"미스 에블리나는 두통 같은 거 없나요?" 래미 씨가 은근슬쩍 물었다.

"어머, 없죠. 전혀 없어요. 여하튼 이렇다 할 만한 건 없어요. 아주 오랫동안 그런 거 없었어요. 게다가 에블리나는 아프다고 해도 그렇게 쉽게 무너지지 않아요." 앤 엘리자는 서둘러 양심에 맞는지 헤아리며 말했다.

"그런 생각은 전혀 못 했네요." 래미 씨가 말했다.

"생각했던 것보다 우리를 잘 모르시는 거겠죠."

"네, 그렇네요. 정말 잘 몰랐나 봐요. 그럼 미스 버너, 좋은 하루 보내요." 래미 씨가 문 쪽으로 걸어갔다.

"래미 씨도요." 앤 엘리자가 대답했다.

그녀는 다시 가게에 홀로 남자 매우 안도했다. 그녀는 자기 삶에서 결정적 순간이 지나갔다는 것을 알았다. 그리고 자신의 이상(理想) 아래로 떨어지지 않은 것이 기뻤다. 정말 멋진 경험이었다. 꿈에도 생각지 못한 두려움과 황홀함이 가득한 순간이었다. 눈물이 볼을 타고 흘러내렸지만 그의 마음을 알게 된 것이 결코 나쁘지 않았다. 다만 두 가지 사실이 아쉬웠다. 첫째는 그가 가게에서 고백했다는 것이고, 둘째는 그녀가 검은 실크 드레스를 입고 있지 않았다는 것이었다.

그녀는 그 뒤로 한참 동안 꿈 같은 황홀경에 잠겨 있었다. 아무리 삶이 궁핍할지라도 절대로 빼앗길 수 없는 그 무엇이 삶 속으로 들어온 것 같았다. 그녀가 소녀였을 적에 엄마가 금색 목걸이를 주었는데, 잠옷 안에 숨겨 뒀다가 어둠 속에서 침대에 걸터앉아 살짝 꺼내 봤던 그 금색 목걸이처럼 무엇인가 아주 중요한 것을 얻은 것 같아 감정이 북받쳤다.

마침내 에블리나의 귀가 시간이 가까워진다는 두려움이 이러한 생각과 뒤섞이기 시작했다. 어떻게 무슨 일이 있었는지 말하지 않고 동생과 눈을 마주칠 수 있을까? 앤 엘리자는 자기에게서 기쁨의 후광이 번쩍번쩍 빛나고 있을 것만 같아서 에블리나가 어스름이 질 때에야 돌아온 것이 천만다행이다 싶었다. 하지만 애당초 두려워할 필요가 없었다. 늘 자기 자신에게 빠져 있는 에블리나는 근래 들어 가게에서 일어나는 소소한 일들에는 아무런 관심이 없었다. 앤 엘리자는 그날 오후 가게에서 일어났던 일을 추궁당할 일이 없다는 걸 깨닫자 수치심과 함께 안도감을 느꼈다. 이 일이 다행스러우면서도 자기 가슴속에 있던 놀라운 비밀을 겉으로 보여 주지 못한다는 것이 조금 굴욕적이었다. 에블리나와 자신이 결국 동등하다는 사실을 동생이 알지 못해 김빠지기도 했고 심지어 약간 불합리하게 느껴지기도 했던 것이다.

제2부

8

시간이 얼마간 흐른 뒤 래미 씨는 가게로 다시 돌아왔다. 앤 엘리자는 그를 만났을 때 검은색 알파카 옷 아래로 자기 심장이 요동치는 것처럼 그의 심장도 과연 요동칠지 알 수 없었다. 겉으로 보기에는 아무런 티가 나지 않았다. 그는 그전보다도 더 침착하게 파이프에 불을 붙이고 이전의 친밀한 분위기 속으로 어려움 없이 빠져들어 가는 것 같았다. 그러나 경험 많은 앤 엘리자의 눈에는 그의 변화가 조금씩 감지됐다. 그는 그날 자기를 바라보던 그 눈빛으로 동생을 바라보기 시작했다. 심지어 앤 엘리자는 에블리나에게 하는 그의 말투가 달라진 걸 듣고 그 속에 있는 은밀한 의미를 알아챘다. 한번은 그가 에블리나에게 여행할 마음이 있는지 불쑥 물었다. 그러자 자기 볼을 뜨겁게 달군 적 있던 그 똑같은 열기가 에블리나의 볼을 뜨겁게 달구는 걸 봤다.

그렇게 그들은 몹시 무더운 7월의 몇 주를 흘려보냈다. 그 계절, 그 작은 가게의 영업은 거의 멈춘 것과 다름없었다. 그러던 어느 토요일 아침, 래미 씨는 두 자매에게 일찌감치 가게 문을 닫고 코니아일랜드*로 가는 배를 타자고 제안했다.

앤 엘리자는 에블리나의 눈이 빛나는 것을 보고 그녀가 가려고 단번에 결심한 것을 알 수 있었다.

"고맙지만 전 안 가는 게 좋을 것 같아요. 아마 동생은 기꺼이 갈 거예요."

하지만 앤 엘리자는 동생이 자기에게 그저 형식적으로 같이 가자고 말하는 게 가슴 아팠다. 더구나 래미 씨의 침묵은 더더욱 고통스러웠다.

"그래, 아무래도 안 가는 게 좋을 거 같아." 그녀는 그들에게 대답하기보다는 자신에게 혼잣말하듯 같은 말을 반복했다. "날씨도 끔찍하게 더운 데다 두통도 좀 있고."

"아, 그래. 그렇다면 나 같아도 아마 가지 않을 거야." 동생이 서둘러 말했다. "언니, 그냥 가게에 조용히 앉아서 쉬는 편이 낫겠어."

"그래, 난 가게에서 쉴게." 앤 엘리자가 그러겠다고 했다.

2시가 되어 래미 씨가 가게에 돌아왔고, 잠시 뒤 그와 에블리나는 가게를 나섰다. 에블리나가 이 순간을 위해 새로운 보닛을 하나 만들어 뒀구나, 하고 앤 엘리자는 생각했다. 모양이나 색깔이 나이에 걸맞지 않게 너무 유치해 보였다. 앤 엘리자가 동생의 취향을 비판적으로 바라보는 것은 이번이 처음이었다. 동생을 대하는 태도가 자기도 모르는 사이에 조금씩 변한 사실이 겁이 났다.

뒷날 돌이켜보니, 앤 엘리자에게 그날 오후의 고독은 무엇인가를 예언하는 것 같았다. 그녀가 앞으로 내세에서 맛볼 고독의 에센스를 증류하는 것 같았다. 가게에 손님은 한 사람도 오지 않았다. 어느 한 사람 문고리를 잡지 않았다. 아이러니컬하게도 뒷방의 시곗소리만이 시간이 허망하게 흐르고 있음을 강조할 뿐이었다.

에블리나는 늦은 시간에 혼자서 돌아왔다. 무엇을 디디는지 모를 만큼 흔들리는 동생의 발걸음 소리를 들으며 앤 엘리자는 위기가 가까이 다가오는 것을 느꼈다. 언니는 애정을 동생의 운명에 너무 강렬하게 투사했기 때문에 그런 순간이면 마치 자기의 삶과 동생의 삶, 두 삶을 살고 있는 것만 같았다. 행복을 갈망하는 동생을 보자 자신의 개인적인 욕망은 침묵으로 수그러들었다. 하지만 주변 사람의 기분을 제대로 알아차리는 법이 없는 에블리나는 언니가 이미 자기 비밀을 알고 있다는 사실을 전혀 눈치채지 못했다. 만약 고통이 덜했더라면 앤 엘리자는 아무렇지도 않게 미소를 지었을지도 모른다. 동생도 그렇게 무심한 척하며 언니에게 사실을 털어놓으려고 준비했다.

"뭐가 그리 바쁜 거야?" 앤 엘리자가 가스등 아래에서 성냥을 찾으려고 더듬거리는 것을 보고 에블리나가 조바심 내며 물었다. "언닌 내가 오늘 재미있었는지 물어볼 시간도 없어?"

그러자 앤 엘리자는 조용히 미소 지으며 몸을 돌렸다. "굳이 물어볼 필요가 없을 것 같은데. 즐거운 시간을 보낸 게 아주 분명해 보이니까."

"음, 나도 잘 모르겠어. 나도 내 기분을 잘 모르겠다고. 기분이 묘해. 막 소리를 지르고 싶다고나 할까."

"너 피곤한 것 같아."

"아니, 피곤하지 않아. 그런 게 아니야. 모든 게 너무 갑작스럽게 일어났지 뭐야. 배 안이 너무 붐벼서 사람들이 전부 그 사람하는 말을 다 들을 것만 같았다니까. 그런데 언니," 동생이 불쑥 내뱉었다. "도대체 왜 내가 지금 무슨 이야기를 하려는 건지 묻지 않는 거야?"

앤 엘리자는 마지막 영웅심을 발휘해 호기심 어린 눈으로 궁금한 척했다.

"도대체 무슨 일인데 그래?"

"나, 약혼했어. 봐봐! 드디어 털어놨지 뭐야! 배에서 청혼했다니까. 상상이 돼? 물론 난 별로 놀라지 않았어. 조만간에 그 사람이 고백할 줄 알고 있었거든. 다만 그 일이 오늘일 거라고는 미처 몰랐어. 그 사람이 절대로 용기를 못 낼 줄 알았거든. 내가 거절할까 봐 너무 두려웠다는 거야. 그래서 청혼하기까지 그렇게 오래 걸렸다는 거야. 근데 말이야, 나 아직 청혼을 받아들이진 않았어. 그냥 조금 생각해 봐야겠다고만 했어. 그런데 그 사람 벌써 내 마음을 알고 있는 것 같아. 아, 언니! 나 너무 행복해!"

에블리나는 눈부시게 빛나는 얼굴을 두 손으로 가렸다.

앤 엘리자는 그제야 기쁨을 온전히 느꼈다. 앤 엘리자는 동생의 두 손을 붙들고 그녀에게 입을 맞췄다. 두 사람은 서로를 꼭 끌어안았다. 에블리나는 다시 목청을 가다듬고서는 밤늦도록 이어질 긴긴 이야기를 늘어놓았다. 래미 씨가 내뱉은 단 하나의 음절도, 그가 보여 준 단 한 가닥의 시선이나 태도도 빼놓지 않았다. 에블리나가 무자비할 만큼 장황하게 늘어놓는 세부 사항을 들으며, 언니는 모순적이게도, 저도 모르는 사이에 자기가 받았던 청혼과 비교해 봤다.

그다음 며칠 동안, 두 자매는 당황스럽지만 서로와 래미 씨 사이에서 새롭게 생겨난 관계에 적응해 나갔다. 앤 엘리자는 온 힘을 다해 나서지 않고 뒤로 물러서려고 애를 썼다. 우선 에블리나와 그녀의 구혼자가 뒷방에 단둘이 오래 있을 수 있도록 가게에서 저녁 일거리를 만들었다. 뒷날, 그 무렵을 아무리 세세하게 떠올리려 해도 기억나는 것이 별로 없었다. 길고 가파르며 고통스러운 언덕 위로 무거운 시간의 짐을 밀어 올려야 한다고 생각하며 아침에 잠자리에서 일어났다는 것 말고는 아무것도 기억나지 않았다.

그즈음 래미 씨는 날마다 가게에 들렀다. 저녁마다 그는 에블리나와 광장으로 산책을 나갔고, 가게에 돌아올 때면 언제나 동생의 볼이 발그레했다. "저기 가로등에서 멀찍이 떨어진 골목의 나무 아래에서 키스를 했을 거야." 앤 엘리자는 추측하기 어려울 것들까지 전부 꿰뚫어 보듯 혼잣말을 했다. 그들은 일요일이면 오후 내내 센트럴 파크에 가 있었다. 그리고 앤 엘리자는 쥐 죽은 듯 고요한 뒷방에 홀로 앉아, 기쁨에 충만한 두 연인이 한참 동안 느리게 산책하는 모습을 걸음걸음 머릿속에 떠올려 봤다.

하지만 결혼에 관해서는 어떤 암시도 없었다. 다만 언젠가 한 번, 동생이 래미 씨가 결혼식에 호치뮬러 부인과 딸 린다를 초대하고 싶어 한다고 말한 적이 있었다. 그 세탁 일을 하는 부인에 대해 듣자 앤 엘리자는 가슴 속에서 거의 잊혀 가던 두려움이 떠올라 주저하듯 동생에게 말했다. "내가 너라면 호치뮬러 부인하고는 그다지 가깝게 지내지 않을 거 같아."

에블리나는 언니를 동정하듯 쳐다봤다. "언니가 만약 나였더라면 자기가 사랑하는 남자를 기쁘게 해 줄 일은 뭐든 하려고 했을 거야." 그리고 얼음처럼 차갑게 비꼬듯 한마디 덧붙였다. "내가 허먼 씨의 친구들에 비해 그다지 대단한 인물이 아니라는 게 얼마나 다행이야."

"아, 내 말뜻은 그런 게 아니야…… 그게 아니라는 건 너도 잘 알잖아." 앤 엘리자가 받아쳤다. "우리가 그 부인을 처음 봤던 날 난 어쩐지 그 여자는 네가 친구 하고 싶어 할 만한 사람은 아니라고 생각했어."

"그런 문제라면 결혼한 여자가 더 잘 판단할 것 같은데." 에블리나는 마치 벌써 결혼이라는 찬란한 미래에 들어선 것처럼 말했다.

그 뒤로 앤 엘리자는 자기 생각을 동생에게 털어놓지 않았다. 에블리나도 언니의 충고나 동정을 원하지 않았으며, 앞날을 계획하면서 벌써 언니의 존재는 별로 대수롭지 않게 여기는 것 같았다. 앤 엘리자는 잔인한 운명을 맹신하다시피 했기에 그녀 자신이 이렇게 배제되는 것을 자연스럽고 당연하게 받아들였지만, 생살이 찢어지듯 고통스러웠다. 그녀는 에블리나에 대한 사랑에서 모성애 같은 열정을 없애 버릴 수가 없었다. 그 어떤 이유가 있더라도 자매로서 느끼는 애정의 온도를 낮출 수는 없었다.

그때 앤 엘리자는 고통스럽게 수련하는 중이라고 생각했다. 에블리나가 떠나고 나면 자기를 기다리고 있을 고독을, 온갖 실험을 하며 대비하고 있는 것이라고 여겼다. 그렇다면 외로움에 단련되리라 믿었다. 그들은 그리 멀리 떨어져 지내지 않고, 동생은 날마다 시계 수리공의 가게에서 자기에게 '뛰어올' 터였다. 동생 부부는 일요일마다 그녀와 함께 저녁 식사를 할 터였다. 그러나 앤 엘리자는 에블리나가 시간이 갈수록 그 일을 마지못해 의무적으로 대충하리라는 게 벌써 짐작이 갔다. 특히 에블리나에 대한 소식을 알고 싶어 해 질 녘에 가게 문을 닫고 홀로 래미 씨 가게 앞에서 서성거릴 게 뻔해 보였다. 하지만 그럴 가능성에 연연하지 않기로 했다. "원하면 나한테 찾아오겠지. 내가 여기 있는지 알고 있으니까." 그녀는 단순하게 생각했다.

어느 날 저녁 에블리나가 광장으로 산책을 나갔다가 상기되고 긴장한 얼굴로 돌아왔다. 앤 엘리자는 단번에 무슨 일이 있었다는 것을 눈치챘다. 하지만 최근 침묵을 지키려는 습관 때문에 동생에게 물어보기가 꺼려졌다.

그러나 오래 기다릴 필요가 없었다. "아, 언니, 그 사람이 뭐라고 했는지 알아?" ('그 사람'이라는 대명사는 이제 오롯이 래미 씨를 가리키는 말이었다.) "내가 너무 흥분해서 아마 광장에 있는 사람 모두가 눈치챘을 거야. 나 이상해 보이지 않아? 그 사람이 당장 결혼하재. 바로 다음 주에."

"다음 주라니?"

"응, 바로 세인트루이스'로 곧바로 이사 갈 수 있도록 말이야."

"그 사람이랑 너랑…… 세인트루이스로 이사한다고?"

"그럼 설마 그 사람이 날 두고 그곳에 혼자 가고 싶겠어?" 에블리나가 헛웃음을 지었다. "하지만 너무 갑작스러워서 도대체 어떻게 받아들여야 할지 모르겠어. 그 사람이 오늘 아침에 편지를 받았거든. 언니, 나 이상해 보여?" 그녀가 거울을 찾아 두리번거렸다.

"아니, 하나도 이상하지 않아." 앤 엘리자는 좀 거칠게 대답했다.

"그럼 다행이고." 에블리나는 계속해서 실망스러운 낯빛을 띠고 말을 이었다. "그 소리 듣고 광장에서 기절하지 않은 게 기적이었어. 허먼 씨는 너무 배려가 없어. 말 한마디 없이 그냥 편지를 내 손에 쥐어 주더라니까. 그곳에 있는 굉장히 큰 회사에서 온 편지였어. 그 사람 말로는, 세인트루이스에 있는 티파니 상점이래. 시계 매장에서 일자리를 주겠대. 거기 자리 잡은 독일 친구가 매장에 그 사람 얘기를 했다나 봐. 정말로 좋은 일자리인 데다 열심히만 하면 연말에 가서 승진도 시켜 준대."

그러다가 에블리나는 지루하기만 했던 삶에서 벗어나게 해주는 좋은 기회가 될지도 모른다는 생각에 얼굴을 붉히며 잠시 입을 다물었다.

"그럼 너도 가야 하는 거야?" 이윽고 앤 엘리자가 입을 뗐다.

에블리나는 언니를 빤히 쳐다봤다. "설마 언니는 내가 그 사람 앞길을 방해하길 바라는 건 아니지?"

"아니, 아냐. 다만 내 말뜻은…… 그러니까 너무 빠른 거 같지 않아?"

"바로 하재. 다음 주에 말이야. 황당하지 않아?" 예비 신부가 얼굴을 붉혔다.

사실, 어머니들에게는 이런 일들이 일어나기 마련이다. 앤 엘리자는 어머니들이 그런 일을 참아 낸다고 생각했다. 그렇다면 그녀라고 견디지 못할 게 무어란 말인가? 아, 하지만 그들에게는 먼저 그들만의 기회가 있지 않았던가. 그녀에게는 애당초 그런 기회가 없었다. 그리고 이제껏 스스로 만들어 온 이 삶이 영원히 그녀에게서 사라지고 있었다. 좀 더 심오한 내적 의미에서 보면 동생과의 유대감은 이미 사라졌고, 겉으로 보이는 친밀함, 목소리와 눈빛으로 주고받던 외적 교감도 곧 사라져 버릴 터였다. 그 순간에는 에블리나가 행복하길 바라는 생각조차 그녀에게 위안의 서광 혹은 빛을 주지 못했다.' 아니, 설령 그녀가 그 빛을 봤다 해도 너무 멀리 떨어져 있어서 그녀를 따뜻하게 해 주지는 못했다. 누구에게도 양보할 수 없는 동생과의 유대관계에 대한 갈증으로 앤 엘리자의 영혼이 바싹 말라갔다. 그녀는 두 번다시 외로움을 마주할 만큼 힘을 낼 자신이 없었다.

하지만 그녀는 당시의 사소한 의무감 때문에 다시 힘을 얻었다. 만약 게으름에 계속 잠겨 있었더라면 슬픔이 그녀를 집어삼켜 버렸을지도 모른다. 그녀는 가게와 뒷방에서 해야 할 일들이 있는 데다 에블리나의 결혼을 준비해야 했으므로 그 폭군을 잠재울 수 있었다.

예상했던 대로 미스 멜린스에게 웨딩드레스를 만드는 일을 도와 달라고 부탁했다. 어느 날 저녁, 미스 멜린스와 앤 엘리자는 폭이 넓은 회백색 캐시미어 원단 위로 몸을 굽히고 있었다. 재봉사는 선홍색 새틴 드레스가 에블리나에게 잘 어울릴 것이라고 말했었지만 결국에는 이 캐시미어가 가장 좋다고 판단했다. 바로 그때 에블리나가 혼자 방에 들어왔다.

앤 엘리자는 래미 씨가 그의 약혼녀를 문 앞까지 바래다주고 가 버리면 징조가 좋지 않다는 것을 알고 있었다. 그것은 보통 에블리나가 그와 대화하면서 짜증 나는 게 있었다는 의미였다. 이번에는 심상치 않다는 것을 앤 엘리자는 한눈에 알아챘다.

문을 등지고 고개를 푹 숙인 채 재봉질을 하던 미스 멜린스는 에블리나가 돌아서 테이블 맞은편에 서 있는 것을 보고 화들짝 놀랐다.

"세상에! 미스 에블리나! 그렇게 몰래 들어오다니, 귀신인 줄 알았네! 그러니까 저한테 49번가에 살던 손님이 하나 있었는데요. 가슴둘레가 91센티미터가 넘는데 허리둘레는 결혼반지를 끼워도 될 만큼 아주 가느단, 어리고 사랑스러운 여인이었는데 말이에요. 그녀 남편이 한번은 장난친다고 그런 식으로 뒤에서 몰래 다가와 놀라게 해서 여자가 발작을 일으켰어요. 그리고 의식을 회복했을 때는 정신 나간 여자가 되었지 뭐예요. 블루밍데일 정신병원'으로 갈 때는 의사 두 명과 간호사 한 명이 붙잡고 마차에 태워야 했다니까요. 예쁜 아기가 태어난 지 겨우 6주밖에 되지 않았는데 말이에요. 그리고 아직도 그 모양이에요. 불쌍한 것."

"놀라게 하려는 건 아니었어요." 에블리나가 말했다.

그녀는 가장 가까이에 있는 의자에 앉았고, 램프 불빛이 동생의 얼굴에 비치자 앤 엘리자는 동생이 울었다는 것을 알 수 있었다.

"얼굴이 엄청 피곤해 보이네." 미스 멜린스가 잠시 에블리나의 영혼이라도 살펴보듯 뚫어지게 보더니 말을 이었다. "래미 씨가 아가씨를 너무 자주 광장으로 끌고 다니는 것 같더니. 조심하지 않으면 피곤해서 쓰러질지 몰라요. 남자들이란 도무지 생각이란 게 없다니까. 하나같이 똑같아요. 글쎄, 저한테 서점 점원하고 약혼한 사촌이 하나 있었는데……."

"미스 멜린스, 오늘 밤은 일을 그만하는 게 좋겠어요." 앤 엘리자가 끼어들었다. "에블리나가 오늘 저녁에는 좀 푹 쉬어야 할 것 같아서요."

"그래요." 재봉사가 동의했다. "미스 버너, 몸판 뒤쪽 천 갖고 있지요? 소매는 여기 있어요. 내가 핀으로 고정해 놓을게요." 그녀는 입에서 핀 뭉치를 꺼내 마치 다람쥐가 입 안에 물고 있던 도토리를 땅속에 숨기듯 천 속에 고정했다. "이제 됐네." 그녀가 옷감을 말며 말했다. "미스 에블리나, 어서 침대에 가서 쉬어요. 내일 밤에는 좀 늦게 작업할게요. 좀 긴장되죠? 나도 결혼할 때가 되면 겁이 나서 기절할지도 몰라요."

미스 멜린스는 장난꾸러기처럼 이렇게 미래를 예측하며 가 버렸다. 앤 엘리자가 뒷방으로 돌아왔을 때 에블리나는 여전히 맥이 빠진 채 식탁에 앉아 있었다. 최근 새롭게 정한 침묵의 원칙에 따라 언니는 말없이 신부 드레스를 접기 시작했다. 그때 에블리나가 거칠고 부자연스러운 목소리로 대뜸 말했다. "이제 그거 쓸 일 없을 거야."

앤 엘리자는 손에서 옷감 뭉치를 떨어뜨렸다.

"에블리나 버너…… 그게 무슨 말이야?"

"방금 말한 그대로야. 연기됐어."

"연기라니…… 뭐가 연기됐다는 거야?"

"우리 결혼식 말이야. 그 사람, 날 세인트루이스로 데려갈 수 없대. 그럴 만한 돈이 없대." 그녀는 마치 어린아이가 교과서를 낭독하듯 단조로운 말투로 낱말을 내뱉었다.

앤 엘리자는 다른 캐시미어 원단을 들어 주름을 펴기 시작했다. 이윽고 그녀가 말했다. "무슨 말인지 통 모르겠어."

"뭐, 뻔하잖아. 그곳에 가는 데에 돈이 어마어마하게 많이 들 거고, 또 우리가 그곳에서 신접살림을 차리려면 돈이 있어야 하잖아. 우린 비용을 계산해 봤거든. 그 사람한텐 나를 그곳에 데려갈 만큼 돈이 없어. 그뿐이야."

"하지만 그 사람이 곧바로 아주 괜찮은 직장에 취직하는 줄 알았는데."

"그건 맞아. 하지만 첫해에는 월급이 꽤 적어. 게다가 세인트루이스는 생활비가 엄청 비싸다고. 그 사람, 독일 친구에게 막 편지를 한 통 더 받았거든. 어떡해야 할지 생각해 봤는데, 모험을 무릅쓰기가 겁난대. 그래서 아마 그 사람 혼자 가야 할 거야."

"하지만 너한테 돈이 있잖아. 그거 잊었어? 은행에 저축해 둔 1백 달러 말이야."

에블리나는 초조한 듯 몸을 움직여 댔다. "당연히 잊을 리 없지. 하지만 그걸로는 충분하지 않아. 그 돈은 가구 구입하는 데다 써야 할 거야. 게다가 만약 그 사람이 또 아프거나 해서 일자리를 잃어버리기라도 한다면 우리에겐 동전 한 푼 남지 않게 될 거야. 그 사람 말로는 나를 그곳에 데려가기 전에 적어도 1백 달러는 더 벌어야 한대."

앤 엘리자는 놀라서 잠시 동생이 설명한 말을 곰곰이 생각해 봤다. 그러고 나서 조심스럽게 입을 열었다. "그 사람, 그런 것에 대해서 진작 생각했어야 하지 않을까?"

에블리나는 버럭 화를 냈다. "그 사람도 나나 언니만큼이나 뭐가 옳은지 알고 있다고. 그 사람한테 짐이 될 바에야 난 차라리 죽어 버릴 거야."

앤 엘리자는 대답하지 않았다. 무엇이라고 단정 지을 수는 없어도 갑자기 의혹이 떠올라 입을 다물었다. 그녀는 동생의 결혼식 날, 동생에게 공동 저축금의 나머지 절반도 마저 주려고 생각했었다. 그런데 무엇 때문인지 그 순간 그 말을 꺼내기가 두려웠다.

두 자매는 더는 아무 말도 하지 않고 옷을 벗었다. 두 사람이 잠자리에 들고 불을 끄자 어둠 속에서 에블리나가 흐느껴 우는 소리가 들렸다. 하지만 앤 엘리자는 들썩거리는 동생을 건드리지 않고 자기 쪽 침대에 꼼짝하지 않고 누워 있었다. 동생이 그처럼 멀게 느껴진 적이 없었다.

밤은 더디게 흘러갔다. 그들의 삶에 그렇게도 큰 부분을 차지했던 시계가 지루하고 고집스럽게 똑딱거렸다. 에블리나의 흐느낌에 침대가 계속 들썩이다가 서서히 뜸해졌다. 앤 엘리자는 동생이 결국 잠이 들었다고 생각했다. 하지만 새벽이 되어 자매는 눈이 마주쳤고, 에블리나의 얼굴을 쳐다보던 앤 엘리자는 그만 동생의 슬픔을 모른 척할 용기를 잃었다.

그녀는 침대에 일어나 앉아 애원하듯 손을 내밀었다.

"그렇게 울지 마, 동생아. 제발 울지 마."

"견딜 수가 없어. 견딜 수가 없다고." 동생이 앓는 소리를 냈다.

앤 엘리자는 들썩이는 동생의 어깨를 어루만졌다. "제발, 제발 울지 마." 그녀가 반복해서 말했다. "나머지 1백 달러를 마저 줄게. 그 정도면 되지 않을까? 처음부터 네게 주려고 생각했었어. 다만 네 결혼식까지는 말하고 싶지 않았을 뿐이야."

9

에블리나의 결혼식은 약속된 날에 거행됐다. 두 자매가 다니는 교회 예배당에서 저녁에 식을 치렀다. 식이 끝난 뒤 몇 안 되는 하객들은 결혼 만찬이 차려진 버너 자매의 지하 가게로 갔다. 미스 멜린스와 호킨스 부인의 도움과 거리 사람들의 애정 어린 관심을 받으며 앤 엘리자는 온 힘을 다해 가게와 뒷방을 꾸몄다. 새하얀 국화를 꽂은 화병은 오렌지와 바나나를 담은 접시와 웨딩 케이크 사이에 두었다. 웨딩 케이크에 설탕 옷을 입히고 신부가 오렌지 꽃으로 화관을 직접 만들어 둘렀다. 장식장과 '영원한 반석' 크로모는 종이 장미를 잔뜩 엮은 단풍잎으로 장식했다. 그리고 에블리나가 자기에게 행복을 가져다준 신비로운 중매쟁이로 숭배하다시피 하는 탁상시계는 노란 드라이플라워 화환으로 감아 놓았다.

스팽글과 뱅글 팔찌로 요란하게 치장한 미스 멜린스, 에블리나의 드레스 만드는 것을 거들어 준 창백한 얼굴의 어린 수석 견습생, 호킨스 씨와 그의 아내와 맏아들 조니, 호치뮬러 부인과 딸 린다가 식탁에 둘러앉았다.

금발에 덩치가 큰 호치뮬러 부인의 존재에 가려 그녀보다 몸집이 작은 손님들은 방 안에서 잘 보이지도 않는 듯했다. 그녀는 몸 안의 장기(臟器)처럼 주글주글하게 주름 잡힌 새빨간 포플린 드레스를 입고 있어 더욱 두드러져 보였다. 앤 엘리자가 음흉한 눈빛을 띤 무례한 소녀쯤으로 기억했던 린다는 수줍음 타는 사춘기 시절을 지나 우아한 여성으로 활짝 피어나 그녀를 놀라게 했다. 호치뮬러 모녀는 연회를 장악하다시피 했다. 그들 옆에 있는 에블리나는 회색빛 캐시미어 드레스와 하얀색 보닛 모자를 쓰고 있었는데 유난히 창백해 보여, 색이 밝은 크로모 장식 옆에서 마치 빛바랜 그림 같았다. 그리고 전통에 따라 변변치 않은 신랑 역할을 맡을 수밖에 없었던 래미 씨는 조금도 앞에 나서려고 하지 않았다. 심지어 반짝거리고 짤랑대던 미스 멜린스조차 육중하고 붉은 호치뮬러 부인의 그늘에 가려 별로 눈에 띄지 않았다. 앤 엘리자는 정말로 결혼 만찬에 초대하고 싶지 않았던 두 사람을 중심으로 만찬이 돌아가리라는 불길한 예감이 들었다. 앤 엘리자는 그들이 식탁에 앉아 있는 동안 무슨 이야기를 하고 무엇을 했는지는 뒷날 전혀 기억나지 않았다. 그 기나긴 시간 동안 혈색 좋은 얼굴들과 큰 소리들이 회오리처럼 몰아치는 가운데, 에블리나의 창백한 얼굴이 해 질 녘 출렁이는 바다에서 이따금 떠오르는 시체처럼 기억에 남았다.

다음 날 아침, 래미 씨와 그의 아내는 세인트루이스로 향하고 앤 엘리자만 가게에 홀로 남았다. 미스 멜린스와 호킨스 부인과 조니가 뒷방의 장식을 떼고 청소하는 것을 도와주려고 들렀을 때, 겉으로는 첫 이별의 긴장이 조금 풀리는 것 같았다. 앤 엘리자는 그들의 친절을 당연히 고맙게 생각했지만, 그들이 '위로'라 믿고 건네는 말들은 그녀에게 빈껍데기와 같았다. 그녀는 익숙하고 따뜻한 그들의 존재 바로 저편에 '고독'이라는 손님이 문 앞에 서서 기다리는 것을 봤다.

앤 엘리자는 그 엄청난 손님을 감당하기에는 너무나 보잘것없었다. 그 손님을 감당할 수 없을 것만 같아 온몸이 떨렸다. 그녀는 집 안에 새로 들어온 동반자에게 진지하게 할 말이 없었다. 그때까지는 사소한 생각 하나까지도 전부 에블리나에게 향해 있었고, 그런 생각은 그저 소박하고 쉬운 말로 하면 됐다. 엄청난 침묵의 언어는 첫 한 음절도 알지 못했다.

에블리나가 떠난 다음 날, 가게와 방 안에 있는 모든 것이 냉담하고 낯설게 느껴졌다. 상황이 달라지자 가게의 모든 것이 달라졌다. 그녀는 가게 문을 처음 열고 들어선 손님을 보고 귀신을 본 것처럼 화들짝 놀랐다. 또 밤이면 침대의 자기 자리에 누워 밤새 뒤척였고, 때때로 한 번씩 졸다가 문득 깨어나 비몽사몽간에 에블리나 쪽으로 손을 뻗었다. 침묵이 그녀 주위를 둘러싸자 벽과 가구가 말하기 시작했다. 그녀는 황혼 녘과 자정에 들리는 낯선 한숨 소리와 은밀한 속삭임에 기겁하곤 했다. 유령이 손으로 창문 셔터나 바깥쪽 걸쇠를 흔들었다. 한번은 에블리나가 어두운 가게 안을 살금살금 걷는 것 같은 발자국 소리가 들리다가 문지방쯤에서 사라졌다. 그러자 간담이 서늘해졌다. 결국에는 그것이 침대 틀이 뒤틀리는 소리였다든가, 미스 멜린스가 위층에서 쿵쿵대며 걷는 소리였다든가, 맥주를 잔뜩 실은 수레가 우렁차게 지나가며 문 걸쇠를 흔드는 소리였다는 등 소음이 난 이유를 알게 되었지만, 그러기 전까지는 긴 시간 동안 정처 없이 떠돌던 공포심이 온갖 불길한 억측으로 단단히 굳었었다. 그중에서도 최악은 혼자만의 식사였다. 자기도 모르게 가장 큰 파이 조각을 에블리나에게 주려고 옆으로 밀어 둔다든지, 동생을 기다린다고 뜨거운 차를 한 잔도 마시지 않고 차갑게 식도록 놔 두는 때가 있었다. 그런 비참한 식사 시간에 들른 미스 멜린스가 고양이라도 길러 보라고 제안했지만 앤 엘리자는 이내

고개를 흔들었다. 그녀는 동물에 전혀 익숙하지 않았다. 그녀는 경건한 신앙인들이 영혼이 없다고 그녀와 갈라놓은 짐승들은 피해야 한다고 막연하게나마 생각했다.'

텅 빈 것 같던 열흘이 지나고 드디어 에블리나에게서 첫 편지가 왔다. 스펜서 둥근 서체'로 조그마하게 쓴 손편지였다.

사랑하는 언니에게

내가 평생 배필로 선택한 사람과 같이 이 대도시에 와 있는 것이 낯설게 느껴져. 결혼에는 결혼하지 않은 사람들이 절대 이해할 수 없는 신성한 임무들이 있어. 그리고 어쩌면 그런 이유 때문에 더 행복한 것이겠지. 그들에게는 단순한 일들과 기쁨만 있을 뿐일 테니까. 하지만 다른 사람을 걱정해야 하는 사람들은 전능한 창조주가 부르신 뜻대로 어떤 상황에서든 맡은 바 임무를 다할 준비를 해야 해. 내가 불평하는 건 아냐. 내 사랑하는 남편은 그저 날 사랑하고 헌신해 줘. 하지만 하루 종일 직장에 나가 있느라 모습을 보이지 않으니까 때로는 외로울 수밖에 없지. 한 시인이 말했던 것처럼 사랑하면서 떨어져 산다는 것은 힘든 일이거든. 사랑하는 언니, 난 가끔 언니가 가게에서 홀로 어떻게 보내고 있는지 궁금해하면서, 내가 여기 온 뒤로 느끼는 외로움을 언니는 겪지 않기를 바라고 있어. 우린 지금 하숙집에서 지내고 있는데 곧 방을 구해서 주택가로 옮기려고 해. 그러면 그 안에 있는 집안일을 전부 감당해야겠지만 그것이 곧 다른 사람과 평생을 함께하기로 마음먹은 사람들의 운명이겠지. 삶에 대한 부담감에서 놓여나길 바라선 안 될 것이고, 또 난 그러길 바라지도 않아. 내가 죽지 않고 영원히 살 것도 아니기에 내가 사는 동안 내게 주어진 임무를 다할 힘을 달라고 항상 기도할 거야. 이 도시는 조금도 뉴욕만큼 크거나 멋지지 않지만, 내 운명이 '황무지'에 내던져진 것일지라도 나는 푸념하지 않을 거야. 그건 내 천성이 아니거든. 누구든 독립적인 삶을 '아내'라는 달콤한 이름과 바꾼 사람이라면, 반짝이는 것이 모두 금은 아니라는 사실을* 받아들일 각오를 해야 해. 그리고 나는 언니의 삶이 한여름 구름처럼 속박 없고 평온하길 바라. 그건 내 운명은 아니지만 무슨 일이 있어도 내 안에 순응하고 기도하는 영혼이 있기를. 그리고 이 편지가 나를 떠나 언니를 잘 찾아가기를. 사랑하는 언니, 그럼 안녕.

에블리나 B. 래미

앤 엘리자는 언제나 에블리나의 차갑고 웅변적인 편지 솜씨를 내심 부러워했다. 몇 번 읽어 보지는 못했지만 학교 친구라든가 멀리 사는 친척들에게 보내는 그 편지들은 자기 경험담보다는 문학적 글쓰기에 가까웠다. 하지만 이제는 에블리나가 그런 식의 글쓰기를 접어 두고 집에서 있었던 사소한 일상을 시간 순서대로 써 줬으면 하고 바랐다. 그녀는 동생이 실제로 무슨 일을 하고 무슨 생각을 하며 지내는지 단서를 찾으려고 편지를 읽고 또 읽었다. 그러나 읽을 때마다 동생의 글솜씨에 감탄하기는 했을지언정 미로같이 장황한 말 속에서 아무것도 알아낼 수가 없었다.

초겨울 녘 앤 엘리자는 비슷한 종류의 편지를 두세 번 더 받았는데, 느슨한 껍데기 같은 미사여구 속에 조그마한 알맹이 같은 사실들만 들어 있을 뿐이었다. 앤 엘리자는 행간의 의미를 연구하고 또 연구해서, 동생이 그녀의 남편과 비싼 하숙집을 전전하다가 연립주택으로 비용을 줄여 들어갔다는 사실과 그들이 예상했던 것보다 세인트루이스의 물가가 비싸다는 사실, 제부가 계속 밤늦게까지 일한다는 사실(앤 엘리자는 보석 상점에서 늦게 퇴근할 일이 뭐가 있는지 이해가 가지 않았다), 그가 바라던 것만큼 직장에 만족하지 못하고 있다는 사실을 알게 되었다. 2월이 가까워지면서 편지가 줄었고 결국 더는 오지 않았다.

처음에는 앤 엘리자가 머뭇거리면서도 끈질기게, 편지 좀 자주 써 달라고 졸라 댔다. 그러다가 오랫동안 이어지는 에블리나의 알 수 없는 침묵에 서서히 편지 쓰기를 그만뒀다. 앤 엘리자는 곧 알 수 없는 두려움에 휩싸였다. 어쩌면 에블리나가 아픈지도 몰랐다. 스스로 차 한잔 끓여 먹을 줄도 모르는 남자 말고는 그녀를 곁에서 돌봐 줄 사람도 없는데! 앤 엘리자는 제부의 가게에 켜켜이 쌓여 있던 먼지가 떠올랐고, 흐트러진 집 안 광경이 에블리나의 아픈 얼굴과 뒤섞여 상상되며 더욱 가슴이 미어졌다. 하지만 정말로 에블리나가 아픈 것이라면 제부가 대신 편지를 썼을 터였다. 그는 작고 깔끔한 글씨체로 글을 썼고, 서

면으로 의사소통하는 걸 견딜 수 없이 민망하게 생각하지는 않으리라고 생각했다. 그보다 훨씬 더 있음직한 상황은, 불행히도 두 남녀가 어떤 병으로 같이 몸져누워 그녀를 부를 힘조차 없는 것이었다. 자신과 자신의 빈약한 재정이 그들에게 도움이 될 수 있다면 분명히 연락했겠지, 하고 앤 엘리자는 자기도 모르게 냉소를 지었다. 깊이 생각하면 할수록 수수께끼 같은 상황은 더욱 어두워 보였다. 앤 엘리자는 주도력이 부족한 데다 그 먼 곳에서 소식이 끊긴 사람들을 어떻게 추적해야 할지 몰라서 막막하고 답답했다.

마침내 혼란한 기억 속에서 제부를 고용한 세인트루이스 보석 상점 이름이 떠올랐다. 앤 엘리자는 한참을 망설이고 꽤 힘을 들여 소심하게 제부의 소식을 묻는 편지를 써서 보냈다. 그녀가 기대했던 것보다 빨리 회사에서 답장이 왔다.

안녕하십니까?
귀하의 29일 자 편지에 대한 답장을 드립니다. 귀하께서 문의하신 직원은 한 달 전에 해고되었음을 알려드립니다. 본사는 그의 주소를 제공해 드리지 못함을 송구스럽게 생각합니다.

존경을 담아,
루트비히 앤드 해머부슈

앤 엘리자는 혼미해진 정신으로 그 짧은 편지를 읽고 또 읽었다. 에블리나의 마지막 발자취를 잃고 만 것이다. 그녀는 밤새 뒤척이면서 세인트루이스로 직접 가는 엄청난 계획을 궁리했다. 누비이불의 조각보를 이어붙일 때나 발휘하던 독창성으로 자기 재정 여건을 짜 맞춰 생각해 봤지만, 도무지 차비를 마련할 방법이 없다는 차갑고 공공연한 현실만 자각할 뿐이었다. 에블리나에게 결혼 선물로 돈을 준 뒤로 매일 조금씩 버는 수입 말고는 돈이 전혀 없었는데, 그 적은 수입마저도 겨울을 지나는 동안 꾸준히 줄어들었다. 그녀는 매주 들르던 정육점에 발길을 끊은 지 오래됐고, 아주 사소한 소비까지도 줄였다. 하지만 그토록 철저히 돈을 아껴 써도 전혀 저축할 수 없었다. 그 적은 수입을 예전처럼 유지하려고 끈덕지게 노력했지만 동생의 빈자리 때문에 사업은 이미 기울고 있었다. 그녀는 꾸러미를 직접 염색업자에게 들고 가야 했고, 그녀가 자리를 비운 동안 가게에 찾아온 손님들은 가게 문이 잠겨 있으면 다른 가게로 가곤 했다. 설상가상으로 보닛 모자를 손질하는 사업이 갖은 수를 써도 잘되지가 않아 그만둬야 했다. 에블리나가 할 때는 수입이 가장 좋으면서도 제일 재미나던 일거리였다. 이 때문에 가게 앞을 지나던 손님들이 쇼윈도에서 볼 만한 게 없어졌다. 그 가슴 아픈 일로 버너 자매의 단골들은 앤 엘리자가 여성 모자를 만드는 데 솜씨가 없다고 여길 뿐 아니라, 깃털을 둥글게 말거나 꽃다발을 만드는 그녀의 기술조차 덩달아 신뢰하지 않게 되었다. 앤 엘리자는 자기를 언제나 따뜻한 눈길로 바라봐 주고 에블리나에게 모자를 주문한 적이 있던, 퍼프소매를 입은 숙녀에게 말을 한번

해 보기로 마음먹기까지 했다. 어쩌면 그 퍼프소매 숙녀가 그녀에게 단출한 바느질감을 조금 주거나 다른 친구들에게 가게를 소개해 줄 수 있을지도 몰랐다. 그럴 가능성을 생각하며 앤 엘리자는 서랍 속에 남아 있던, 때가 탄 명함을 뒤적여 꺼냈다. 가게를 막 시작할 때 감격해서 동생과 같이 주문했던 명함이었다. 하지만 막상 그 여인이 가게에 들렀을 때 그녀는 상복을 입고 얼굴에 너무 수심이 깊어 앤 엘리자는 차마 말을 꺼낼 수 없었다. 부인은 검은 실패와 실크를 사러 왔고, 나갈 때 문가에 서서 뒤를 돌아보며 말했다. "저 내일이면 아주 오랫동안 다른 곳에 가 있을 거예요. 그럼 겨울 잘 나세요." 그러고는 그녀의 등 뒤로 문이 닫혔다.

그러고 나서 얼마 지나지 않은 어느 날, 앤 엘리자는 호보큰으로 호치뮐러 부인을 찾으러 가 봐야겠다는 생각이 들었다. 그 까다로운 사람에게 자기 고민거리를 쏟아 내기가 여간 꺼려지는 게 아니었지만 동생이 걱정된 나머지 망설임도 잠시였다. 다만 이 문제를 고민하기 시작하자 또 다른 어려움에 맞닥뜨렸다. 딱 한 번 호치뮐러 부인을 방문하러 갔던 그날, 그녀와 에블리나는 래미 씨를 졸졸 따라갔을 뿐이어서 그 세탁부가 사는 길거리나 지역의 이름조차 알지 못했다. 하지만 부인은 분명 에블리나의 소식을 알 터였으니 그 어떤 장애물도 가는 길을 막을 수는 없었다.

앤 엘리자는 누군가에게 조언을 구하고 싶었지만 적어도 늘 주변에서 이야깃거리를 찾아 헤매는 미스 멜린스의 눈은 피하고 싶었다. 처음에 그녀 말고 다른 친구는 생각이 나지 않았다. 그러던 중 곧 호킨스 부인, 아니 그녀의 남편이 생각났다. 항상 따분하고 배운 것 없는 남자 같아 보이던 호킨스 씨가 혹시라도 다른 사람 주소를 알아내는 데 신비롭고 남자다운 재능이 있을 지도 몰랐다. 앤 엘리자는 온후한 호킨스 부인에게조차 자기 비 밀을 말하기가 어려웠지만 적어도 미스 멜린스에게 추궁받고 좌지우지당하는 일은 피할 수 있었다. 호킨스 부인은 가정을 돌 보며 쌓인 스트레스에 짓눌려, 앤 엘리자가 방문해 비밀을 털어 놓아도 꼭 남자처럼 무덤덤하게 흘려들을 뿐이었다. 부인은 이 야기를 듣는 동안 한 손으로는 이가 나기 시작한 아기를 안아 흔 들고, 다른 한 손으로는 충동적으로 곡예를 부리는 둘째 아이를 저지하려고 했다.

"저런, 저런." 앤 엘리자가 말을 마치자 부인은 이렇게 대답할 뿐이었다. "아서, 가만히 있어. 오늘은 버너 아줌마 발 위에 올라 타서 뛰면 안 돼. 조니, 넌 지금 뭘 보냐? 어서 빨리 나가 놀아!" 다른 아이들보다 덜 말썽을 부렸기 때문에 부인이 애들에게 화 가 날 때면 화풀이 대상으로 삼곤 하는 맏이를 엄한 눈빛으로 쏘 아보며 말했다.

"우리 남편이 도와줄 수 있을지 몰라요." 호킨스 부인이 골똘 히 생각하며 말을 이어 가는 동안 엄마의 명령으로 흩어졌던 아 이들은, 짜증스러운 손짓으로 쫓아낸 파리들이 원래 자리로 날 아 돌아오듯 하던 짓을 다시 하기 시작했다. "남편이 돌아오면 곧장 가게로 보낼게요. 그이에게 그 이야기를 전부 해 줘요. 남 편이 주소 명부에서 주소를 찾아낼 수 있을 거예요. 직장에 한 권 있거든요."

"그래 주신다면 너무 고맙죠." 앤 엘리자는 오랫동안 감춰 뒀
던 두려움을 털어놓고 한결 마음이 가벼워진 듯 자리에서 일어
났다.

10

호킨스 씨는 아내의 믿음을 저버리지 않고 자기 능력을 보여
줬다. 그는 앤 엘리자가 전해 주는 만큼 호치뮬러 부인에 대해
듣고 나서 집으로 돌아갔다가 그다음 날 저녁, 부인의 주소가
적힌 메모지를 들고 나타났다. 그녀의 주소 아래에는 조니(호
킨스 가족의 필경사)가 크고 둥근 글씨체로 선착장에서 그 집에
이르는 길거리 이름들을 적어 놨다.

앤 엘리자는 그날 뜬눈으로 밤을 지새우며 호킨스 씨가 일러
준 길을 외우고 또 외웠다. 그는 친절한 사람으로 그녀가 원한
다면 호보큰까지 같이 가 주리라는 것을 잘 알고 있었다. 그녀
는 소심한 그의 눈빛에서 그녀와 동행해 주겠다고 말할까 말까
고민하는 것을 분명히 읽었다. 하지만 이런 일이라면 혼자 가는
편이 더 좋았다.

그녀는 토요일 아침 일찍 집을 나섰고 별 어려움 없이 선착장
까지 찾아갔다. 그녀가 호치뮬러 부인을 방문한 지 거의 1년이
지났다. 배에 올라타자 4월의 차가운 바람이 세차게 얼굴을 쳤
다. 승객들은 대부분 선실에 옹기종기 모여들었지만, 앤 엘리자

는 가장 외진 구석으로 가서 몸을 움츠리고 있었다. 지난 7월에
는 그렇게나 덥게 느껴지던 검은 망토를 입고 그녀는 몸을 벌벌
떨었다. 그녀는 뭍에 오르자 잠시 어리둥절했다. 하지만 이내
아버지같이 든든해 보이는 경찰관이 그녀를 적당한 전차에 잘
태워 준 덕에 마치 꿈속을 헤매듯 호치뮬러 부인의 문 앞까지 길
을 되짚어 갈 수 있었다. 그녀는 차장에게 자기가 내려야 하는
거리 이름을 말해 줬다. 그리고 머지않아 매서운 바람을 맞으며
맥주 집 근처 골목에 내려섰다. 작년에 그 자리에 섰을 때는 태
양이 맹렬히 내리쬤다. 이윽고 노란 측면에 호치뮬러 부인이 거
주하는 지역 이름을 선명히 새긴 빈 마차가 한 대 나타났다. 마
차는 곧 황량한 늪에서 불쑥불쑥 솟아오른 거대한 진흙더미같
이, 텅 빈 지대에 외로이 서 있는 작은 벽돌집들 옆을 터덜거리
며 지나갔다. 마차가 종점에 다다르자 그녀는 내려서 래미 씨가
어느 길로 꺾어 들어갔었는지 기억하려 애를 썼다. 그녀가 마부
에게 길을 물어보려고 마음먹은 순간 마부는 홀쭉한 말들의 등
뒤에서 고삐를 흔들었고, 아무도 타지 않은 빈 마차는 호보큰을
향해 터덜터덜 가 버렸다.

앤 엘리자는 길가에 홀로 남자 조심스럽게 앞으로 걸어 나가
면서 느릅나무가 솟아 있는 박공지붕의 작고 붉은 집을 찾아 두
리번거렸다. 하지만 주변의 모든 게 낯설고 으스스해 보일 뿐이
었다. 시무룩한 사람 한둘이 호기심 어린 시선으로 그녀를 쳐다
보며 지나쳤지만 그녀는 선뜻 그들에게 말을 걸어 볼 생각을 하
지 못했다.

이윽고 담황색 머리털을 한 사내아이 하나가 불법으로 술을 마신 듯 술집의 여닫이문을 홱 밀치면서 밖으로 나왔고, 앤 엘리자는 겨우 용기를 내어 그에게 자기 어려움을 털어놨다. 5센트를 주겠다고 하자 그는 곧바로 그녀를 호치뮬러 부인의 집으로 데려다주겠다는 의지를 내비치더니, 얼마 안 있어 그녀를 데리고 석공의 뜰을 총총 지나쳤다.

한 번 더 길을 꺾어 들어가자 작고 붉은 집이 나타났다. 앤 엘리자는 소년에게 수고비를 준 뒤 대문의 빗장을 풀고 들어가 현관문 앞에 섰다. 심장이 쿵쿵 뛰었다. 그녀는 입술이 파르르 떨리는 것을 진정시키려고 문설주에 잠시 기대야 했다. 그 순간, 앤 엘리자는 호치뮬러 부인에게 에블리나 얘기를 꺼내는 것이 얼마나 자존심 상하는 일인지를 깨달았다. 흥분을 가라앉히고 나니 집 모습이 상당히 달라진 게 눈에 들어왔다. 겨울이 지나며 느릅나무가 벌거벗었을 뿐 아니라 꽃밭의 둘레도 검게 변했다. 집 자체가 그야말로 품위가 떨어지고 버림받은 느낌이었다. 유리창은 금이 간 데다 지저분했고, 덧문 한두 개는 경첩이 헐거워져 을씨년스럽게 흔들거렸다.

그녀가 초인종을 여러 번 누르고 나서야 겨우 문이 열렸다. 머리에 두건을 두르고 아기를 품에 안고 있는 아일랜드 여자가 문앞에 나타났다. 앤 엘리자는 그녀 너머로 좁다란 복도를 힐끗 보고선, 한때 정갈했던 호치뮬러 부인의 집 안이 바깥만큼이나 누추하게 변한 것을 알 수 있었다.

여자는 부인의 이름을 듣고 앤 엘리자를 빤히 쳐다봤다. "워떤 부인이요?"

"호치뮬러 부인이요. 여기가 그분 집이 분명할 텐데요."

"아뉘, 아뉘거든요." 여자가 뒤돌아서며 말했다.

"아, 잠깐만요." 앤 엘리자가 간청했다. "제가 틀렸을 리가 없어요. 세탁부 호치뮬러 부인 말이에요. 제가 그분을 만나러 작년 6월에 여기 왔었어요."

"아, 예전에 여기 살았던, 그 네덜란드 쉐탁부 아줌마 말이군요. 두 달도 더 전에 이쇠 갔어요. 이제는 마이크 맥널티가 살고 있어요. 쉿!" 그녀가 울음을 터트리려고 입을 딱 벌리는 어린아이를 향해 내뱉었다.

앤 엘리자는 다리에 힘이 풀렸다. "호치뮬러 부인이 이사 갔다고요? 하지만 어디로 이사 갔나요? 분명 이 근처에 살고 있을 텐데요. 혹시 모르시겠어요?"

"그걸 내가 워떠게 알아요?" 그녀가 말했다. "우리 이쇠 오기도 전에 이쇠 갔는데."

"달리아 게헤건! 추우니까 애 데리고 어쉬 들어와!" 집 안에서 누군가 성난 목소리로 소리쳤다.

"잠시만요. 제발 부탁이에요." 앤 엘리자가 다시 사정했다. "전 호치뮬러 부인을 꼭 찾아야 해요."

"그럼 가쉬 찾아봐요!" 그녀가 대꾸하며 앤 엘리자 면전에 대고 문을 쾅 닫았다.

앤 엘리자는 너무나 실망감이 커서 현관 계단에 꼼짝달싹 못하고 서 있었다. 그러다가 집 안에서 악쓰는 소리가 들려오자 어쩔 수 없이 길을 따라 내려와 대문을 빠져나왔다.

　그때조차도 그녀는 조금 전에 무슨 일이 일어났는지 전혀 이해가 가지 않았고, 도로에 멈춰 서서 한때는 그토록 보기 싫었던 호치뮐러 부인의 얼굴이 지저분한 창 너머에 나타나기를 바라며, 실낱같은 희망을 품고 돌아다봤다.

　황량한 풍경에서 불쑥 불어오는 것 같은 시리도록 차가운 바람이 거즈처럼 얄팍한 옷을 뚫고 들어오자 정신이 번쩍 들었다. 그녀는 뒤돌아서 왔던 길을 되돌아가기 시작했다. 이웃집들을 두드려 호치뮐러 부인에 대해 물어볼 생각도 했지만, 집들의 생김새가 하도 불친절해 보여서 어느 집 문을 두드려 볼지 생각조차 하지 않고 그냥 지나쳐 버렸다. 그녀가 종점에 다다랐을 때 마차 한 대가 호보큰으로 막 출발해 버렸기 때문에 그녀는 구석진 곳에 서서 한 시간 가까이 매서운 추위를 견디며 기다려야만 했다. 마차가 어렴풋이 보일 때쯤에는 추위로 손과 발이 뻣뻣하게 굳었다. 그녀는 선착장으로 가기 전에 어디라도 들러서 차를 한잔 마실까 생각했다. 그러나 간이식당들이 모여 있는 지역에 다다르기도 전에 몸이 너무 아프고 어지러워서 음식 생각만 해도 속이 메스꺼웠다. 이윽고 페리보트에 올라타자 사람들로 북적이는 선실의 답답함이 오히려 위안이 되었다. 배에서 내려서는 다시 한 번 길거리 모퉁이에서 오돌오돌 떨며 기다려야 했고, 그런 다음 눅눅한 지푸라기와 담배 냄새가 나는 '도시 횡단' 전차를 타고 터덜거리며 가야 했다. 그녀는 그 추운 봄, 해 질 녘에 가까스로 가게 문을 열고 가게 안을 더듬더듬 지나가 불기운

하나 없는 냉랭한 침실로 들어섰다.

다음 날 아침, 호킨스 부인이 여행의 결과가 어떤지 듣고 싶어 가게에 들렀을 때 앤 엘리자는 낡은 숄을 감싸고 카운터 뒤에 앉아 있었다.

"어머 저런, 미스 버너, 몸이 아프군요! 열이 있는 게 틀림없어요. 얼굴이 새빨개요!"

"별거 아니에요. 어제 페리보트를 타면서 감기에 좀 걸린 모양이에요." 앤 엘리자가 말했다.

"아니, 가게 안이 납골당처럼 추워요!" 호킨스 부인이 그녀를 꾸짖었다. "어디 손 좀 줘 봐요. 불덩어리잖아요. 자, 미스 버너, 지금 당장 침대로 가 누워요."

"아, 호킨스 부인, 그럴 수 없어요." 앤 엘리자가 파리하게 웃어 보였다. "가게 돌볼 사람이 저밖에 없다는 거 잊으셨어요?"

"몸조심하지 않으면 아예 가게를 돌보지 못하게 될지도 몰라요." 호킨스 부인이 엄한 얼굴로 대꾸했다. 차분해 보이는 외모와는 달리 그녀는 병과 죽음에 대해 병적인 열정을 가지고 있었고, 앤 엘리자가 아파 보이자 평소의 그 무심한 태도가 확 달라졌다. "요즘 가게를 찾는 손님도 별로 없잖아요." 부인은 저도 모르게 심한 말을 계속했다. "난 지금 위층에 가서 미스 멜린스가 혹시라도 견습생을 한 명 내려보내 줄 수 있는지 알아볼게요."

지칠 대로 지쳐 거절할 힘도 없었던 앤 엘리자는 호킨스 부인이 시키는 대로 침대에 가서 눕고 그녀가 스토브에 차를 끓이도록 그냥 내버려 뒀다. 한편, 도와 달라는 요청을 항상 마음씨 좋게 받아들여 주는 미스 멜린스는 시력이 약한 어린 아가씨를 혹시 올지 모르는 손님을 대비해 가게로 내려보내 줬다.

이렇게 자립성을 포기하자 앤 엘리자는 갑자기 무감각한 상태에 빠져들었다. 그녀가 기억하는 한, 누군가를 보살피는 대신 보살핌을 받는 것은 평생 처음 있는 일이었다. 모든 일을 내려놓자 잠깐이나마 안도감이 들었다. 그녀는 고분고분 말 잘 듣는 어린아이처럼 차를 받아 마셨고, 찜질 팩을 자기 가슴에 올려놓도록 내버려 뒀다. 또 거의 사용하지 않는 난로에 불 지피는 것도 반대하지 않았다. 하지만 호킨스 부인이 베개를 바로 잡아 주려고 몸을 숙이자 앤 엘리자는 팔꿈치로 받치고 몸을 일으켜서 속삭이듯 말했다. "호킨스 부인, 호치뮐러 부인이 그곳을 떠나고 없었어요." 눈물이 그녀의 뺨을 타고 흘러내렸다.

"그곳에 없었다고요? 이사 갔대요?"

"두 달도 더 전에요. 그리고 지금 거기 사는 사람들은 부인이 어디로 갔는지 모른대요. 호킨스 부인, 이제 어쩌면 좋죠?"

"자, 자, 미스 버너. 조바심 내지 말고 가만히 누워 있어요. 남편이 돌아오는 대로 어떻게 하면 좋을지 물어볼게요."

앤 엘리자는 작은 목소리로 고맙다고 중얼거렸고, 호킨스 부인은 몸을 숙여 그녀의 이마에 입을 맞췄다. "조바심 내지 마요." 호킨스 부인은 아이를 달래듯이 말했다.

앤 엘리자는 일주일 넘게 침대에 누워 있었다. 두 이웃이 그녀를 충실히 간호하는 동안 시력이 약한 아가씨와 에블리나의 웨딩드레스 만드는 것을 도와줬던 창백한 견습생이 번갈아 가면서 가게를 지켰다. 아침마다 친구들이 올 때면 앤 엘리자는 고개를 들어 "혹시 편지 왔어요?" 하고 물었다. 그리고 그들이 부드럽게 머리를 가로젓는 것을 보면 또다시 침묵 속으로 빠져들었다. 호킨스 부인은 남편과 호치뮬러 부인을 추적할 최선의 방법을 찾아보겠다고 약속해 놓고도 며칠 동안 아무 말이 없었다. 앤 엘리자는 또 한 번 실망할까 봐 두려워 부인에게 선뜻 그 문제를 꺼내지 못했다.

그다음 일요일 저녁이었다. 미스 멜린스는 램프 아래에서 열심히 『폴리스 가젯』지를 보고, 앤 엘리자는 며칠 만에 처음으로 난롯가 흔들의자에 등을 기대고 앉아 있을 때였다. 가게 문 두드리는 소리가 한 번 나더니 호킨스 씨가 들어왔다.

앤 엘리자는 소박하고 다정한 그의 얼굴을 보자마자 새로운 소식이 있다는 것을 알아챘다. 그녀는 이제 더 미스 멜린스에게 걱정거리를 숨길 생각이 없었지만, 입술이 너무 떨려 차마 입을 뗄 수가 없었다.

"안녕하세요, 미스 버너." 호킨스 씨가 느릿느릿하게 말했다. "전 오늘 호치뮬러 부인에 대해 알아보려고 하루 종일 호보큰에 가 있었어요."

"어머, 호킨스 씨. 정말요?"

"제가 샅샅이 알아봤는데요, 안타깝게도 아무 소득이 없었네요. 그 부인은 호보큰을 떠났습니다. 자취도 남기지 않고 완전히 사라졌어요. 그리고 아무도 부인이 어디로 갔는지 모르더군요."

"그렇게까지 해 주시다니 너무 감사해요, 호킨스 씨." 그녀의 목소리가 실망감의 파도에 잠겨 모기 소리처럼 겨우 속삭이듯 나왔다.

자기가 나쁜 소식을 전하게 된 것을 깨달은 호킨스 씨는 그녀 앞에 어정쩡하게 서 있다가 가려고 돌아섰다. "별로 힘들지 않았습니다." 그가 출입구에 발걸음을 멈추고 그녀에게 확실하게 말했다.

그녀는 그를 붙잡고 조언을 구하고 싶었지만 목소리가 목구멍에 걸린 채 입 밖으로 나오지 않아 말없이 의자 등받이에 등을 기댈 뿐이었다.

다음 날 일찍 일어난 앤 엘리자는 떨리는 손으로 옷을 차려입고 보닛 모자 끈을 묶었다. 그리고 시력 약한 아가씨가 올 때까지 기다렸다가 가게에서 할 일을 상세히 알려 준 다음 거리로 나왔다. 피곤한 몸을 밤새 뒤척일 때, 티파니 매장에 가서 래미 씨의 과거에 대해 한번 물어봐야겠다는 생각이 문득 들었기 때문이다. 어쩌면 그렇게 하여 에블리나에게 닿을 만한 새로운 방법을 얻을 수 있을지도 몰랐다. 그녀가 위험을 무릅쓰고 외출한 걸 알면 호킨스 부인과 미스 멜린스가 화를 낼 터였기에 죄책감이 들기도 했지만, 에블리나의 소식을 듣기 전까지는 몸 상태가 나아지지 않을 게 분명했다.

아침 공기가 살을 에는 듯했다. 얼굴에 바람이 세차게 불어 몸에 기운이 빠지고 휘청거리는 바람에 유니언 스퀘어*까지 갈 수나 있을지 염려가 되었다. 하지만 아주 천천히 걸으며 남들의 눈에 띄지 않을 때는 잠시 멈춰 서기도 하면서, 드디어 보석 상점의 거대한 유리문 앞에 이르렀다.

너무 이른 아침이라 가게에는 손님이 하나도 없었다. 그녀는 길게 나열된 다이아몬드와 은으로 반짝거리는 진열장 옆을 지나며 한가한 직원들의 시선이 자기에게 집중되는 것을 느꼈다.

그녀는 빈 복도를 왔다 갔다 하는 멋지고 점잖은 남자 직원 중 한 사람에게 물어보기 전에 먼저 시계 매장을 발견할 수 있기를 바랐다. 그때 마침 돌아다니던 직원들 중에서도 가장 근엄해 보이는 직원이 그녀를 주목했다.

그러고는 무척이나 선심 쓰듯 무엇을 도와줄 수 있는지 물어보자 그녀는 용건을 말할 엄두가 나지 않았다. 그러나 그녀는 시작부터 엉켜 버린 대화의 실타래에서 가까스로 풀려나 시계 매장의 위치를 가르쳐 달라고 부탁할 수 있었다.

직원은 그녀를 친절하게 대했다. "어떤 스타일의 시계를 찾으세요? 결혼 선물인가요, 아니면……."

예상 밖의 질문을 받자 앤 엘리자는 갑자기 핏줄이 뻗치는 것을 느꼈다. "시계를 사려는 거 아니에요. 시계 매장 지배인을 만나고 싶어요."

"루미스 씨 말씀이신가요?" 그는 여전히 눈빛으로 그녀를 저울질했다. 그러더니 곧이어 그녀의 문제를 하찮은 것처럼 무시하는 듯했다. "아, 물론입니다. 엘리베이터를 타고 2층으로 올라가세요. 두 번째 통로에서 왼쪽으로 가십시오." 그는 끝도 없이 펼쳐진 진열장 아래쪽을 손으로 가리켰다.

앤 엘리자는 그가 도도한 손동작으로 가리키는 방향으로 걸어갔다. 엘리베이터를 타고 빠르게 올라가자 곧이어 시계 수천 개가 똑딱대고 윙윙대는 거대한 홀이 나타났다. 어느 쪽으로 고개를 돌리든 눈앞에는 시계들이 반짝거리며 끝도 없이 길게 펼쳐져 있었다. 복도에 세워 놓는, 종 소리를 내는 거대한 시계에서부터 째깍대는 화장대용 조그마한 시계, 마호가니 나무와 황동으로 만들고 성당 차임벨을 단 기다란 시계까지 온갖 시계가 다 있었다. 갖가지 크기와 소리, 모양을 갖춘 청동과 유리와 도자기로 된 시계들이었다. 빽빽이 늘어선 시계들 사이로 윤이 나는 복도에는 점잖은 매장 감독들이 영업 시작을 기다리며 한가하게 거니는 중이었다.

한 직원이 다가오자 앤 엘리자는 다시 한 번 물었다. 남자는 친절하게 대꾸했다.

"루미스 씨 말씀이신가요? 반대쪽 끝에 있는 사무실로 가 보세요." 그는 불투명한 유리와 아주 매끈한 벽을 세워 만든 큼직한 상자 같은 방을 가리켰다.

그녀가 고맙다고 인사하자마자 그는 동료에게 돌아서서 무엇인가를 말했는데 언뜻 듣기에 '루미스'라고 말하는 것 같았다. 동료가 듣더니 재미있다는 듯 킥킥대며 웃었다. 그녀는 그들이 자기를 두고 농담하는 것만 같아 망토를 두른 여윈 어깨에 힘을 줘서 쫙 폈다.

사무실의 문은 열려 있었고, 그 안에는 회색 수염의 남자가 책상에 앉아 있었다. 친절한 눈빛으로 그녀를 올려다보는 그에게 그녀는 루미스 씨를 만나고 싶다고 다시 한 번 말했다.

"제가 루미스입니다만, 무엇을 도와드릴까요?"

그는 앞서 봤던 다른 직원들보다 한결 덜 거들먹거렸지만 그들보다 지위가 더 높은 것 같았다. 그리고 그의 따뜻한 목소리에 용기를 얻어 그가 손짓하는 의자 끄트머리에 살짝 걸터앉았다.

"번거롭게 해 드려서 죄송합니다만, 혹시 허먼 래미 씨에 대해 뭐라도 좀 알려 주실 수 있을까 싶어서 이렇게 찾아왔어요. 2, 3년 전쯤 여기 시계 매장에서 일했었거든요."

루미스 씨는 그가 누군지 잘 모르는 듯했다.

"래미 씨라고요? 언제 일을 그만뒀습니까?"

"그건 잘 몰라요. 몹시 아파서 일을 쉬다가 회복하고 나니까 다른 사람이 일자리를 차지했다고 했어요. 작년 10월 제 동생과 결혼하고 세인트루이스로 갔는데, 최근 두 달이 지나도록 아무런 소식이 없어서요. 하나밖에 없는 동생이거든요. 너무 걱정이 돼서요."

"그렇군요." 루미스 씨는 곰곰이 생각했다. "혹시 래미 씨가 어떤 부서에서 일했는지 아시나요?" 잠시 뒤 그가 물었다.

"그 사람이…… 그 사람 말로는 시계 매장 책임자 중 한 명이었다고 했어요." 앤 엘리자는 불현듯 래미 씨가 거짓말을 했을 수도 있다는 의심이 들어 말을 더듬거렸다.

"좀 과장해서 말한 것 같네요. 하지만 제가 장부에서 이름을 한번 찾아보고 말씀드리겠습니다. 이름을 다시 한 번 말씀해 주시겠습니까?"

"래미…… 허먼 래미입니다."

그러고는 그가 장부의 책장을 넘기는 소리만 들릴 뿐 긴 침묵이 이어졌다. 이윽고 그가 책장 사이에 손가락을 끼운 채 고개를 들었다.

"찾았어요. 여기 허먼 래미라고 있네요. 그냥 평직원이었고 3년 반 전, 6월에 일을 그만뒀군요."

"질병 때문이었나요?" 앤 엘리자는 머뭇거리며 물었다.

루미스 씨는 잠시 망설이더니 입을 뗐다. "질병에 대한 언급은 없습니다." 앤 엘리자는 그가 자기를 다시 동정 어린 눈으로 바라보는 것을 느꼈다. "사실대로 말씀드리는 게 좋을 것 같네요. 그 사람은 마약 복용으로 해고됐습니다. 유능한 직원이었지만 계속 일하게 둘 수가 없었어요. 이런 말씀을 드려 정말 죄송합니다만, 동생분에 대해 걱정하고 계시니 솔직하게 말씀드리는 편이 좋을 것 같아서요."

반들반들하게 윤이 나는 사무실의 양쪽 벽면이 앤 엘리자의 시야에서 사라지더니, 수많은 시계가 내는 소리가 폭풍 속에서 밀어치는 파도 소리처럼 귓속으로 들이닥쳤다. 말을 하고 싶었지만 할 수가 없었고, 자리에서 일어나려 했지만 바닥이 발밑에서 사라지고 없었다.

"정말 유감입니다." 루미스 씨가 장부를 덮으며 다시 한 번 말했다. "이제야 그 사람이 똑똑히 기억나네요. 그 사람 종종 일하다 말고 사라지곤 했어요. 그러다가 다시 나타났을 땐 며칠 동안 일을 제대로 할 수 없는 상태였습니다."

그의 말을 들으면서 앤 엘리자는 그녀가 래미 씨를 찾아갔던 날 그가 계산대 뒤에 처량할 정도로 기운 없이 앉아 있던 모습이 떠올랐다. 고개를 들어 그녀를 바라보던 흐리멍덩하고 초점 없는 눈이며, 가게 안에 켜켜이 쌓인 먼지며, 창가에 자리 잡고 있던, 책 위에 발을 얹은 뉴펀들랜드 개 모양의 녹색 청동 시계가 눈앞에 떠올랐다. 그녀는 천천히 자리에서 일어났다.

"고맙습니다. 번거롭게 해 드려 죄송해요."

"아닙니다. 동생분이 래미 씨와 지난 10월에 결혼했다고 하셨습니까?"

"네, 그렇습니다. 그리고 나서 곧바로 세인트루이스로 떠났어요. 동생을 어떻게 찾아야 할지 도무지 모르겠어요. 여기에 오면 그에 대해 아는 사람이 있을지도 모른다고 생각했거든요."

"어쩌면 직원 중에 아는 사람이 있을 수도 있습니다. 이름과 주소를 남겨 주시면 그 사람에 대해 알아보고 나서 연락드리겠습니다."

그는 그녀에게 연필을 건네주었고, 그녀는 주소를 적었다. 그러고 나서 시계를 거들떠보지도 않고, 복도를 걸어 나갔다.

11

루미스 씨는 약속대로 며칠 뒤에 편지를 보내왔다. 편지에는 작업장에서 래미에 대해 알아봤지만 소용없었다고 쓰여 있었다. 앤 엘리자는 편지를 접어 성경책 사이에 껴 놓으면서 마지막 희망이 사라지는 것을 느꼈다. 미스 멜린스는 오래전부터 경찰을 찾아가 보라고 제안했었다. 그녀는 자기가 제일 좋아하는 소설에서 읽었던 핑커튼 탐정*의 초자연적 능력을 설득력 있게 예로 들며 설명했다. 하지만 호킨스 씨에게 조언을 구하자, 탐정을 고용하는 데 하루 비용으로 족히 20달러는 든다며 급구 말렸다. 게다가 법에 대한 막연한 두려움 때문인지, 파란 옷을 입은 '경관'들이 에블리나를 와락 붙드는 장면이 어렴풋이나마 떠올라 차마 경찰에게 도움을 청할 수도 없었다.

루미스 씨에게 편지를 받은 뒤로 아무런 사건 없이 몇 주가 흘러갔다. 앤 엘리자는 늦봄까지도 기침을 했고, 거울에 비친 그녀의 모습은 점점 더 구부정하고 쇠약해졌다. 머리숱이 점차 줄어들어, 이마 선이 천연 고무 빗으로 가른 가르마 위에 꼬아 묶은 머리까지 밀려 올라갔다.

봄이 올 즈음에 아기를 출산할 한 여인이 멘도자 패밀리 호텔에서 살기 시작했고, 미스 멜린스가 친절하게 다리를 놓아 준 덕분에 앤 엘리자는 태어날 아기의 옷을 몇 벌 만들 수 있었다. 그 일로 앤 엘리자는 당장 생계는 걱정하지 않아도 됐다. 하지만 마음의 안정을 찾기 위해서는 스스로 정신을 차려야 했다. 자기 생계는 걱정거리가 아니었다. 가끔은 가게를 모두 처분해 버릴까 하고도 생각했다. 그러나 에블리나가 찾아올지도 모른다는 생각에 도무지 그럴 수가 없었다.

동생을 찾아낼 수 있는 마지막 희망이 사라지면서 앤 엘리자는 모든 상상력을 동원해 에블리나가 자기를 찾아올 가능성에만 쓸쓸히 집착할 뿐이었다. 래미에 대한 진실을 알고 나서 그녀의 마음은 끔찍한 두려움으로 가득 찼다. 가게와 뒷방에 고독하게 앉아 있으면서 그녀는 에블리나가 고통받는 장면들이 언뜻언뜻 떠올라 견딜 수 없이 괴로웠다. 동생은 도대체 무슨 일을 겪고 있어서 이렇게 침묵하고 있는 것일까? 앤 엘리자의 가장 큰 두려움은 미스 멜린스가 루미스 씨에게 전해 들은 사실을 그녀에게서 교묘히 캐내어 알아내는 것이었다. 미스 멜린스는 보나마나 마약 중독자에 관한 끔찍한 얘기를 어마어마하게 많이 알 테고, 앤 엘리자는 그런 이야기를 들을 자신이 없었다. '마약 중독자'는 악마의 기운을 풍기는 사악한 단어였다. 그 단어를 미스 멜린스가 혀끝에서 놀리는 것이 들리는 것만 같았다. 홀로 남겨진 앤 엘리자는 긴 시간 동안 끔찍한 상상만 계속했다. 어떤 날 밤에는 누군가 자기 이름을 부르는 게 들리는 것 같았다. 동생의 목소리였지만 이름 모를 공포감에 질린 희미한 소리일 뿐이었다. 그나마 앤 엘리자가 가장 평온할 수 있던 순간은 에블리나가 죽었다고 확신할 때였다. 그럴 때면 동생이 이름 없는 묘지에 비석 하나 없이 흙무더기 속에 방치돼 있다는 생각에 슬프면서도 진정이 되었다. 그곳에는 동생의 이름이 적힌 묘비도 없다. 꽃을 들고 묘지를 찾아온 조문객 중 어느 누구도 그녀의 무덤을 보고 가련한 마음에 꽃 한 송이 놓아 주는 일조차 없을지 모른다. 하지만 이런 상상이 앤 엘리자에게 소극적으로나마 위안을 주는 일은 그리 많지 않았다. 에블리나가 살아서 비참함 속에서 언니를 찾고 있다는 음울한 확신이, 희미한 상상의 경계선 아래에 늘 도사리고 있었다.

그렇게 여름이 지나갔다. 앤 엘리자는 호킨스 부인과 미스 멜린스가 애정 어린 마음으로 걱정하며 자기를 지켜보고 있다는 것을 알았지만 그렇다고 위안이 되는 것은 아니었다. 그녀는 더 이상 그들이 자기에 대해 어떻게 느끼고 생각하는지 신경 쓰지 않았다. 그녀의 슬픔은 다른 사람이 치유해 줄 수 있는 범위 밖에 있었고, 얼마쯤 지나자 그들도 그 사실을 깨달은 듯했다. 그래도 그들은 바쁜 가운데서도 시간이 생길 때 가끔 앤 엘리자를 보러 왔다. 하지만 날이 갈수록 찾아오는 횟수가 줄어들었다. 호킨스 부인은 늘 아서나 아기를 데리고 와 이야깃거리로 삼거나, 맏아들을 데리고 와 야단을 쳤다.

어느덧 가을이 오고 겨울이 왔다. 가게 일은 또다시 파리를 날리고, 지하에 있는 작은 가게에 찾아오는 손님은 가물에 콩 나듯 드물었다. 1월이 되자 앤 엘리자는 어머니가 물려준 캐시미어 스카프와 모자이크 브로치와 항상 시계를 올려 놓던 자단 장식장을 전당 잡혔다. 그녀는 침대도 팔고 싶었지만 에블리나가 약하고 지친 몸으로 돌아오리라는 집요한 환상과 그녀가 돌아오게 되면 누울 곳이 있어야 한다는 생각에 차마 내다 팔지 못했다.

결국 겨울도 지나갔다. 3월이 다시 오면서 바람 부는 골목길을 따라 노란 수선화가 은하수같이 활짝 피어났다. 그것을 보자 앤 엘리자는 이맘때쯤 에블리나가 손에 수선화를 한 아름 사 들고 왔던 것이 기억났다. 수선화가 때 이르게 거리를 환히 밝혔지만, 3월의 바람은 세차고 매서워 앤 엘리자는 좀처럼 온기를 느낄 수 없었다. 그런데도 그녀는 눈에 띄지 않을 정도로 천천히 일상을 회복해 갔다. 조금씩, 아주 조금씩 혼자만의 생활에 익숙해져 갔고, 계절이 바뀌면서 찾아온 새로운 손님 한둘에게 나른하게나마 관심이 생기기 시작했다. 에블리나를 생각할 때면 여느 때처럼 가슴이 저려 왔지만, 전보다는 한결 덜 끈덕지게 마음 전면에 자리 잡았다.

그러던 어느 날 늦은 오후, 그녀는 숄을 두르고 계산대 뒤에 앉아 언제쯤 블라인드를 내리고 가게보다 좀 더 아늑한 뒷방으로 돌아갈지 생각하고 있었다. 딱히 무엇인가를 유심히 생각하는 것은 아니었지만 멍하니 퍼프소매의 숙녀가 떠올랐다. 아주 오랫동안 보이지 않다가 새로운 스타일의 소매 옷을 입고 하루 전날 돌아왔고 그날 끈과 바늘을 조금 사 갔다. 여전히 상복을 입은 상태였지만 옷차림을 조금 밝게 하려는 것이 분명했다. 그래서 앤 엘리자는 그녀가 앞으로 물건을 더 주문하리라고 기대했다. 숙녀는 한 시간 전쯤 가게를 나서서 5번가'를 향해 우아하게 걸어갔다. 그녀는 늘 그랬듯 앤 엘리자에게 상냥하게 인사했다. 앤 엘리자는 두 사람이 그렇게 오랫동안 알고 지냈는데도 아직도 그녀의 이름을 모른다는 게 이상하다고 생각했다. 이런 생각부터 시작해서 여인의 새로운 소매 디자인을 생각하게 되었고, 왜 좀 더 유심히 소매를 관찰하지 않았는지 짜증이 나기까지 했다. 그 새로운 소매 디자인에 대해 미스 멜린스에게 말해 준다면 좋아할 것 같았다. 앤 엘리자는 에블리나만큼 관찰력이 예리하지 못했다. 에블리나는 자기 자신에게 너무 몰두하고 있는 때가 아니라면 예리한 관찰력을 유감없이 발휘했다. 미스 멜린스가 입버릇처럼 말했듯이 에블리나는 '눈으로 보기만 하고서도' 패턴을 뜰 수 있었다. 아마 그 새로운 디자인의 소매도 두툼히 접은 신문지를 오려 순식간에 만들 수 있었을 것이다! 이런 생각들을 하다 보니 앤 엘리자는 부인이 가게에 다시 들러 그 소매를 좀 보여 줬으면 하고 바라게 되었다. 그녀는 분명 광장이나 그 주변에 살고 있는 게 틀림없으니 가게 앞을 또 지나칠지 몰랐다. 바로 그때 앤 엘리자는 계산대에 놓인 작고 예쁜 손수건을 발견했다. 여인의 핸드백에서 떨어진 게 분명했고, 그렇다면 그것을 찾으러 다시 올 터였다. 그 생각에 앤 엘리자는 기분이 좋아 계산대 뒤에 머물며 어두워져 가는 길거리를 바라봤다. 그녀는 언제나 되도록 늦게 가스등을 켰는데, 혹시라도 누군가 오면 재빠르게 가스 화구에 불을 붙일 수 있게 성냥갑을 팔꿈치에 놓아 뒀다. 점점 짙어지는 어스름 속에서 드디어 가게 밖 계단을 내려오는 호리호리하고 짙은 그림자가 보였다. 마음이 조금 따뜻해지는 것을 느끼며 그녀는 가스등에 불을 붙이려고 손을 뻗었다. '이번에는 꼭 이름을 물어봐야지' 하고 그녀는 생각했다. 그리고 가스등을 높이 치켜들자 문간에는 동생이 서 있었다.

마침내 그녀가, 가련하고 창백한 망령 같은 에블리나가 온 것이다. 여윈 얼굴은 옅은 분홍빛이 바래고 머리카락은 뻣뻣한 물결 모양이 다 사라지고 없었다. 그리고 앤 엘리자의 것보다도 더 초라해 보이는 망토가 그녀의 좁은 어깨를 감싸고 있었다. 환한 가스등 불빛이 앤 엘리자를 마주 보고 선 동생을 비췄다.

"동생아…… 아, 에블리나! 네가 올 줄 알았어!"

앤 엘리자는 기쁨의 탄식을 쏟아내며 동생을 와락 붙잡았다. 에블리나의 뺨에 자기 뺨을 갖다 대며 알아들을 수 없는 단어들을 입에서 마구 쏟아 냈다. 호킨스 부인이 아기에게 중얼중얼 길게 내뱉는 것 같은, 별 의미도 없고 발음도 분명치 않은 애정이 어린 말이었다.

에블리나는 잠시 가만히 안겨 있었다. 그러더니 언니에게서 떨어져 나와 가게를 쭉 둘러봤다. "나 피곤해 죽을 것만 같아. 난롯불 없어?" 그녀가 물었다.

"없기는 왜 없겠어!" 앤 엘리자는 동생의 손을 꽉 붙들고 뒷방으로 끌고 갔다. 아직은 아무것도 묻고 싶지 않았다. 텅 빈 방이 그녀에게 온기이자 빛인 동생의 존재로 다시 한 번 가득 채워지는 것을 그저 느껴 보고 싶을 뿐이었다.

언니는 벽난로 옆에 무릎을 꿇고 석탄 통 바닥에 깔린 석탄 조각들과 불쏘시개를 긁어모은 뒤 흔들의자 하나를 약하게 피어나는 불꽃 가까이로 끌어왔다. "됐다. 이제 금방 타오를 거야." 그녀가 말했다. 그리고 의자의 빛바랜 쿠션 위에 에블리나를 눌러 앉히고 나서는 그 옆에 무릎을 꿇고 앉아 동생의 두 손을 문질렀다.

"얼음장처럼 차네. 가만히 앉아서 몸을 좀 덥혀. 물 주전자 가져올게. 네가 항상 저녁 식사로 먹기 좋아하던 것도 있어." 그녀가 에블리나의 어깨에 손을 얹었다. "아무 말도 하지 마. 아, 아직은 말하면 안 돼!" 그녀가 애원하듯 말했다. 그녀는 무슨 말들이 나올지 짐작하기에 속절없이 부서지기 쉬운 찰나의 행복을 좀 더 누리고 싶었다.

아무 말 없이 에블리나는 불 가까이 몸을 숙이고 야윈 두 손을 뻗어 불기운을 쐬며 언니가 물 주전자를 채우고 저녁을 차리는 모습을 지켜봤다. 그녀는 잠에서 덜 깬 어린아이처럼 몽롱한 눈으로 언니를 계속 쳐다봤다.

앤 엘리자는 승리의 미소를 지으며 찬장에서 커스터드 파이 한 조각을 가져와 동생의 접시에 올려놓았다.

"너 이거 좋아하잖아. 미스 멜린스가 오늘 아침에 갖다준 거야. 브루클린*에서 숙모가 저녁을 먹으러 왔대. 정말 기막힌 우연이잖니?"

"나 배 안 고파." 에블리나는 식탁에 앉으려 흔들의자에서 일어서며 말했다.

그녀는 늘 앉던 자리에 앉더니 조금 전과 똑같이 호기심 어린 눈으로 주변을 둘러보고 나서 예전처럼 찻잔에 차를 한 잔 따랐다.

"장식장은 어디 갔어?" 그녀가 불쑥 물었다.

앤 엘리자는 찻주전자를 내려놓고 찬장에 숟가락을 가지러 갔다. 그리고 등을 돌린 채 동생에게 말했다. "장식장? 그게 있잖아, 혼자 살면서 그런 게 있으면 먼지 닦아 줘야 하고 귀찮잖아. 그래서 팔아 버렸어."

에블리나는 익숙한 방 구석구석을 계속 훑어봤다. 버너 가족에게 살림살이를 파는 것은 가문의 전통에 어긋나는 일이었지만 동생은 어째선지 언니의 말에 눈 하나 깜짝하지 않았다.

"그리고 시계는? 시계도 안 보이네."

"아, 그것도 처분했어. 호킨스 부인한테 줬어. 막내 아이 때문에 밤잠을 잘 못 잔다고 해서 말이야."

"언니가 애당초 그 시계를 사지 않았더라면 좋았을 텐데." 에블리나가 갈라지는 목소리로 말했다.

앤 엘리자는 두려움에 가슴이 조였다. 아무런 대꾸도 하지 않고 동생의 자리로 돌아가 찻잔을 다시 채워 줬다. 그러다가 무엇인가 갑자기 머리에 떠오른 듯, 다시 찬장으로 가서 코디얼을 꺼내왔다. 에블리나가 없는 사이에 병약한 이웃들에게 제법 여러 번 따라 주었는데도 그 소중한 음료가 한 잔 정도는 여분이 남아 있었다.

"자, 이거 마셔 봐. 바로 몸을 따뜻하게 해 줄 거야." 앤 엘리자가 말했다.

언니가 시키는 대로 하자 에블리나의 두 볼에 발그레하게 생기가 돌았다. 그녀는 커스터드 파이를 보더니 말 한마디 하지 않고 보기에 민망할 정도로 게걸스럽게 먹기 시작했다. 그녀는 언니가 먹을 게 남아 있는지 보지도 않았다.

"나 배가 고팠던 건 아냐." 마침내 그녀가 포크를 내려놓으며 말했다. "그냥 죽을 것처럼 피곤했을 뿐이야. 그게 문제야."

"그럼 곧바로 침대에 눕는 게 좋겠다. 여기 내 낡아 빠진 체크무늬 가운 있어. 기억나지?" 앤 엘리자가 동생이 그 골동품 같은 옷에 대해 빈정대던 것을 떠올리며 웃었다. 그러고는 떨리는 손가락으로 동생의 망토를 벗기기 시작했다. 망토를 벗기면서 드러난 드레스를 보고 동생이 어떤 가난을 겪었는지 짐작할 수 있었기에 앤 엘리자는 그 옷을 유심히 바라볼 자신이 없었다. 드레스를 조심히 벗겨 주자 옷이 어깨에서 흘러내리며 목에 감은 리본에 까맣고 작은 자루가 달린 게 드러났다. 에블리나는 자루를 가리려는 것처럼 손을 들어 올렸다. 그런 동작을 본 언니는 눈을 내리깔고 동생의 옷을 계속 벗겨 줬다. 그녀는 최대한 빨리 동생의 옷을 벗겨 주고 체크무늬 가운으로 감싸서 침대에 눕혔다. 그리고 이불 위로 자기 숄과 동생의 망토를 덮어 줬다.

"그 오래된 붉은색 이불은 어디 있어?" 에블리나가 베개에 머리를 파묻으며 물었다.

"그 이불? 아, 그건 너무 덥고 무거워서 네가 간 뒤로는 한 번도 안 썼거든. 그래서 그것도 내다 팔았어. 그렇게 두꺼운 이불을 덮고서는 잠을 잘 수가 없더라고."

그녀는 동생이 자기를 아까보다 더 유심히 쳐다보는 것을 느꼈다.

"언니도 꽤나 곤란했나 보네."

"내가? 곤란했다고? 그게 무슨 말이야, 에블리나?"

"물건들을 전당 잡혀야만 했던 거잖아." 에블리나가 지치고 냉랭한 말투로 말을 이었다. "하기야 난 언니보다 더 어려웠어. 지옥에 갔다 왔거든."

"아, 에블리나…… 제발 그런 말은 하지 마." 앤 엘리자가 그

불경한 단어에 움츠러들며 애원했다. 그녀는 무릎을 꿇고 앉아 이불 밑으로 동생의 발을 문질렀다.

"지옥을 다녀왔어. 하지만 내가 정말로 다시 돌아오긴 한 걸까." 에블리나가 같은 말을 반복했다. 그러더니 베개에서 머리를 들고 갑자기 열을 올리며 마구 떠들어 댔다. "우리가 결혼한 지 한 달도 채 안 됐을 때부터 시작됐어. 그리고 언니, 난 그때부터 계속 지옥에 있었던 거야." 그녀가 뭔가에 열중하는 눈빛으로 언니의 얼굴이 뚫어져라 쳐다봤다. "그 사람, 아편을 했어. 그 사실을 난 한참 동안 몰랐거든. 처음엔 그 사람이 너무 이상하게 굴기에 난 술에 취한 건 줄 알았어. 그런데 그것보다 심한 거였어. 술보다도 훨씬 더 심했어."

"오, 에블리나, 말하지 마…… 아직은 말하지 마! 네가 여기에 다시 나랑 있는 것만으로도 난 지금 너무 행복하단 말이야."

"아니, 말해야겠어." 상기된 얼굴에 씁쓸하고 잔인한 빛이 떠오르면서 에블리나가 고집을 부렸다. "언니는 그런 삶이 어떤 건지 몰라. 아무것도 모르지. 이 평화로운 곳에서 내내 안전하게 앉아 있으니까 말이야."

"아, 에블리나. 사정이 그랬다면 왜 나한테 편지로 말하지 않았어?"

"그게 내가 편지를 쓸 수 없었던 이유야. 내가 얼마나 창피했는지 언닌 상상할 수도 없었지?"

"어쩜 그럴 수가 있어? 이 언니한테 말하는 게 창피하다니?"

에블리나가 여린 팔꿈치로 몸을 일으키자 앤 엘리자는 몸을 숙여 동생의 어깨에 숄을 둘러 줬다.

"다시 누워. 이러다 죽겠다."

"죽겠다고? 내가 죽음을 두려워할 것 같아? 언닌 내가 무슨 일을 겪었는지 짐작도 하지 못할 거야." 오래된 마호가니 침대에 똑바로 앉아 있는 에블리나의 뺨이 상기되고 이는 덜덜 떨렸다. 앤 엘리자가 떨리는 손으로 동생의 목에 숄을 감아 주자 에블리나는 이야기를 쏟아 내기 시작했다. 앤 엘리자의 순진무구한 인생 경험만으로는 감히 이해하기도 어려운, 불행하고 치욕스러운 이야기였다. 에블리나가 그 모든 걸 끔찍할 정도로 익숙하게 여긴다는 사실, 앤 엘리자가 그동안 어렴풋이나마 생각하고 몸서리치며 재빨리 머릿속에서 털어 내던 그 이야기들을 거침없이 내뱉는다는 사실에 동생이 실제로 하는 말이 훨씬 더 생경하고 끔찍하게 들렸다. 동생의 남편이 마약중독자라는 사실(하늘에 맹세코 그 하나만으로도 이미 충분히 끔찍하다!)을 알게 된 것과 동생의 핏기 없는 입술로 그 뒤에 어떠한 비열함이 숨어 있는지를 듣는 것은 완전히 차원이 다른 문제였다.

자기의 고충 말고는 아무것도 의식하지 못하는 에블리나는 똑바로 앉아서 언니의 손에 붙들린 채 몸을 덜덜 떨며 암울한 얘기를 하나하나 상세하게 이어 나갔다.

"우리가 그곳에 도착하자마자 그 사람은 자기가 기대했던 것만큼 일이 만족스럽지 않다는 걸 알고 변하기 시작했어. 난 처음에는 그가 아픈 줄 알았지. 그 사람보고 집에 있으라고 하면서 내가 간호했어. 그러다가 뭔가 다른 문제라는 걸 알게 됐어.

한 번에 몇 시간씩 자리를 비우더니 집에 돌아왔을 때는 눈에 무슨 안개가 낀 것처럼 보였어. 어떨 때는 나를 거의 알아보지도 못했고, 그럴 때면 나를 몹시 싫어하는 것 같았어. 그리고 한 번은 여기를 때렸지." 그녀가 자기 가슴에 손을 갖다 댔다. "언니, 기억나? 일주일 동안 우리를 만나러 오지 않은 적이 있었잖아. 우리가 다 같이 센트럴 파크에 다녀온 다음에 말이야. 그리고 언니랑 나는 그 사람이 아프다고 생각했었잖아."

앤 엘리자가 고개를 끄덕였다.

"그게 바로 그 사람의 문제였어. 그때 이미 마약을 했던 거야. 하지만 그때랑은 비교도 안 되게 끔찍했어. 우리가 그곳에 간 지 한 달쯤 됐을 때 그 사람이 일주일간 사라졌어. 상점에서 그 사람을 데려다가 그이한테 기회를 한 번 더 줬었거든. 하지만 두 번째엔 해고했고, 그런 다음 다른 일을 구하기까지 한참 동안 실직 상태였어. 우린 있는 돈을 다 써 버렸고, 더 싼 곳으로 집을 옮겨야만 했어. 그러다가 그 사람이 일자리를 구했지만 임금은 거의 받지 못했고, 거기서도 오래 일하지 않았어. 그러다가 그 사람이 아기에 대해 알고 나서……."

"아기라니?" 앤 엘리자의 목소리가 떨렸다.

"죽었어. 단 하루밖에 살지 못했거든. 어쨌든 그 사람이 임신에 대해 알고서는 의사에게 줄 돈이 없다고 화를 내면서 언니한테 당장 편지를 써서 도움을 청하라고 했어. 그 사람은 언니가 나 모르게 돈을 숨기고 있을 것이라 생각했어." 에블리나는 고개를 돌려 후회 가득한 눈빛으로 언니를 바라봤다. "그 사람이

나보고 언니한테 나머지 1백 달러를 얻어 내라고 했던 거야."

"괜찮아, 괜찮아. 그건 어차피 너한테 주려고 생각했던 돈이었으니까."

"그래, 그건 나도 알아. 하지만 그 사람이 내내 날 들들 볶지만 않았어도 난 그 돈을 받지 않았을 거야. 그 사람은 늘 자기가 원하는 걸 나더러 하라고 했어. 게다가 내가 언니한테 돈을 더 달라는 편지를 쓸 수 없다고 하니까 나보고 나가서 돈을 벌어 오라는 거야. 그때부터 날 때리기 시작했어. 언니는 아직도 내가 무슨 일을 겪었는지 알지 못해! 난 처음에는 여성 모자 만드는 사람한테 일거리를 좀 얻으려 했는데, 너무 아파서 계속할 수가 없었어. 난 그곳에 간 뒤로 내내 아팠거든. 언니, 나 차라리 죽고 싶었어."

"안 돼, 안 돼, 에블리나."

"아니, 정말이야. 상황이 갈수록 나빠졌어. 가구를 모조리 내다 팔아야 했고, 집세를 내지 못해 쫓겨났어. 그래서 우린 어쩔 수 없이 호치뮬러 부인 집에 하숙해야 했지."

앤 엘리자는 몸이 떨려 오는 것을 숨기려고 동생에게 더 가까이 붙었다. "호치뮬러 부인이라니?"

"그 부인도 그곳으로 이사한 거 몰랐어? 우리가 이사한 지 한 달 만에 이사 왔어. 그 여잔 날 나쁘게 대하진 않았어. 그리고 그 사람을 도와주려고 했던 것 같아. 하지만 린다가……."

"린다가……?"

"내가 갈수록 몸이 안 좋아지고 그 사람은 계속 집을 나가 있었어. 나갔다 하면 며칠씩 돌아오지 않았어. 그래서 의사는 날 병원에 입원시켜야 했어."

"병원에? 동생…… 동생아!"

"하지만 그 사람과 같이 있는 것보단 나았지. 의사들이 정말 친절했거든. 아기가 태어난 뒤로 내가 너무 아파서 한동안 병원에 있어야 했어. 그리고 내가 병원에 있는데 하루는 호치뮬러 부인이 백지장처럼 하얀 얼굴로 병실로 들어와서는 그 사람이 린다랑 자기 돈을 몽땅 훔쳐 가지고 달아났다는 거야. 그 사람을 본 건 그게 마지막이었어." 그녀는 갑자기 웃음을 터트리더니 다시 기침을 하기 시작했다.

앤 엘리자는 동생에게 그만 누워서 자라고 했지만 동생은 그러기 전에 이야기를 마저 끝내야겠다고 했다. 래미가 도망갔다는 소식을 듣고 나서 그녀는 뇌염을 앓았고 다른 병원으로 보내져 한참을 입원해 있었다. 얼마나 오랫동안 입원해 있었는지는 기억이 나지 않았다. 형체도 없이 뭉그러진 그녀의 삶에서 몇 날 며칠이 지났는지 무슨 의미가 있단 말인가. 퇴원한 그녀는 호치뮬러 부인도 어디론가 가 버린 사실을 알게 되었다. 돈 한 푼 없었고 의지할 사람도 없었다. 병원을 방문했던 한 친절한 여성이 에블리나에게 가정부로 일할 수 있는 자리를 찾아 줬다. 하지만 몸이 너무 약해져 있어서 오래할 수가 없었다. 그다음에는 시내에 있는 간이식당에서 종업원 자리를 얻었지만, 어느 날 음식을 나르다 기절하는 바람에 식당에서 그녀에게 임금을 주며 더는 나오지 말라고 했다.

"그런 다음에는 길에서 구걸했어." (그녀를 붙든 앤 엘리자의 두 손에 다시 힘이 들어갔다.) "그리고 지난주 언젠가 낮 공연을 관람하고 나오던 사람 중에 상냥한 얼굴을 한 남자를 하나 만났어. 꼭 호킨스 씨 같은 남자였어. 그 사람이 발걸음을 멈추더니 내가 겪는 곤란한 문제가 뭔지 물어보더라. 난 그 사람한테 5달러만 준다면 뉴욕으로 돌아가는 기차표를 살 수 있다고 했어. 그 사람이 날 한참 동안 쳐다보더니, 내가 원하는 게 그거라면 역으로 곧장 날 데리고 가서 거기서 5달러를 주겠다고 했어. 그리고 정말로 그 말대로 해 줬어. 나한테 기차표를 사 줬고, 기차에 날 태워 줬어."

에블리나는 다시 침대에 풀썩 드러누웠다. 하얀 베개의 오목한 곳에 누인 그녀의 얼굴은 누렇고 뾰족한 쐐기처럼 보였다. 앤 엘리자는 그녀 위로 몸을 숙였고, 자매는 한동안 말없이 서로를 부둥켜안았다.

두 사람이 말없이 서로를 부둥켜안고 있을 때 가게 안에서 발소리가 들렸다. 앤 엘리자가 깜짝 놀라 몸을 일으켜 보니 문간에 미스 멜린스가 서 있었다.

"원 세상에, 미스 버너! 도대체 뭐 하고 있는 거예요? 아니, 미스 에블리나! 아니, 래미 부인! 아니, 정말 래미 부인 맞아요?"

마치 눈이 눈구멍에서 툭 튀어나오기라도 할 듯이 미스 멜린스는 에블리나의 창백한 얼굴을 쳐다보다가, 어수선한 저녁 식탁을 쳐다보다가, 그다음에는 바닥에 널브러진 옷더미를 쳐다봤다. 그리고 에블리나를 방어해 주려는 듯 그녀와 동생 사이를 가로막고 선 앤 엘리자를 다시 쳐다봤다.

"내 동생 에블리나가 돌아왔어요. 아니, 잠깐 방문하러 온 거예요. 오는 길에 차에서 좀 아팠대요. 아무래도 감기에 걸린 모양이에요. 그래서 여기 오자마자 곧장 잠자리에 들라고 했어요."

앤 엘리자는 힘 있고 차분한 자기 목소리에 깜짝 놀랐다. 그리고 그 목소리에 힘을 얻어, 당황한 미스 멜린스의 얼굴을 똑바로 쳐다보며 말을 이어 갔다. "제부는 서부로 여행을 갔어요. 일 때문에 출장 갔대요. 그래서 제부가 돌아올 때까지 에블리나는 저랑 지낼 거예요."

12

앤 엘리자는 에블리나가 돌아온 것에 대해 둘러댄 말을 몇 안 되는 친구들이 과연 믿어 줄지 잠시도 의문을 품지 않았다. 그녀는 전에 거짓말을 해 본 기억은 전혀 없었지만, 처음으로 진실과 다르게 입에서 툭 튀어나온 거짓말을 고집스럽게 고수했다. 그리고 누군가 불시에 질문해도 세부 사항을 더 지어 말하며 애초의 거짓말을 더욱 확고히 했다.

하지만 이보다 더욱 심각한 다른 문제가 그녀의 놀란 양심을 짓눌렀다. 그녀는 태어나 처음으로 자기희생이 무익하다는 끔찍한 사실을 어렴풋이나마 직면하게 된 것이다. 그때까지 그녀는 자기 인생을 이끌어 온, 유전적으로 물려받은 신조에 대해 추호도 의심하지 않았다. 다른 사람을 위해 자기 유익을 내려놓는 것이 지극히 자연스러우면서도 꼭 필요한 일이라 생각했었다. 그것이 곧 복을 받는 길이라고 믿어 의심치 않았던 것이다. 하지만 이제는 자기가 인생의 선물을 거절한다고 하더라도 그 선물이 그녀가 양보한 사람들에게 전달된다는 보장이 없다는 사실을 깨달았다. 그렇게 해서 그녀에게 익숙한 천국에는 아무도 살지 않게 되었다. 앤 엘리자는 더는 하느님이 선량하다고 믿을 수 없었다. 버너 자매의 가게 지붕 위로는 흑암 같은 지옥밖에 없었다.

그러나 그런 문제를 곱씹고 있을 시간이 별로 없었다. 앤 엘리자는 밤낮으로 에블리나를 돌봐야 했다. 급히 불러온 의사는 에블리나가 폐렴을 앓고 있다고 진단했고, 그의 진료로 병세가 조금 호전됐다. 그러나 그녀는 부분적으로밖에 회복되지 않았다. 의사가 왕진하는 발길을 끊은 지 오래되자 그녀는 움직일 수 없을 만큼 몸이 쇠약해져 주변의 모든 것에 관심을 잃은 듯 침대에만 누워 지냈다.

마침내 어느 날 저녁, 그러니까 에블리나가 돌아온 지 6주가 흘렀을 때 그녀가 말했다. "나 아무래도 다신 일어나지 못할 것 같아."

앤 엘리자는 스토브 위에 주전자를 얹다가 뒤를 돌아봤다. 그녀는 자기 가슴에서 울려 퍼져 나온 것 같은 그 말에 깜짝 놀랐다.

"에블리나, 그런 말 하지 마! 넌 지금 너무 지쳐 있을 뿐이야.

용기를 잃어서 그래."

"그래, 맞아. 용기를 잃었어." 에블리나가 중얼거렸다.

몇 달 전만 해도 앤 엘리자는 그런 고백을 들으면 경건한 말로 동생을 책망했을 터였다. 하지만 이제는 아무 대답 없이 그 말을 덤덤히 받아들였다.

"기침이 좀 나아지면 기분이 밝아지겠지." 앤 엘리자가 말했다.

"그렇겠지. 아니면 내 기분이 좀 밝아지면 기침이 나아지든지." 에블리나는 예전의 날카로운 말투로 대꾸했다.

"기침하면 아직도 많이 아파?"

"달라진 게 없는 것 같아."

"그럼 아무래도 의사 선생님보고 조만간 들르라고 해야겠다." 앤 엘리자는 배관공이나 가스 기술자를 부르겠다는 듯이 태연한 투로 말하려 애썼다.

"의사를 불러와 봐야 소용없어. 게다가 진료비는 누가 낼 건데?"

"당연히 내가 내지." 언니가 대답했다. "여기 차 있어. 토스트도 조금 있고. 어때, 입맛 당기지 않아?"

사실 앤 엘리자는 동생을 밤새 간호하면서 그와 똑같은 질문으로 괴로워했다. 도대체 누가 의사에게 진료비를 지불한단 말인가? 며칠 전 미스 멜린스에게 20달러를 빌리며 임시변통으로 문제를 해결했다. 하지만 돈을 빌리기 위해서 그녀는 이제껏 살면서 가장 쓰라린 갈등을 겪어야만 했다. 그녀는 평생 그 누구에게 동전 한 푼 빌려 본 일이 없었다. 남한테 돈을 빌린다는 것은 가장 수치스러운 극단적 선택에 속하고, 하느님은 결코 정직한 사람들에게 그런 상황을 허락하지 않는다고 믿어 왔다. 하지만 요즘 들어 그녀는 하느님이 한 개인을 지켜 준다고 더는 믿지 않았다. 만약 돈을 빌리는 대신 어쩔 수 없이 훔쳐야만 한다면, 그 정당성을 심판하는 것은 신이 아닌, 오로지 자기 양심의 잣대라고 생각했다. 그래도 돈을 빌려 달라고 실제로 묻는 순간은 여전히 굴욕적이고 씁쓸했다. 그녀는 미스 멜린스가 자기처럼 상황을 초연하게 봐 줄 것이라고 기대하지 않았다. 미스 멜린스는 매우 친절했지만 친절을 베풀어 주는 대가로 여러 질문을 던질 권한이 당연히 있다고 생각했다. 앤 엘리자는 동생의 비참한 비밀들이 자기 입에서 조금씩 새어 나와 재봉사의 소유물이 되어 가는 것을 바라봤다.

의사가 왕진을 왔을 때 앤 엘리자는 의사와 에블리나만 두고 가게로 가서 바쁘게 움직이며, 의사가 돌아가는 길에 그와 따로 이야기할 기회를 엿봤다. 그리고 마음을 진정하려고 쟁반에 가득 담긴 단추를 종류대로 분류했다. 의사가 방에서 나오자 그녀는 작은 소리로 단추 종류를 중얼거리고 있었다. "뿔 단추가 스물네 개, 알록달록한 진주 단추가 꽂힌 카드가 두 장 반……." 그러다가 그녀는 의사의 얼굴이 심각하다는 것을 한눈에 눈치챘다.

그는 계산대 옆에 있는 의자에 앉았고, 그녀의 마음은 그가 말하기 전까지 수 킬로미터를 헤매다 돌아왔다.

"미스 버너, 지금 할 수 있는 최선의 방법은 세인트루크 병원'

에 입원시키는 겁니다."

"병원에요?"

"미스 버너, 지금 편견을 가질 때가 아니란 거 잘 알잖아요." 의사는 마치 버릇없는 아이를 구슬리듯이 말했다. "나도 미스 버너가 얼마나 동생에게 헌신적인지 잘 알아요. 하지만 래미 부인은 여기서보다는 병원에서 치료를 더 잘 받을 수 있어요. 가게를 돌보면서 동시에 동생을 돌볼 시간이 없잖아요. 따로 비용이 들지는 않을 거예요. 아시다시피……."

앤 엘리자는 아무 대답도 하지 않았다. "동생이 오랫동안 일어나지 못할 것 같다는 말씀이세요?" 그녀가 물었다.

"음, 네, 아마도 그럴 겁니다."

"동생이 많이 아픈가요?"

"네, 많이 아파요."

의사의 낯빛이 한층 더 어두워졌다. 그는 바쁘지 않은 사람처럼 자리에 마냥 앉아 있었다.

앤 엘리자는 계속해서 진주와 뿔 단추를 분류했다. 그러더니 고개를 휙 들어 그를 바라봤다. "동생이 죽을 것 같나요?"

의사가 다정하게 그녀의 손에 한 손을 얹었다. "미스 버너, 그건 절대 모르는 일이지요. 인간의 의술은 기적을 일으키기도 해요. 병원에서는 래미 부인에게 뭐든 다 해 볼 겁니다."

"병명이 뭐죠? 뭣 때문에 죽어 가는 거죠?"

의사는 입 밖으로 튀어나오려던 과학 용어 대신 대중적인 표현을 찾으려고 잠시 머뭇거렸다.

"알고 싶어요." 앤 엘리자가 재촉했다.

"네, 물론이죠. 저도 이해해요. 그러니까, 동생분은 최근에 어려운 일을 겪었고 여러 원인으로 합병증이 생겨서 결국 폐결핵으로 발전했어요. 급성 폐결핵입니다. 병원에서라면…….."

"제가 집에서 데리고 있겠어요." 앤 엘리자가 조용히 말했다.

의사가 가고 나서도 그녀는 한참 동안 단추를 분류했다. 그러더니 계산대 뒤 선반에 쟁반을 올려놓고 뒷방으로 갔다. 에블리나는 양 볼이 상기된 채 베개를 받히고 똑바로 앉아 있었다. 앤엘리자는 흘러내린 숄을 다시 동생의 어깨 위에 올려 줬다.

"왜 이렇게 오래 걸렸어! 의사 선생님이 뭐라고 하셔?"

"아, 선생님은 일찍 가셨어. 처방전을 주고 바로 가셨어. 난 쟁반에 담긴 단추를 고르고 있었고. 미스 멜린스네 견습생이 전부뒤섞어 놨거든."

에블리나가 자신을 쳐다보고 있는 것이 느껴졌다.

"분명 무슨 말을 했을 거 아냐. 뭐라고 했는데?"

"그야, 네가 조심해야 한다고 하셨지. 침대에 잘 누워 있어야하고…… 그리고 새로 처방해 준 약 잘 먹어야 한다고."

"의사 선생님이 나 좋아질 거래?"

"그럼, 당연하지, 에블리나!"

"언니, 그래봐야 소용없어. 언니는 날 못 속여. 조금 전에 일어나서 거울을 들여다봤어. 병원에 있을 적에 나 같은 얼굴을 한사람들을 수도 없이 봤거든. 그 사람들은 상태가 조금도 좋아지지 않았어. 그리고 그건 나도 마찬가지일 거야." 그녀가 다시 머리를 뒤로 기댔다. "그래도 상관없어. 난 그저 피곤할 뿐이야. 하지만 언니, 한 가지……."

앤 엘리자가 침대에 가까이 다가갔다.

"한 가지 언니한테 말하지 않은 게 있어. 언니가 좋아하지 않을 만한 이야기란 걸 알아서 아직은 말하고 싶지 않았는데…… 하지만 의사 선생님이 내가 죽을 거라고 했다면, 이젠 얘기해야 할 것 같아." 에블리나는 말을 멈추고 기침을 했다. 앤 엘리자는 동생이 기침할 때마다 그녀에게 얼마 남지 않은 시간이 1분씩 줄어드는 것만 같았다.

"지금은 말하지 마. 피곤하잖아."

"아마 내일은 더 피곤해질 거야. 그리고 이젠 언니가 꼭 알아야만 해. 여기 내 옆에 앉아 봐. 그래, 거기."

앤 엘리자는 말없이 앉아 오므라든 동생의 손을 쓰다듬었다.

"언니, 나 로마 가톨릭교 신자가 됐어."

"에블리나! 아, 에블리나 버너! 로마 가톨릭교 신자라니?' 네가? 아, 에블리나, 그 사람이 그렇게 만든 거야?"

에블리나가 고개를 저었다. "그 사람은 아마 종교가 없었을 거야. 종교에 대해 한마디도 말한 적이 없거든. 하지만 호치뮬러 부인이 가톨릭교 신자였어. 그리고 내가 아팠을 적에 부인이 의사를 불러 날 로마 가톨릭 병원에 입원시켜 줬어. 그곳 수녀들이 나한테 정말 잘해 줬어. 신부님도 날 찾아와서 얘기해 주곤 했고. 그분이 하는 말을 듣고 난 미치지 않을 수 있었던 거야. 그분 덕분에 모든 게 한결 수월해졌어."

"아, 동생아, 어떻게 네가 그럴 수가 있어?" 앤 엘리자가 서글 프게 울었다. 그녀는 로마 가톨릭교에 대해 아는 게 거의 없었 다. '교황 절대주의자들'은 믿음의 대상이 다르다는 사실, 그리 고 그 자체로 비난받을 만하다는 사실 말고는 말이다. 앤 엘리 자가 영적으로 반항해도 그녀의 종교적 신념이 형식까지 벗어 난 것은 아니었다. 그리고 그녀에게 배교(背敎)란 마음이 순결 한 자들이 언제나 범하지 않으려는 죄 중 하나였다.

"게다가 아기가 태어났을 때 천당에 갈 수 있도록 아기에게 바로 세례를 줬어." 에블리나가 말을 이었다. "그러니까 그 이후 에는 나도 가톨릭교 신자가 돼야만 했던 거야."

"난 이해가 잘……."

"내 아기가 간 곳에 나도 가야 하지 않겠어? 내가 가톨릭교 신자가 되지 않으면 난 아기한테 갈 수가 없어. 그게 이해가 안 간다는 거야?"

앤 엘리자는 아무 말도 못 하고 앉아, 잡고 있던 동생의 손을 놓았다. 그녀는 다시 한번 동생이 자기에게 마음 문을 닫는 것 을 느꼈고, 가장 사랑하는 존재한테 버림받은 것만 같았다.

"난 아기가 간 곳으로 가야만 해." 에블리나가 흥분한 어조로 우겨 댔다.

앤 엘리자는 할 말이 떠오르지 않았다. 그저 에블리나가 자기 품 안에서 낯선 사람처럼 죽어 간다는 사실만 느낄 뿐이었다. 단 하루를 살았던 아기와 래미가 그녀에게서 동생을 영원히 떨 어뜨려 놓았다.

에블리나가 다시 입을 열었다. "내 상태가 더 나빠진다면 신부님을 불러와 줘. 미스 멜린스가 어디서 신부님을 부를 수 있는지 알 거야. 미스 멜린스에겐 가톨릭교 신자인 숙모가 있으니까. 꼭 그렇게 해 주겠다고 나랑 약속해."

"약속할게." 앤 엘리자가 대답했다.

그 이후로 두 사람은 그 문제에 대해서는 더 얘기하지 않았다. 하지만 앤 엘리자는 동생의 목에 걸린 작고 검은 자루같이 생긴 것이 그동안 순진하게 믿었던 것처럼 래미를 기억나게 하는 물건이 아니라, 신성을 모독하는 일종의 부적인 것을 깨달았다. 그래서 동생의 몸을 씻기거나 옷을 입혀 줄 때면 그 물건에 닿지 않으려고 손가락을 오므렸다. 그녀에게 그 물건은 두 사람 사이를 갈라놓는 악마의 도구였다.

13

이윽고 정말로 봄이 왔다. 에블리나는 침대에 누워서도 가죽나무에 자란 푸른 잎을 볼 수 있었다. 가벼운 구름이 푸른 하늘에 둥둥 떠다녔고, 거리에서는 꽃 장수들이 꽃을 사라고 외치는 소리가 이따금 들려왔다.

어느 날, 소심하게 뒷방 문을 두드리는 노크 소리가 났다. 조니 호킨스가 노란 수선화 두 송이를 손에 꽉 쥐고 들어왔다. 아이의 둥글고 주근깨투성이인 얼굴이 이전보다도 더 커지고 각이 지면서 자기 아버지를 쏙 빼닮았다. 그는 에블리나 곁으로 다가가 꽃을 내밀었다.

"꽃이 수레에서 떨어졌는데요, 꽃 파는 아저씨가 저보고 가져도 된댔어요. 아줌마에게 드릴게요." 아이가 말했다.

앤 엘리자는 재봉틀에서 일어나 꽃을 대신 받으려 했다.

"이거 앤 엘리자 아줌마께 드리는 거 아니에요. 에블리나 아줌마 거예요." 아이가 완강하게 고집을 부렸다. 그러자 에블리나가 손을 내밀어 수선화를 받았다.

조니가 가고 난 뒤 에블리나는 누워서 말없이 꽃을 쳐다봤다. 다시 재봉틀 앞으로 돌아간 앤 엘리자는 박음질하던 솔기 위로 고개를 숙였다. 재깍, 재깍, 재깍거리는 재봉틀 소리가 마치 래미한테서 구입했던 그 시곗소리처럼 들렸고, 꼭 시간이 거꾸로 돌아가 밝고 어리숙한 에블리나가 손에 노란 수선화를 사 들고 방으로 막 들어온 것 같았다.

앤 엘리자가 이윽고 고개를 슬며시 들어 돌아보자 동생은 다시 베개에 머리를 파묻은 채 조용히 잠들어 있었다. 맥이 풀린 에블리나의 손에 수선화가 들려 있었지만, 그녀가 그 수선화 때문에 과거를 떠올리지는 않은 게 분명했다. 조니에게 꽃을 받자마자 거의 곧바로 잠들었기 때문이다. 동생의 과거가 얼마나 불행으로 겹겹이 쌓여 있었으면 그날을 기억하지 못할까 생각하니 앤 엘리자는 가슴이 내려앉았다. "그래도 난 절대로 그날을 잊을 수 없어." 그녀가 혼잣말했다. 하지만 에블리나가 과거를 잊은 것이 차라리 다행스러웠다.

에블리나의 병세는 예정된 것처럼 악화되었다. 그녀의 기력은 잠깐 좋아졌다가, 더 깊은 무기력의 심연으로 가라앉기를 반복했다. 이제 할 수 있는 것이란 거의 없었고, 의사도 뜨문뜨문 왕진을 올 뿐이었다. 의사는 올 때마다 앤 엘리자에게 다정다감한 말투로 처음 말했던 것처럼 에블리나를 이제라도 병원에 보내자고 제안했다. 그럴 때마다 앤 엘리자의 대답은 항상 똑같았다. "그냥 여기 있게 할게요."

큰 환희나 고뇌가 있으면 그러하듯 앤 엘리자에게 시간은 더욱 맹렬하고 빠르게 흘러갔다. 그녀는 하루를 끈덕지게 웃는 얼굴로 보내면서도 그날 가게에서 무슨 일이 일어나고 있는지 잘 알지 못했다. 어스름이 깔릴 무렵, 가게 업무에서 놓여나 일감을 들고 에블리나가 누워 있는 침대 곁으로 갈 때면 현실에서 동떨어져 있다는 느낌이 가게에서부터 그녀를 따라 들어갔다. 그녀는 목적을 잊은 지 오래된 어떤 임무를 끝내야만 하는 기분이 들었다.

한 번은 건강 상태가 조금 나아졌을 때 에블리나는 조화를 만들고 싶다고 했고, 앤 엘리자는 에블리나가 잠시 보인 흥미에 깜빡 속아 색 바랜 줄기와 꽃잎 꾸러미와 작은 도구들과 철사 꾸러미를 꺼냈다. 하지만 에블리나는 얼마 하지도 않아 손에서 일감을 떨어뜨리며 "내일 할게."라고 말했다.

그리고 다시는 조화 만들기에 대해 말하지 않았다. 하루는 앤 엘리자가 호킨스 부인의 봄 모자를 끙끙거리며 손질하는 모습을 지켜보다가 참지 못하고 모자를 당장 가져오라고 했다. 그러더니 한순간에 맥 빠진 나비매듭에 생기를 불어넣고 챙을 비틀어 보기 좋게 만들었다.

하지만 이런 순간적인 번득임은 드물었다. 그보다는 몇 시간씩 누워서 말없이 창밖만 내다보며 무기력하게 보내는 날들이 훨씬 더 많았다. 그리고 어쩌다 한번씩 앤 엘리자에게는 관 뚜껑에 못 박는 망치 소리처럼 들리는, 그 끊임없는 거친 기침으로 이런 침묵을 깨뜨렸다.

이윽고 어느 날 아침 앤 엘리자는 침대 발치 매트리스에서 벌떡 일어나 미스 멜린스를 급하게 불러 내렸고, 그다음 어둑어둑한 새벽 거리를 내달려 의사를 찾으러 갔다. 그녀와 같이 온 의사는 할 수 있는 조치를 다 해 잠시나마 에블리나를 진정시켜 놓았다. 그런 뒤 밤이 오기 전에 다시 한 번 들르겠다고 약속하고 떠났다. 머리에 여전히 컬 페이퍼를 말고 있던 미스 멜린스는 의사를 뒤따라 나갔다. 자매만 단둘이 남게 되자 에블리나가 손짓으로 앤 엘리자를 불렀다.

"언니, 약속했잖아." 그녀가 언니의 팔을 잡으며 속삭였고, 앤 엘리자는 무슨 말인지 곧바로 알아들었다. 그녀는 그때까지 미스 멜린스에게 에블리나가 개종한 사실을 말할 용기가 나지 않았다. 그것을 알리는 것은 돈을 빌려 달라는 말보다도 하기가 훨씬 더 어려웠다. 하지만 더는 미룰 수 없었다. 그녀는 재빨리 재봉사를 따라 나가 층계참에서 그녀를 붙들었다.

"저기 미스 멜린스, 혹시 어디 가야 신부님을 부를 수 있는지 알아요? 로마 가톨릭 신부 말이에요."

"미스 버너, 신부님이라니요?"

"네, 동생이 떠나 있는 동안에 로마 가톨릭교 신자가 됐어요. 그 사람들이 동생이 아플 때 친절하게 대해 줬대요. 그래서 동생이 지금 신부님을 찾고 있어요." 앤 엘리자는 눈 한 번 깜박하지 않고 미스 멜린스를 쳐다봤다.

"아마 우리 듀건 숙모가 알 거예요. 머리에서 컬 페이퍼 좀 빼고 곧바로 숙모한테 가 볼게요." 재봉사는 약속했고, 앤 엘리자는 고맙다고 했다.

한두 시간쯤 지나서 신부가 왔다. 동생을 지켜보고 있던 앤 엘리자는 그가 계단을 내려와 가게 문 앞에 서 있는 것을 보고 마중 나갔다. 그는 친절했지만, 기이한 옷차림과 창백한 얼굴에 푸르스름한 턱과 수수께끼 같은 미소가 꺼림칙했다. 앤 엘리자는 가게에 그냥 남아 있었다. 미스 멜린스의 견습생이 또다시 단추를 섞어 놓아서 다시 분류했다. 신부는 에블리나와 오랫동안 함께 머물러 있었다. 신부가 또다시 그 수수께끼 같은 미소를 띠고 계산대 옆을 지나쳐 나가자 앤 엘리자는 동생에게로 갔다. 에블리나는 신부와 같이 알 수 없는 미소를 띠고 있었지만 자기 비밀을 말해 주지 않았다.

그런 뒤로 앤 엘리자는 가게와 뒷방의 모든 것이 이제는 더 자기 것이 아닌 것 같았다. 신부가 없을 때조차 에블리나 위를 맴돌고 있는 보이지 않는 어떤 힘이 자기를 관대하게 묵인해 주는 덕분에 그곳에 머물 수 있는 것 같았다. 신부는 거의 매일 들렀다. 그리고 마침내 앤 엘리자가 얼핏 보기에 성례(聖禮)의 의미가 담긴 듯한 어떤 의식을 행하는 날이 왔다. 하지만 앤 엘리자가 알 수 있는 것은 오직, 낯선 인도자의 손에 이끌려 에블리나가 점점 멀리, 죽음의 어두운 곳보다도 더 멀고 음침한 곳으로 가고 있다는 것뿐이었다.

신부가 천으로 덮은 무언가를 두 손에 들고 방으로 들어오자 앤 엘리자는 슬며시 가게로 나오며 뒷방의 문을 닫아 방에 에블리나와 신부 단둘이 있게 했다.

그날은 5월의 따뜻한 오후였다. 맞은편 보도의 갈라진 틈바구니에 뿌리를 박고 있는 구부러진 가죽나무는 신록을 분수처럼 뿜어 대고 있었다. 얇은 드레스를 입은 여성들이 봄날에 걸맞게 나른한 걸음걸이로 지나다녔다. 그리고 얼마 후 팬지와 제라늄을 잔뜩 실은 손수레를 미는 남자가 쇼윈도 밖에 서서 앤 엘리자에게 꽃을 사라고 신호를 보냈다.

한 시간이 지나자 뒷방 문이 열리면서 신부가 두 손에 뭔지 모르게 가린 물건을 들고 다시 나타났다. 앤 엘리자는 그가 지나갈 때면 자리에서 일어서서 뒷걸음쳤다. 앤 엘리자의 반감을 알아챘는지 그 후로 신부는 가게를 오갈 때마다 그녀에게 가볍게 목례만 할 뿐이었다. 하지만 그날은 걸음을 멈춰 서서 그녀를 연민 어린 시선으로 바라봤다.

"동생분은 마음에 평안을 얻었습니다." 그가 여자처럼 나긋한 목소리로 말했다. "동생분은 영적 위안을 충만하게 받았어요."

앤 엘리자가 아무 말도 하지 않자 신부는 가볍게 목례하더니

가게를 나갔다. 그녀는 서둘러 에블리나의 침대 곁으로 다가가
그 옆에 무릎을 꿇고 앉았다. 에블리나의 눈이 크고 밝게 빛났
다. 그리고 깨달음을 얻은 표정으로 눈을 돌려 앤 엘리자를 바
라봤다.

"이제 내 아기를 다시 만날 수 있어." 그렇게 말하고 나서는 눈
을 감고 잠이 들었다.

해 질 녘이 되어 다시 들른 의사는 마지막으로 고통을 완화해
줬다. 그가 돌아간 뒤 앤 엘리자는 같이 밤샘 간호를 해 주겠다
는 미스 멜린스와 호킨스 부인의 제안을 거절하고 동생 곁을 홀
로 지켰다.

아주 조용한 밤이었다. 에블리나는 다시는 말을 하거나 눈을
뜨지 않았다. 하지만 새벽이 오기 전 그 고요한 시간, 앤 엘리자
는 이불 밖에서 쉬지 않고 떨리던 에블리나의 손이 움직임을 멈
추는 것을 봤다. 그녀는 동생 몸 위로 허리를 굽혀 동생의 입에
서 숨결이 느껴지지 않는 것을 확인했다.

장례식은 사흘 뒤에 치러졌다. 에블리나는 갈보리 공동묘지'
에 묻혔다. 신부가 필요한 절차를 모두 맡아서 진행하는 동안,
앤 엘리자는 방관자처럼 자신의 과거가 이렇게 마지막으로 부
정되는 모습을 차갑고 무심한 태도로 바라봤다.

한 주가 지나 그녀는 보닛 모자와 망토를 두르고 그 작은 가게
의 현관문에 섰다. 가게 안의 모든 것이 완전히 바뀌었다. 계산
대와 선반은 텅 비었고, 조화며 편지지, 와이어로 만든 모자 틀,
염색 집에서 가져온 축 늘어진 옷 등 갖가지 친숙한 잡화들로 가

득했던 창가도 말끔히 치워졌다. 그리고 문에 있는 판유리에는 "가게 임대"라고 쓰인 표지가 붙어 있었다.

앤 엘리자는 간판에서 눈을 떼고 가게를 나서면서 밖에서 문을 잠갔다. 에블리나의 장례식을 치르는 데 돈이 너무 많이 들었다. 재고품과 얼마 남지 않은 가구를 팔아야 했던 앤 엘리자는 마지막으로 가게를 나서는 중이었다. 상복을 살 돈도 없어서 미스 멜린스가 그녀의 낡은 검은 망토와 보닛에 검은 크레이프를 달아 줬다. 그리고 장갑이 없어 장례를 치르는 내내 망토가 주름진 부분에 맨손을 넣어 가렸다.

아름다운 아침이었다. 따뜻한 햇살에 사람들은 길거리의 창문을 대부분 활짝 열었고, 겨우내 실내에서 키운 시들한 화초들도 전부 창틀에 내다 놓았다. 앤 엘리자가 가는 길은 서쪽으로, 브로드웨이 방향으로 뻗어 있었다. 그녀는 모퉁이에 서서 거리의 낯익은 구간을 돌아봤다. 그녀의 시선이 가게의 텅 빈 창가 위에 얼룩덜룩 붙어 있는 "버너 자매"라는 간판에 잠시 머물렀다. 그런 뒤 초록이 울창한 광장으로 시선이 옮겨 갔다. 그 위에는 그녀가 니켈 시계를 사 오기 전에 자매가 시간을 확인하곤 했던 교회 탑의 시계가 놓여 있었다. 그녀는 그 모든 풍경을 마치 소문을 타고 전해진 어떤 알 수 없는 삶의 장면인 것처럼 바라봤다. 그리고 바쁜 사람들이 풍문으로 전해 듣고 불행한 이야기의 주인공에게 보내는 막연한 동정심을 자기 자신에게 느꼈다.

그녀는 브로드웨이로 걸어가 가게의 전대(轉貸)를 맡긴 부동산 중개업자의 사무실로 향했다. 그리고 한 사무원에게 열쇠를 건넸다. 사무원은 수없이 많은 열쇠 중 하나인 것처럼 그녀에게서 열쇠를 받아들었다. 그러면서 날씨를 보니 정말 봄이 오는 것 같다고 말했다. 그녀는 몸을 돌려 수많은 활동이 막 깨어나기 시작하는 널찍한 길을 따라 걷기 시작했다.

앤 엘리자는 아까보다 한결 느리게 걸으며 지나가는 가게 쇼윈도들을 들여다봤다. 하지만 두서없이 즐거운 마음으로 여기저기를 살피는 것은 아니었다. 뚫어지게 쳐다보면서도 찾고 있는 것 말고는 모조리 지나쳐 버렸다. 그러다 그녀는 거대한 두 건물 사이에 끼어 있는 작은 가게 창문 앞에 멈춰 섰다. 모슬린천으로 장식된 반짝이는 판유리 뒤로 소파 쿠션과 식탁보, 펜 닦는 천, 물감으로 칠한 달력, 그 밖에 여성이 만든 다양한 물건의 견본품이 진열되어 있었다. 창문 한구석에는 "여점원 구함"이라고 쓴 종이가 붙어 있었다. 앤 엘리자는 그 아래 놓인 액세서리를 살펴보고 나서 망토를 한 번 휙 잡아당긴 다음, 어깨를 쭉 펴고 가게 안으로 들어갔다.

바늘꽂이, 시계 홀더, 잡다한 바느질 도구들이 가득한 계산대 뒤에 머릿결이 매끈하고 통통한 젊은 여자가 앉아서 천 조각을 넣는 바구니에 리본을 다는 중이었다. 가게 크기는 앤 엘리자가 조금 전 문을 닫고 나온 그 가게와 엇비슷했다. 그리고 가게의 분위기는 그녀와 에블리나가 '버너 자매' 가게를 만들며 한때 꿈꾸었던 것처럼 상큼하고 화사하고 번영했다. 그 친근한 분위기에 그녀는 용기를 내어 입을 열었다.

"여점원요? 네, 맞아요, 구하고 있어요. 추천할 만한 사람이 있나요?" 젊은 여자가 그런대로 친절하게 물었다.

앤 엘리자는 예상하지 못한 질문에 당황해서 머뭇거렸다. 다른 여자는 고개를 갸웃거려 방금 바구니에 단 리본 모양이 어떤지 보면서 말을 이었다. "한 달에 30달러 이상은 드릴 수가 없어요. 하지만 일은 그다지 힘들지 않아요. 틈틈이 액세서리 바느질을 좀 하긴 해야 하고요. 저흰 명랑한 아가씨를 원해요. 세련되고 예의 바른 젊은 아가씨요. 무슨 말인지 아시죠? 어쨌든 서른이 넘으면 안 돼요. 외모도 좀 반듯해야 하고요. 여기에다 이름 좀 적어 주시겠어요?"

앤 엘리자는 혼란스러운 듯 여자를 쳐다봤다. 그리고 설명하려고 입을 뗐다가 곧 아무 말도 하지 않고 돌아서서 바스락거리는 커튼이 달린 문 쪽으로 걸어갔다.

"주소…… 남기지 않으실 거예요?" 젊은 아가씨가 앤 엘리자 등 뒤에서 소리쳤다. 앤 엘리자는 사람들로 붐비는 길거리로 나왔다. 맑은 봄 하늘 아래 이 거대한 도시가 무수히 많은 일을 시작하려고 움직이며 고동치는 것 같았다. 그녀는 구인 광고가 붙은 가게 창문을 찾으며 계속 걸어갔다.

징구

1

밸린저 부인은 혼자 하면 위험한 일이라도 되듯 '문화생활'을 무리 지어 추구하는 여성 중 한 사람이었다. 이런 목적으로 학식을 좇는 일이라면 발 벗고 나서는 몇몇 여성을 모아 마침내 '런치 클럽'이라는 독서 모임을 만들었다. 런치 클럽은 겨울을 서너 번 지나며 점심을 먹고 토론하는 동안 지역에서 탁월하다는 인정을 받아 저명한 외부 인사들을 초빙하는 일도 겸하게 되었다. 그래서 저명한 '오스릭 데인'이 힐브리지에 도착하던 날 그녀를 다음 모임에 초대했다.

모임은 밸린저 부인의 집에서 하기로 했다. 하지만 다른 회원들은 밸린저 부인이 이 권한을 플린스 부인에게 흔쾌히 양보하지 않는 것을 두고 뒤에서 수군거렸다. 명사들을 접대하기에는 플린스 부인의 집 여건이 좀 더 인상적이었기 때문이다.

레버렛 부인의 말에 따르면, 그 집에는 언제든 볼 만한 화랑까지 있었다.

플린스 부인도 이러한 견해에 숨김없이 동의를 표하곤 했다. 그녀는 런치 클럽에 초청받은 명사들을 접대하는 것을 언제나 자기 임무 중 하나로 여겼다. 플린스 부인은 자기 화랑만큼이나 그 의무를 자랑스럽게 생각했다. 그녀는 한 가지 소유를 보면 다른 소유도 알 수 있다든지, 부유한 여성이라면 자신이 세운 높은 수준에 걸맞게 행동할 수 있어야 한다든지, 하고 넌지시 자기 생각을 내비치기를 좋아했다. 그녀가 판단하기로는, 좀 더 신분이 낮은 사람들에게 신이 강요하는 것이란 어떤 목적에든 두루 적용할 수 있는 전면적인 의무감뿐이었다. 하지만 신의 섭리로 하인까지 둔 자신은 마땅히 그 뜻에 따라 특별한 책무를 다해야 했다. 그런데 사회적 책무를 다하려 해 봐야 기껏 식사 시중을 드는 하녀 두 명밖에 없는 밸린저 부인이 오스릭 데인을 접대하겠다고 고집을 부리니 유감일 수밖에 없었다.

초빙 인사를 접대하는 문제로 런치 클럽 회원들은 지난 한 달 동안 무척 분주했다. 물론 그 일을 잘해 낼 수 없다고 느꼈기 때문은 아니었다. 그보다는 오히려 이런 기회를 맞아, 옷이 가득 찬 옷장을 어떻게 바꿀까 하고 계산하는 귀부인처럼 회원들은 행복한 고민에 빠졌다. 레버렛 부인 같은 이류 회원들이 『죽음의 날개』의 저자와 의견을 나눌 생각에 심장이 두근거렸다면, 자신감 넘치는 플린스 부인, 밸린저 부인, 밴 블루이크 양은 어떤 불길한 예감에도 마음을 졸이지 않았다. 그도 그럴 것이 『죽음의 날개』는 밴 블루이크 양의 제안으로 지난 클럽 모임 때 토론 주제로 선정되었고, 그 덕분에 회원 각자가 자신의 의견을 표현하거나 다른 회원들의 논평에서 괜찮은 것은 뭐든 자기 것으로 취할 수 있었기 때문이다.

지난 모임에 불참하는 바람에 그 기회를 얻지 못한 사람은 로비 부인뿐이었다. 사실 로비 부인은 런치 클럽 회원으로서는 자격 미달로 공공연히 인식되었다. "그게 전부 남자 말 듣고 여자를 받아들인 결과지 뭐예요." 하고 밴 블루이크 양이 말했었다. 머나먼 타국에서 오래 머물다가—그곳이 어디였는지 회원들은 기억하려고도 하지 않았다—힐브리지로 돌아온 로비 부인은 저명한 생물학자인 포랜드 교수가 여태껏 만나 본 여자 중 가장 마음에 든다고 찬사를 아끼지 않은 사람이었다. 그래서 교수의 찬사를 그의 학위만큼이나 인상 깊게 느낀 회원들은 전문가인 교수가 지지한다면 신뢰할 만한 사람일 거라고 섣불리 단정하고, 생물학을 전공한 여성을 일원으로 덥석 받아들였다. 하지만 그들은 그보다 더 큰 환멸을 느낄 수 없었다. 밴 블루이크 양이 처음 불쑥 익룡을 언급하자, 로비 부인이 고개를 갸웃거리며 중얼거렸다. "전 미터 단위는 잘 모르는데……." 그렇게 무지를 드러내며 회원들의 기대를 참담하게 무너뜨린 뒤, 로비 부인은 회원들이 하는 '지적 훈련 시간'에 더는 모습을 나타내지 않았다.

"분명 로비 부인이 그 교수님한테 아첨을 떨었겠죠." 밴 블루이크 양이 한마디했다. "그게 아니라면 헤어스타일로 눈길을 끌었기 때문일 거예요."

밴 블루이크 양의 다이닝 룸은 여섯 명이 겨우 앉을 수 있는 크기였기 때문에, 한 명이라도 도움이 안 되면 토론에 크게 방해가 되었다. 로비 부인은, 말하자면 다른 사람들의 지적 영토에 얹혀살아 가고 있다고 기막혀하는 사람도 있었다. 이러한 느낌은 그녀가 『죽음의 날개』를 아직 읽어 보지 못했다고 하자 더욱 확고해졌다. 로비 부인은 (놀랍게도) 오스릭 데인에 대해 들어 봤지만 그 유명한 작가에 대해 아는 것이라곤 이름밖에 없었다. 여성들은 놀라움을 감출 길이 없었다. 하지만 클럽에 자부심이 강한 밸린저 부인은 로비 부인도 되도록 호의적으로 보이게 해 주려고, 『죽음의 날개』는 읽어 보지 못했지만 적어도 그 못지않게 훌륭한 전작인 『최고의 순간』만큼은 알 거라고 했다.

로비 부인은 훤한 이마를 찌푸려 가며 애써 기억을 더듬다가 아, 그렇지, 하더니 마침내 브라질에 사는 오빠네 집에서 지낼 때 그 책을 발견하고 선상 파티에서 읽어 보려고 가져갔던 것을 떠올렸다. 그런데 배 안에서 사람들이 서로에게 물건을 내던지는 바람에 책이 그만 배 밖으로 떨어져서 읽을 기회가 영영 없었다고…….

클럽 회원들은 그 장면을 상상해 봤지만, 로비 부인이 여전히 미덥지 않았다. 괴로운 침묵이 흐르다가 마침내 플린스 부인이 정적을 깼다.

"다른 걸 하느라 책 읽을 시간이 모자란다는 건 이해해요. 하지만 오스릭 데인이 도착하기 전에 『죽음의 날개』를 미리 읽지 않을 줄은 미처 몰랐어요."

로비 부인은 이런 비난을 가뿐하게 받아넘겼다. 책을 한번 훑어봐야 했다고 인정했다. 하지만 트롤럽*이 쓴 소설에 푹 빠져버린 나머지…….

"요새 누가 트롤럽 작품을 읽어요." 밸린저 부인이 끼어들었다.

로비 부인은 당황하더니 "이제 막 읽기 시작했어요" 하고 솔직하게 말했다.

"그 작가 책, 재미는 있어요?" 플린스 부인이 물었다.

"전 재미있던걸요."

"재미라," 플린스 부인이 말했다. "저는 재미로 책을 고르지 않아요."

"아, 그래요. 『죽음의 날개』는 확실히 재미있진 않거든요." 레버렛 부인이 조심스레 말했다. 그녀가 의견을 말하는 방식은 꼭 친절한 세일즈맨이 처음 보여 준 물건을 손님이 마음에 들어 하지 않으면 다른 걸 슬며시 들이미는 식이었다.

"그 책이 재미를 주려는 책일까요?" 자문자답길 좋아하는 플린스 부인이 묻고는 얼른 답했다. "당연히 아니죠."

"그럼요, 당연히 아니죠. 제가 바로 그 말을 하려던 참이었어요." 레버렛 부인은 황급히 자기 의견을 접고 다른 말을 했다. "그 책은…… 지적 고양을 위한 거죠."

밴 블루이크 양이 유죄 판결을 내리려는 판사처럼 안경을 고쳐 쓰고 끼어들었다. "전 지독하게 염세주의적인 책이 아무리 교훈을 준다 한들 어떻게 지성을 고양한다는 건지 이해가 되지 않아요."

"제 말은 물론 교훈을 준다는 거죠." 레버렛 부인은 비슷해 보이는 두 단어를 선뜻 구분하기 어려워 쩔쩔맸다. 레버렛 부인이 런치 클럽의 일원으로서 느끼는 기쁨은 종종 이렇게 기습적 행동으로 엉망이 되었다. 다른 여성들에게 정신적 만족감을 채워주는 거울 같은 역할을 하는 줄도 모르고, 레버렛 부인은 자기가 토론 참여하는 게 도움이 될지 의구심이 들 때가 있었다. 그녀가 절망적 열등감에서 벗어날 수 있었던 건 언니가 똑똑하다고 믿는 미련한 동생이 있다는 사실 하나 때문이었다.

"마지막에 두 사람, 결혼하나요?" 로비 부인이 불쑥 물었다.

"두 사람이라니…… 누구 말이죠?" 런치 클럽 회원들이 한목소리로 소리쳤다.

"왜 있잖아요, 어린 여자하고 남자 말이에요. 소설이 아닌가요? 전 항상 그게 중요하거든요. 만약 두 사람이 헤어진다면 밥맛도 없어질 텐데요."

플린스 부인과 밸린저 부인은 기가 차다는 듯 서로 눈빛을 주고받았다. 이윽고 밸린저 부인이 말했다. "『죽음의 날개』를 그런 관점에서 읽지 않았으면 해요. 제가 보기엔, 읽어야 할 책이 너무나 많은데 재미로만 책을 읽을 시간이 있다는 게 이해가 안되네요."

"책을 읽을 때 가장 멋진 부분은," 로라 글라이드가 속삭이듯 말했다. "바로 이 점일 거예요. 아무도 『죽음의 날개』가 어떻게 끝나게 될지 모른다는 거죠. 오스릭 데인은 대단히 중요한 취지로 친절하게도 결말을 숨긴 거예요. 어쩌면 자기 자신에게조차

감췄을지도 몰라요. 아펠레스'가 이피게네이아의 희생'을 표현
하면서 아가멤논의 얼굴을 감춰 버린 것처럼 말이에요."

"그게 무슨 책이에요? 시예요?" 레버렛 부인이 플린스 부인에
게 속삭이듯 묻자 플린스 부인은 확답은 하지 않은 채 차갑게 대
꾸했다. "직접 좀 찾아보시죠. 찾아보는 습관을 가지라고 제가
항상 말하잖아요. 그러고는 다른 어조로 한마디 덧붙였다. "나
야 하인 시켜서 찾아보라고 하면 되지만."

"제가 하려던 말은요," 밴 블루이크 양이 좀 전에 하던 이야기
를 이어 나갔다. "책이 지적으로 독자의 정신을 고양하지 않는다
면 교훈을 주고는 있는지 끊임없이 물어야 한다는 사실이에요."

"아······." 이제 레버렛 부인은 길을 잃고 속수무책으로 헤매
는 느낌을 받았다.

"글쎄요," 밸린저 부인은 자신이 오스릭 데인을 특별히 잘 접
대하려는 갈망을, 밴 블루이크 양이 은근히 비난하는 것같이 느
껴지자 딱 잘라 말했다. "『로버트 엘스미어』' 이래로 지성인들
에게 가장 관심을 많이 받은 소설을 두고 그런 질문을 심각하게
할 필요가 있는지 모르겠어요."

"아, 하지만 모르시겠어요?" 로라 글라이드가 큰 소리로 말했
다. "그 책은 무엇보다도 어둡고 절망적인 분위기 때문에 훌륭
한 예술 작품이 된다는 것을요. 검정에 검정을 덧칠한 듯이 분위
기가 멋지잖아요. 저는 그 책을 읽으면서 프린스 루퍼트가 고안
한 메조틴트'가 떠올랐어요. 문체가 붓으로 칠했다기보다 긁어
새긴 느낌이었죠. 그런데도 색채감이 그처럼 강렬하다니······."

"그 사람이 도대체 누구예요?" 레버렛 부인이 옆 사람에게 속삭였다. "외국 나갔을 때 만난 사람이래요?"

"이 책의 매력은," 밸린저 부인이 고개를 끄덕이며 말했다. "다양한 관점에서 해석할 수 있다는 점이에요. 럽턴 교수가 결정론을 연구하면서 그 책을 『윤리학 데이터』와 같은 반열에 올려놓았다고들 하더군요."

"제가 듣기로는 오스릭 데인이 그 책을 집필하기 10년 전부터 예비 조사를 했다던데요." 플린스 부인이 말했다. "작가님은 모든 걸 찾아보고, 모든 걸 확인해 본대요. 다들 아시겠지만, 그건 제 원칙이기도 하잖아요. 저는 원하는 만큼 얼마든 책을 살 돈이 있지만, 그렇더라도 책 한 권을 다 끝까지 읽기 전엔 포기하는 법이 없죠."

"그래서 『죽음의 날개』는 어떻게 생각하나요?" 로비 부인이 플린스 부인에게 불쑥 물었다.

그야말로 해서는 안 될 질문이었다. 부인들은 마치 규율을 위반한 로비 부인과는 한 편이 아니라는 듯 시선을 주고받았다. 모두 플린스 부인이 책에 대해 어떻게 생각하느냐는 질문을 아주 싫어한다는 걸 알고 있었다. 책이란 읽기 위한 것이다. 그러니 책을 읽었다면 그 이상 무엇을 더 기대한단 말인가? 그녀에게 책 내용을 자세히 묻는 것은 레이스를 밀반입하진 않았는지 세관원이 샅샅이 수색하는 것만큼이나 모욕적이었다. 클럽 회원들은 이런 플린스 부인의 특이한 성격을 존중해 주었다. 그녀가 펼치는 주장은 늘 인상 깊고 중요했다. 그녀의 정신은 그녀의 집만큼이나 엄청난 '작품들'로 들어차 있어서 누구도 흐트러뜨리면 안 되었다. 게다가 저마다 맡은 영역에서 각 회원의 사고방식은 존중받아야 한다는 것이 런치 클럽의 불문율이었다. 그러므로 회원 모두가 로비 부인이 회원으로서 마땅하지 않다고 확신하면서 그날 모임은 끝이 났다.

2

오스릭 데인이 참석하기로 한 중대한 날, 레버렛 부인은 『적절한 암시』라는 책을 주머니에 넣고 일찌감치 밸린저 부인의 집에 도착했다.

레버렛 부인은 모임에 늦으면 늘 안절부절못했다. 그러니 미리 도착해서 생각을 정리하고 다른 회원들이 하나둘 모여드는 걸 지켜보며 대화가 어떻게 이어질지 힌트를 얻는 편이 좋았다. 하지만 오늘만큼은 일찍 왔는데도 정말 어찌할 바를 몰랐다. 자리에 앉을 때 『적절한 암시』가 주머니 속에 들어 있는 것이 그대로 느껴졌지만 조금도 안심이 되지 않았다. 『적절한 암시』는 모든 사회적 비상 사태를 위해 편집한, 작지만 감탄할 만한 책이었다. (차례에 나와 있듯이) 기쁜 일이든 궂은일이든 모든 기념일, 사회적이든 지방 자치적이든 모든 연회, 영국 성공회든 다른 종파든 모든 세례식의 어떤 경우에도 적절히 참고할 수 있는 내용이 들어 있어, 그 책을 읽은 사람은 당황할 일이 없었다. 레버렛 부인은 지난 몇 해 동안 이 책을 애지중지했는데, 실제로 유용해서라기보다는 갖고만 있어도 정신적으로 의지가 되었기 때문이다. 물론 자기 방에서 혼자 읽을 때는 자신이 마치 사령관이 된 것처럼 인용구들을 마음대로 지휘할 수 있었다. 하지만 정작 중요한 순간에는 인용구들이 머릿속에서 달아나 버렸고, 유일하게 기억에 남은 "네가 낚시 고리로 악어를 끌어낼 수 있겠느냐?"라는 구절은 여태껏 적용할 만한 상황을 찾지 못했다.

레버렛 부인은 그 책을 완전히 익히고 왔는데도 오늘따라 별로 자신이 없었다. 설령 그 책에서 본 '암시'가 기적적으로 기억난다 해도, 오스릭 데인이 다른 책 이야기를 꺼낸다면 (레버렛 부인은 문학가들이 언제나 책을 여러 권 가지고 다닌다고 확신했다) 결국 그 인용하는 구절을 알아듣지 못할 수도 있었다.

레버렛 부인이 느끼는 당혹감은 밸린저 부인의 응접실이 달라진 모습에 한층 더 커졌다. 무심히 보면 별로 달라진 것이 없었다. 그러나 밸린저 부인이 어떤 식으로 책을 배열하는지 아는 사람이라면 최근 그녀에게 마음의 동요가 있었다는 걸 곧바로 알아차릴 수 있었다. 밸린저 부인이 런치 클럽 회원으로서 맡은 영역은 '오늘의 책'이었다. 그 때문에 그녀는 소설에서 실험 심리학 논문에 이르기까지 그 무엇이든 당당하고 소신 있게 '정통'했다. 하지만 작년에 나온 책이나 심지어 지난주에 나온 신간이 어떻게 됐다는 건지, 그녀가 권위 있게 공언한 '주제'를 어떻게 다루는 건지 다른 회원들은 아직껏 깨닫지 못했다. 마치 호텔에서 묵으면서 주소도 남기지 않고 심지어 밥값도 치르지 않은 채 떠나 버리는 투숙객처럼, 밸린저 부인의 머릿속에는 정보들이 제멋대로 드나들었다. 밸린저 부인은 '현대 사상'과 나란히 발을 맞춘다고 자랑했으며, 테이블 위에 올려놓은 책들만 보아도 자신의 앞선 위치를 알 수 있다고 자부했다. 이 책들은 종종 새것으로 바뀌었고, 대부분 인쇄소에서 막 나온 듯 뜨끈뜨끈한 신작들이어서 레버렛 부인에게는 이름조차 낯설었다. 레버렛 부인은 슬그머니 책 목록을 살필 때마다 밸린저 부인의 새로운 지식 세계를 숨죽여 좇으며 낙심할 따름이었다. 하지만 오늘은 낯익은 고전들이 신작들과 절묘하게 뒤섞여 있었다. 칼 마르크스가 앙리 베르그송* 교수와 겨루고 있었고, 『아우구스티누스의 고백록』이 멘델의 유전학 이론의 최신 연구 옆에 나란히 놓여 있었다. 마음이 조마조마한 레버렛 부인의 눈에도 오스릭 데인이 무엇을 이야기할지 밸린저 부인이 전혀 감을 잡지 못해 어떤 주제에든 대처하려고 만반의 준비를 했다는 것이 분명하게 보였다. 레버렛 부인은 당장 위험할 건 없지만 구명조끼를 입고 있으라고 지시를 받은 대양 횡단 증기선의 승객이 된 것만 같았다.

하지만 밴 블루이크 양이 도착하자 레버렛 부인은 이런 두려움에서 벗어나며 안도할 수 있었다.

"자, 회장님," 밴 블루이크 양이 힘차게 집주인에게 물었다. "오늘 토론할 주제는 무엇인가요?"

밸린저 부인은 윌리엄 워즈워스*의 시집을 폴 베를렌*의 시집으로 슬쩍 바꾸는 중이었다. "그거야 알 수 없죠." 그리고 다소 긴장된 듯 말했다. "아무래도 상황에 맡겨야 할 것 같아요."

"상황이라뇨?" 밴 블루이크 양이 쌀쌀맞게 말했다. "그 말씀은 로라 글라이드가 평소처럼 토론을 주도하게 되고 모두 문학 얘기만 주야장천 하겠다는 뜻인가요?"

자선 활동과 통계학이 밴 블루이크 양의 전문 영역이었고, 그녀는 초대 손님에게 이런 주제에 관심을 가질 기회를 주지 않을까 봐 분개했다.

그때 플린스 부인이 나타났다.

"문학 얘기를 하다니요?" 부인이 따지듯 물었다. "그러리라곤 전혀 예상하지 못했는데요. 당연히 오스릭 데인이 쓴 소설에 대해 이야기할 거라고 생각했어요."

밸린저 부인은 문학과 소설이 무슨 차이가 있다는 건지 알 수 없어 움찔했지만 그냥 넘어갔다. "그걸 주된 주제로 삼을 순 없어요. 적어도 너무 의도적으로 하면 안 되죠." 그러고 나서 제안했다. "물론 그 방향으로 이야기가 흘러가게 할 순 있겠죠. 하지만 토론을 시작할 땐 다른 주제를 꺼내야 해요. 안 그래도 그 문제로 상의하고 싶었어요. 사실 우리가 오스릭 데인의 취향과 관심사에 대해 아는 게 거의 없어서 특별히 뭘 준비해 놓기가 어렵잖아요."

"어려울진 몰라도," 플린스 부인이 단호하게 말했다. "준비할 필요는 있어요. 될 대로 되라는 식의 원칙은 결과가 뻔해요. 며칠 전 조카에게도 말했지만, 여자는 항상 비상시를 대비해야 하니까요. 조문할 때 화려한 옷을 입고 나타난다든가, 남편이 물의를 일으켰다는 보도가 나왔는데 작년에 입었던 드레스를 또 걸치고 나타난다면 황당하겠죠. 대화라는 것도 마찬가지예요. 토론 주제를 미리 알고 대비해야 적절하게 이야기할 수 있거든요."

"제 생각도 그래요." 밸린저 부인이 동의했다. "하지만……."

바로 그때 잔뜩 긴장한 하녀를 뒤따라 오스릭 데인이 문간에 나타났다.

레버렛 부인은 훗날 자기 여동생에게 말했듯, 앞으로 어떤 일이 벌어질지 바로 그 순간 알아차렸다. 오스릭 데인은 회원들이 기대한 것에 절반도 미치지 못할 것 같았다. 그 유명 인사는 클럽의 환대에 호응하기는커녕, 억지로 끌려온 것 같은 태도로 들어왔다. 마치 신간 홍보를 위해 사진 찍으러 나온 모습이었다.

신이 요지부동할수록 그의 노여움을 달래려는 인간의 욕망은 커지는 법이다. 오스릭 데인의 첫 모습에 낙담한 회원들은 도리어 작가를 즐겁게 해 주려는 열망이 눈에 띄게 커졌다. 작가가 자기를 초대해 준 회원들에게 조금이라도 보답할 의무감을 느끼리라는 막연한 기대는 작가의 태도 때문에 한순간에 와르르 무너져 내렸다. 레버렛 부인이 나중에 동생에게 밝혔다시피, 오스릭 데인은 상대방을 쳐다볼 때 상대방이 자기 모자에 문제가 있는 것은 아닐까 하고 걱정하게 만드는 능력이 있었다. 회원들은 작가의 기고만장함에 주눅 든 나머지, 집주인이 그 대단한 명사를 식당으로 안내하는 동안 로비 부인이 다른 회원들에게 돌아서서 "왜 저렇게 거만해요?"라고 속삭이자 경외감에 몸을 떨었다.

식탁에 둘러앉아 식사를 하는 동안에도 이런 판단은 좀처럼 달라지지 않았다. 오스릭 데인은 벨린저 부인이 대접한 음식을 말없이 집어 먹었다. 그리고 초대 손님이 잇달아 나오는 요리를 별 감흥 없이 삼키는 것만큼이나 클럽 회원들도 진부한 이야기를 내뱉으면서 시간이 흘러갔다.

본격적인 토론을 위해 응접실로 돌아간 다음, 벨린저 부인이 머뭇대며 주제를 정하지 못하자 클럽 회원들의 머릿속은 더욱 혼란스러워졌다. 모두 다른 사람이 먼저 말하기만을 기다렸다. 그러다가 집주인이 "힐브리지에는 처음이신가요?"라는 진부하기 짝이 없는 질문으로 대화를 시작하자 회원들은 실망감에 충격을 받을 지경이었다.

레버렛 부인조차 시작이 좋지 않다는 걸 느꼈다. 글라이드 양은 비하하고 싶은 희미한 충동이 일어 불쑥 끼어들었다. "정말 작은 동네죠."

그러자 플린스 부인이 발끈했다. 그리고 자기 자신을 변호하듯 "훌륭한 대표 인사들이 얼마나 많은데 그래요."라고 말했다.

그때 오스릭 데인이 플린스 부인을 쳐다보며 물었다. "무얼 대표하는 사람들인데요?"

플린스 부인은 원체 질문받는 걸 싫어하는 데다 대답할 준비도 되어 있지 않자 질문에 대한 반감이 한층 더 심해졌다. 그래서 벨린저 부인을 원망하듯 쳐다보며 대신 대답해 주기를 바랐다.

"그러니까 말이죠," 벨린저 부인은 다른 회원들을 차례로 바라보며 운을 뗐다. "저희가 공동체로서 문화를 대표한다 해도 과언이 아닐 거예요."

"예술도요." 글라이드 양이 끼어들었다.

"예술과 문학을 대표하죠." 밸린저 부인이 고쳐 말했다.

"그리고 제 생각엔 당연히 사회학도요." 이번에는 밴 블루이크 양이 잽싸게 덧붙였다.

"저희에겐 기준이 있어요." 주제가 개괄적으로 확대되자 플린스 부인이 돌연 안도하며 한마디했다. 그리고 이런 두루뭉술한 진술에 자기도 낄 자리가 생겼다고 생각한 레버렛 부인이 용기를 내어 중얼거렸다. "아, 물론이죠. 기준이 있고말고요."

"저희 런치 클럽의 목표는," 밸린저 부인이 이어 말했다. "힐브리지의 가장 수준 높은 동향을 이 한자리에 모으는 것이라 할 수 있어요. 말하자면 지적 활동을 한데 모아 초점을 맞추는 것이죠."

회원들은 너무 기쁜 나머지 안도의 한숨 소리가 밖으로 들릴 것만 같았다.

"저희 회원들은," 회장이 말을 이었다. "예술과 문학 그리고 윤리에서 무엇이든 최상의 것을 접하려고 열망하고 있어요."

그러자 오스릭 데인이 밸린저 부인 쪽으로 돌아보며 물었다. "무슨 윤리 말인가요?"

불안한 기운이 방 안에 감돌았다. '도덕'에 관한 질문이라면 부인 중 어느 누구도 대답을 미리 준비할 필요조차 없었다. 그러나 '윤리'라면 이야기가 달랐다. 『브리태니커 백과사전』이나 『독자 안내서』 또는 스미스의 『고전 사전』에서 갓 나온 정보는 어떤 주제든 자신 있게 다룰 수 있었다. 하지만 기습적으로 질문을 받으면, 불가지론을 초대 교회의 이설로 정의하고 윌리엄 프라우드 교수를 저명한 조직학자로 규정짓는 식이었다. 게다가 레버렛 부인 같은 이류 회원들은 여전히 윤리가 이교도적이라 막연히 생각하고 있었다.

밸린저 부인조차 오스릭 데인의 질문에 마음이 심란해졌다. 그래서 로라 글라이드가 몸을 앞으로 숙이고 최대한 상냥한 말투로 "작가님, 지금으로서는 『죽음의 날개』 말고는 이야기할 준비가 돼 있지 않은 걸 양해해 주셨으면 합니다." 하고 말하자 모두가 고마워했다.

"네, 맞습니다." 밴 블루이크 양이 적진으로 쳐들어가려고 결의라도 한 것처럼 불쑥 말했다. "작가님께서 정확히 어떤 목적을 가지고 그 멋진 책을 쓰셨는지 너무나 알고 싶어요."

"곧 아실 테지만," 플린스 부인이 끼어들었다. "저희는 책을 대충 읽는 독자들이 아니거든요."

"작가님한테 직접 듣고 싶어요." 밴 블루이크 양이 이어 말했다. "책의 염세주의적 성향은 작가님의 신념을 표현하기 위한 건가요, 아니면……."

"그게 아니면 다만," 이번에는 글라이드 양이 나섰다. "인물들을 좀 더 생생하게 보이게 하려고 배경을 암울하게 한 건지요? 원래 감수성이 예민한 편 아니신가요?"

"전 항상 생각해 왔거든요." 밸린저 부인도 끼어들었다. "작가님께서는 순전히 객관적 방식으로 기술한다고요."

오스릭 데인은 맛 평가라도 하듯 커피를 마시다가 반문했다. "객관적이라는 걸 어떻게 정의하죠?"

회원들은 당황해서 말문이 막혔다. 잠시 뒤 로라 글라이드가 힘주어 중얼거렸다. "저희는 작가님의 책을 읽으며 정의를 내리지 않아요. 그저 느낄 뿐이죠."

오스릭 데인이 슬며시 미소 지었다. "소뇌란 종종," 작가가 말했다. "문학적 감성을 느끼는 곳이죠." 그러고 나서 커피에 각설탕을 두 개째 집어넣었다.

막연히 뭔가를 감추려는 듯 던진 일침은 그런 전문 용어를 쓰면서 느끼는 만족감 때문에 별 효력이 없어 보였다.

"아, 소뇌 말이군요." 밴 블루이크 양이 만족하며 말했다. "지난겨울에 저희 모임에서 심리학 강의를 들었거든요."

"어떤 심리학이었나요?" 오스릭 데인이 물었다.

또다시 고통스러운 침묵이 흘렀고, 클럽의 회원 각자는 다른 회원들이 비참하리만큼 무능하다고 속으로 한탄했다. 오직 로비 부인만 천연덕스럽게 샤르트뢰즈'를 홀짝이고 있었다. 마침내 밸린저 부인이 애써 고음으로 말했다. "뭐, 그러니까 아시겠지만 우리가 심리학을 공부한 건 작년이었고, 올겨울에 우리가 정말로 심취한 건……."

밸린저 부인은 말을 멈추고 클럽에서 다뤘던 주제들을 기억해 내려고 진땀을 뺐지만, 오스릭 데인이 사람을 겁에 질리게 하는 눈빛으로 쳐다보자 지적 기능이 마비된 것 같았다. 클럽이 심취해 있던 것이 도대체 무엇이었던가? 밸린저 부인은 막연히 시간을 벌어 보려고 천천히 되풀이했다. "우리가 깊이 심취해 있던 건⋯⋯."

그때 로비 부인이 리큐어 잔을 내려놓고 미소 지으며 회원들 가까이 몸을 당겼다.

"징구였죠?" 그녀가 부드럽게 유도했다.

다른 회원들은 전율했다. 그 순간 놀라서 시선을 주고받더니 안도와 의문이 뒤섞인 시선으로 일제히 그들의 구원자를 바라 봤다. 저마다 같은 감정의 다른 단계를 지나고 있는 표정을 지었다. 가장 먼저 안도하는 기색을 보인 건 플린스 부인이었다. 서둘러 상황에 적응한 그녀는 밸린저 부인에게 그 말을 꺼낸 게 자기 자신이라도 되는 듯한 표정을 지어 보였다.

"징구, 바로 그거였죠!" 밸린저 부인이 여느 때처럼 민첩하게 반응했다. 한편 밴 블루이크 양과 로라 글라이드는 기억을 더듬 고 있는 것 같았고, 레버렛 부인은 불안감에 『적절한 암시』를 더 듬어 찾다가 책이 주머니 속에서 몸을 지그시 누르는 걸 느끼자 마음이 조금 편안해졌다.

오스릭 데인도 자기를 환대해 주는 사람들만큼이나 표정 변 화가 두드러졌다. 커피 잔을 내려놓는 그녀의 얼굴에 짜증이 확 연하게 묻어났다. 로비 부인이 훗날 묘사했듯이, 잠시나마 머릿 속에서 무엇인가를 찾는 듯한 표정이었다. 하지만 오스릭 데인 이 이렇게 순간적으로 드러낸 나약함을 감추기도 전에 로비 부 인이 공손한 미소를 띠고 그녀를 바라보며 말했다. "저희는 오 늘 작가님께서 그것에 대해 어떻게 생각하는지 말씀해 주시기를 정말 바랐거든요."

오스릭 데인은 미소에 담긴 경의를 당연하게 받아들였지만 이어진 질문에는 당황한 것이 분명했다. 보아하니 그녀는 표정을 쉽게 바꾸지 못하는 것 같았다. 마치 얼굴 근육이 오랫동안 도전받은 일이 없어 오만하게 굳고 주인의 명령을 잘 듣지 않는 듯했다.

"징구요⋯⋯." 이번에는 작가가 시간을 끌려는 듯 천천히 입을 열었다.

로비 부인은 계속 작가를 압박했다. "작가님께서도 아시는 것처럼, 그 주제가 워낙 마음을 사로잡다 보니 저희 런치 클럽에서 그 외의 다른 주제는 생각할 수도 없었어요. 징구 얘기를 꺼냈으니 말입니다만, 작가님의 책들을 제외한다면 그 밖에 다른 건 기억할 가치조차 없다고 말씀드리고 싶어요."

오스릭 데인은 어색하게 미소를 지었지만 근엄한 표정이 밝아지기보다는 한층 더 어두워 보였다. "그래도 한 가지는 예외로 둬서 다행이네요." 그녀는 입을 조그맣게 벌리고 대답했다.

"아, 물론이에요." 로비 부인이 얌전하게 말했다. "작가님께선 너무나 자연스럽게도 이 자리에서 선생님이 쓰신 책 이야기는 할 마음이 없다고 말씀하셨지만, 특별히 징구에 대해서만큼은 꼭 말씀해 주셨으면 합니다." 그리고 한 번 더 설득하듯이 미소를 지어 보였다. "어떤 사람들 말로는, 작가님의 가장 최근 신간 중 한 권은 그것에 흠뻑 배어들어 있다고 하던데요."

바로 '그것'이구나. 회원들의 메말랐던 심정에 자신감이 불길처럼 번졌다. 회원들은 징구에 관한 최소한의 단서라도 얻고 싶은 열의에 가득 차, 데인 부인이 난처해하는 걸 신경 쓸 생각도 하지 못했다.

오스릭 데인은 적장의 도전을 받고 긴장하며 얼굴이 빨개졌다. "혹시, 제 책 중에 어느 것을 두고 하시는 말씀인가요?" 하고 말을 더듬었다.

로비 부인은 조금도 머뭇거리지 않았다. "그게 바로 우리가 알고 싶은 거예요. 제가 그곳에 참석하긴 했지만 사실 적극적으로 참여한 건 아니어서요."

"그곳에 참석했다면 어디 말씀이세요?" 데인 부인이 반문했다. 잠깐 동안, 런치 클럽 회원들은 신이 그들을 위해 보내 준 구원 투사가 밀리고 있다고 생각했다. 하지만 로비 부인은 쾌활하게 설명했다. "당연히 토론 모임 말이죠. 그래서 저희는 작가님이 어떻게 징구에 들어가셨는지 너무나 알고 싶거든요."

불길한 침묵이 흘렀다. 곧 엄청난 위험이 들이닥칠 것 같은 정적에 회원들은 일제히 입을 다물었다. 마치 우두머리들이 벌이는 한판 승부를 넋 놓고 지켜보는 군사들 같았다. 그러다 데인 부인이 그들이 느끼던 내심의 두려움을 말로 날카롭게 내뱉었다. "아…… '그' 징구 말이로군요, 그렇죠?"

로비 부인은 대담하게 웃어 보였다. "어휘가 좀 현학적이긴 하죠. 저는 개인적으로 관형사를 잘 사용하지 않습니다. 그런데 다른 회원들은 징구에 관해 어떻게 느끼는지 모르겠어요."

다른 회원들은 아무런 이의가 없어 보였다. 로비 부인은 밝은 얼굴로 회원들을 쭉 한 번 둘러보더니 말을 이어 나갔다. "모두 저처럼 그것만, 그러니까 징구만 중요하다고 생각하는 것 같아요."

데인 부인이 곧바로 대답하지 못하자 밸린저 부인이 용기를 내어 먼저 말했다. "모두 징구에 대해 분명 그렇게 느낄 거예요."

플린스 부인은 그 말에 강력하게 동의한다는 의미로 뭔가를 계속 중얼댔고, 로라 글라이드는 감정을 실어 한숨을 푹 내쉬었다. "그것 때문에 인생이 송두리째 바뀐 경우도 더러 봤어요."

"제게도 정말 유익했거든요." 레버렛 부인은 지난겨울에 직접 겪거나 읽은 것이 기억나는 듯 끼어들었다.

"물론이죠," 로비 부인이 시인했다. "하지만 시간을 너무 많이 들여야 하는 게 문제긴 해요. 너무 길잖아요."

"전 이해가 잘 안 돼요," 밴 블루이크 양이 말했다. "그런 주제에 들이는 시간을 아까워하다니요."

"어떤 부분은 너무 깊어서," 로비 부인이 계속 밀고 나갔다. (아, 그렇다면 그건 책이로구나!) "건너뛰기가 쉽지 않거든요."

"전 건너뛰는 일은 절대 없어요." 플린스 부인이 독선적으로 말했다.

"아, 징구에서 그러면 위험하긴 하죠. 시작부터도 그럴 수 없는 곳들이 있잖아요. 어쨌든 간신히 빠져나가야 해요."

"그걸 '간신히 빠져나간다'고 말하진 않죠." 밸린저 부인이 비꼬는 말투로 말했다.

로비 부인은 재미있다는 듯 밸린저 부인을 쳐다봤다. "아……언제나 거침없이 지나가는 게 가능하셨나요?"

밸린저 부인은 망설였다. 그러다가 "물론 힘든 부분도 있어요." 하고 인정했다.

"네, 맞아요, 어떤 부분은 전혀 투명하지가…… 평탄하지가 않잖아요." 로비 부인이 덧붙여 말했다. "특히 원천을 잘 알고 있다면 더욱 그렇게 느낄 거예요."

"그래서 부인도 그렇게 느낀다는 거죠?" 오스릭 데인이 도전하듯 그녀를 뚫어지게 쳐다보며 끼어들었다.

로비 부인도 비난하듯 몸짓하며 그 말을 받아쳤다. "아, 어느 지점까지는 전혀 어렵지 않아요. 다만, 어떤 지류들은 거의 알려진 바가 없지요. 또 원천을 추적하는 건 거의 불가능한 일이죠."

"시도해 본 적은 있나요?" 플린스 부인이 빈틈없는 로비 부인을 여전히 안 미더워 하며 물었다.

로비 부인은 잠시 조용하더니 눈을 내리깔고 대답했다. "아뇨. 하지만 제 친구 하나가 시도해 봤죠. 아주 똑똑한 남자였는데 그 사람이 말하기를, 여자들은 아무래도 시도하지 않는 편이……."

방 안에 있는 모두가 소스라치게 놀랐다. 레버렛 부인은 궐련초를 건네는 중이던 하녀가 듣지 못하도록 기침을 했다. 밴 블루이크 양은 역겹다는 표정을 지었고, 플린스 부인은 고개를 숙이고 싶지 않은 사람 곁을 스쳐 지나가는 것처럼 얼굴이 못마땅해 보였다. 하지만 로비 부인의 말에 가장 자극받은 사람은 런치 클럽에 초대된 인사였다. 오스릭 데인의 엄숙한 얼굴이 인간적으로 공감한다는 듯 한순간 따뜻하고 부드러워지더니, 의자를 로비 부인 쪽으로 당기며 물었다. "그 사람이 정말 그랬어요? 그리고…… 그 사람 말이 맞던가요?"

로비 부인의 도움에 감사하던 밸린저 부인은 로비 부인이 예사롭지 않게 주목을 받자 짜증이 나기 시작했다. 그래서 더는 로비 부인이 수상쩍은 방법으로 초대 손님의 관심을 독차지하도록 그냥 봐 둘 수가 없었다. 만약 오스릭 데인에게 로비 부인의 경솔한 언행을 저지할 만큼의 자존심도 없다면, 적어도 런치 클럽에서 회장의 이름으로 막아야 했다.

밸린저 부인은 로비 부인의 팔을 지그시 잡았다. "징구가 우리에겐 아무리 흥미로워도 말이죠," 그리고 냉정하면서도 온화하게 말했다. "다른 분께는 그렇지 않을 수도 있다는 걸……."

"아, 아니에요, 제가 분명히 말씀드리지만 도리어 그 반대인데요." 오스릭 데인이 끼어들었다.

"잊지 말아야 해요." 밸린저 부인은 단호하게 말을 끝맺었다. "그리고 이 모임이 끝나기 전에 오늘 저희 모두가 생각하는 오늘의 진짜 주제에 관해 작가님의 말씀을 꼭 듣고 싶습니다. 당연히 『죽음의 날개』를 말씀드리는 겁니다."

정도의 차이는 있어도 같은 심정이었던 회원들은 한결 부드러워진 초청 인사의 표정에 용기를 얻어 밸린저 부인의 말에 맞장구를 쳤다. "맞아요, 맞아. 그 책에 대해 조금이라도 얘기해 주셔야 해요."

오스릭 데인은 전만큼 거만하지는 않지만 앞서 자기 작품을 언급했을 때만큼이나 표정이 지루해졌다. 그런데 작가가 답하기도 전에 로비 부인이 자리에서 일어나며 볼품없는 콧잔등 위로 베일을 끌어내렸다.

"정말 죄송한데요," 그리고 집주인에게 손을 내밀며 말했다. "작가님께서 시작하시기 전에 전 가 봐야 할 것 같아요. 아쉽게도 전 책을 읽지 않아서 여러분께 불편만 끼칠 거예요. 게다가 브리지 게임 약속도 있거든요."

로비 부인이 단지 오스릭 데인의 작품을 모른다는 이유로 자리를 뜨는 것이라면, 최근의 대담한 행동을 고려해서 신중한 선택이라고 인정해 주었을 터였다. 하지만 뻔뻔하게도 브리지 게임에 참여하려고 이 특혜를 포기하겠다는 건 로비 부인이 분별력이 얼마나 없는지를 다시 한번 상기시켜 줄 따름이었다.

한편으론 로비 부인이 떠나고 나면(그녀가 처음이자 마지막으로 베풀어 준 봉사는 끝이 났다) 한결 질서정연하고 품격 있는 토론을 할 수 있으리라 생각했다. 더구나 로비 부인이 있으면 이상하게 생기곤 하던 자기 불신감에서 벗어날 수도 있었다. 그래서 밸린저 부인은 아쉽다고 형식적인 인사치레를 했고, 다른 회원들은 자연스럽게 오스릭 데인 가까이 다가앉고 있었다. 그런데 바로 그때 놀랍게도 오스릭 데인이 갑자기 소파에서 벌떡 일어났다.

"아, 잠시만요. 잠깐만 기다려 봐요, 저도 같이 갈게요!" 오스릭 데인이 로비 부인을 불렀다. 그러고는 당황한 회원들의 손을 잡고 마치 승무원이 차표에 기계적으로 구멍을 내 주듯 작별 인사를 했다.

"정말 죄송해요. 제가 그만 깜박한 게 있어서……." 오스릭 데인은 문간에 서서 회원들을 향해 고개를 홱 돌렸다. 그리고 자기를 부르는 소리에 놀라서 뒤돌아본 로비 부인을 따라갔다. 이에 회원들은 작가가 애써 목소리를 낮추지도 않고 하는 말을 들으며 굴욕을 견딜 수밖에 없었다. "같이 걸어가면서 징구에 대해 몇 가지만 물어보고 싶어서요……."

3

너무 갑작스레 벌어진 일이라, 자리를 뜬 두 사람 등 뒤로 문이 닫히고 나서도 방금 무슨 일이 벌어진 건지 회원들이 깨닫는 데까지 시간이 꽤 걸렸다. 그러더니 회원들의 마음속에서 오스릭 데인이 무례하게 떠나며 남긴 치욕감과 정확히 이유도 모른 채 마치 사기당한 것 같은 당혹감이 서로 힘을 겨루기 시작했다.

밸린저 부인이 한참을 고심해서 배치해 두었지만 고고한 초대 손님이 거들떠보지도 않은 책들을 대충 다시 정돈하는 동안 아무도 입을 열지 않았다. 그러다가 밴 블루이크 양이 톡 쏘듯 한마디 내뱉었다. "뭐, 내 생각엔, 오스릭 데인이 떠난다고 아쉬울 것도 없네요."

그 말에 다른 회원들도 분노를 터트리기 시작했고, 레버렛 부인도 덩달아 외쳤다. "그 여자 일부러 못되게 굴려고 왔을 거예요!"

플린스 부인은 만약 웅장한 자기 응접실에서 접대했었다면 오스릭 데인의 태도가 달랐을 거라고 생각했다. 하지만 플린스 부인은 장소를 탓하기보다는 선견지명이 부족한 밸린저 부인을 얕잡아 보면서 우회적이나마 만족감을 느꼈다.

"그래서 주제를 미리 준비해야 한다고 말했잖아요. 준비가 돼 있지 않으면 늘 이런 일이 벌어진다고요. 만약 우리가 징구에 대해 미리 준비하기만 했어도⋯⋯."

다른 때 같으면 플린스 부인의 지둔한 이해력을 받아 줬을 터이지만, 이때만큼은 침착한 밸린저 부인도 평정심을 잃었다.

"그래요, 징구!" 밸린저 부인이 콧방귀를 꼈다. "아무리 미리 준비하지 않았다고 해도 우리가 작가보다 더 많이 아는 게 사실이잖아요. 오스릭 데인이 그래서 열 받았던 거라고요. 누구나 다 아는 그 주제를 모르다니!"

이런 응수에 플린스 부인조차 감격했고, 로라 글라이드도 느닷없이 로비 부인에게 관용을 베풀듯 한마디 거들었다. "맞아요, 우린 그런 주제를 꺼낸 로비 부인에게 정말 고마워해야 해요. 오스릭 데인을 열받게 했는진 몰라도 그 덕분에 좀 공손해졌잖아요."

"정말 다행이에요." 밴 블루이크 양이 덧붙여 말했다. "폭넓은 첨단 문화가 대단한 지성인들만의 것이 아니라는 걸 보여 줬으니까요."

이 말을 듣고 다른 회원들은 더욱 우쭐댔고, 오스릭 데인을 당황하게 만들었다는 쾌감에 화가 났다는 사실도 잊어버렸다.

밴 블루이크 양은 조심스럽게 안경을 닦았다. "아니, 그런데 말이에요." 그리고 말을 이었다. "패니 로비가 징구를 그렇게 잘 안다는 사실이 저는 제일 놀라웠어요."

이 말에 회원들은 움찔했지만, 밸린저 부인은 너그러운 척 살짝 빈정대며 말했다. "로비 부인이 원래 좀 별거 아닌 걸 길게 말하는 면이 있잖아요. 그래도 징구를 기억하게 해 준 건 우리가 그 여자에게 빚을 진 거네요." 클럽 회원들은 그동안 무용지물이던 로비 부인에게 클럽이 졌던 부담을 단 한 번에 멋지게 상쇄했다고 느꼈다.

레버렛 부인도 용기 내서 오스릭 데인을 슬쩍 비꼬았다. "오스릭 데인이 힐브리지에 와서 징구 수업을 듣게 될 줄 어디 상상이나 했겠어요?"

밸린저 부인이 미소 지었다. "우리에게 뭘 대표하는지 물었을 때 기억나죠? 징구를 대표한다고 말하지 못한 게 정말 후회된다니까요!"

재치 있는 농담에 회원 모두가 진심으로 웃음을 터트렸다. 하지만 플린스 부인은 혼자 웃지 않고 잠시 골몰하다가 입을 열었다. "과연 그렇게 말하는 게 현명했을지 모르겠네요."

방금 오스릭 데인을 직접 몰아붙인 것처럼 통쾌해하던 밸린저 부인이 플린스 부인을 못마땅하게 돌아보며 물었다. "왜 그렇게 생각하시죠?"

플린스 부인이 진지한 표정으로 말했다. "분명히 로비 부인조차도 너무 깊이 들어가면 안 되는 주제라고 말한 걸로 알고 있는데요."

그러자 밴 블루이크 양이 정확히 짚어 주었다. "제가 보기에는 그건 원천을 추적하는 데만 해당하는 말 같아요. 그러니까 그, 그것의, 그 원천이……." 하지만 보통 때는 틀림없던 기억력이 이번에는 도움이 안 된다는 걸 갑자기 알아차리고선 "사실 그 부분은 공부를 해 본 적이 없어요." 하고 얼렁뚱땅 말을 맺었다.

"저도 마찬가지예요." 밸린저 부인이 말했다.

로라 글라이드가 눈을 동그랗게 뜨고 몸을 앞으로 기울였다. "그렇다면 그게 바로 소수 사람만이 이해하는 신비한 부분이라는 건가요?"

"도대체 뭘 근거로 그렇게 말하는지 모르겠네요." 밴 블루이크 양이 따지듯 말했다.

"그 똑똑한 외국인이…… 그 남자, 외국인이었겠죠? 로비 부인에게 그 원천에 대해 한 말을 듣자마자 오스릭 데인이 무척이나 흥미를 보이던 거 봤죠? 그 의식의 원천이랄까요? 뭐라고 부르든, 그거 말이에요."

플린스 부인은 뭔가 탐탁잖은 듯했고, 밸린저 부인은 눈에 띄게 불안정해 보이더니 곧 입을 열었다. "그 점은…… 그 부분은 일상 대화에서 다루지 않는 편이 좋습니다. 하지만 오스릭 데인 같은 저명인사도 주목했다면 분명히 여성에게 중요한 문제이고, 우리끼리 토론하기 꺼려 하면 안 되겠죠. 솔직하게 얘기해 보자고요. 필요하다면 문은 좀 닫고요."

"저도 같은 생각이에요." 밴 블루이크 양이 활기차게 맞장구쳤다. "단, 저속한 단어는 사용을 금지한다는 조건으로요."

"아, 우리에게 그런 어휘가 필요나 하겠어요." 레버렛 부인이 킥킥거렸다. 그러자 로라 글라이드가 의미심장하게 덧붙였다. "우리에겐 행간을 읽을 능력이 있으니까요." 한편 밸린저 부인은 자리에서 일어나 문이 정말 닫혔는지 다시 한 번 확인했다.

그러나 플린스 부인은 아직 입장을 정하지 못하고 있었다. "글쎄요, 그런 독특한 관습을 조사해서 얻는 이득이 있을지……."

그러자 밸린저 부인의 인내심이 극에 달했다. "적어도," 그녀가 다시 말했다. "우리가 창피하게 패니 로비보다 몰라선 안 되잖아요!" 하고 받아쳤다.

이에 플린스 부인도 논의가 불가피하다고 결론 내렸다. 그녀는 방을 슬쩍 둘러보더니 고압적인 말투를 낮추고 물었다. "책은 갖고 있는 거죠?"

"채, 책이라뇨?" 밸린저 부인이 말을 더듬거렸다. 다른 회원들이 기대에 찬 눈빛으로 바라보는데 대답이 적절하지 못하다고 느껴지자, 밸린저 부인은 다른 질문을 던졌다. "무슨 책이요?"

회원들의 기대 어린 시선이 일제히 플린스 부인에게로 향했고, 평소보다 자신 없어 보이던 플린스 부인은 "왜 있잖아요, 그…… 그, 그것에 관한 책 말이에요." 하고 설명했다.

"그러니까 그게 무슨 책이냐고요?" 이번에는 밴 블루이크 양이 오스릭 데인처럼 날카롭게 쏘아붙였다.

밸린저 부인은 로라 글라이드를 쳐다봤고, 로라 글라이드는 의견을 구하듯 레버렛 부인을 뚫어지게 바라봤다. 그러자 레버

렛 부인은 자기 의견을 묻는다는 사실이 너무 뜻밖이라 정신이
나가 만용을 부렸다. "당연히 징구에 관한 책이지, 뭐겠어요!"

밸린저 부인의 서재에 도전장을 내민 것 같은 이 말에 모두들
입을 다물었고, 밸린저 부인은 고심해서 꽂아 둔 '오늘의 책들'
을 초조하게 바라보더니 짐짓 위엄 있게 대답했다. "주변에 둘
만한 책은 아니죠."

"그렇지 않아요!" 플린스 부인이 큰 소리로 외쳤다.

"그렇다면 책이 맞긴 한 거죠?" 밴 블루이크 양이 물었다.

그러자 회원들은 다시 한 번 혼란에 빠졌다. 밸린저 부인은 짜
증스럽게 한숨을 푹 내쉬더니 말을 이었다. "그야…… 물론 책
이죠. 당연한 거죠……."

"그럼 글라이드 양은 왜 그걸 종교라고 한 거죠?"

로라 글라이드가 발끈했다. "종교라고요? 그런 말 한 적 없는
데요."

"그렇게 말했잖아요." 밴 블루이크 양이 우겼다. "의식이라고
했잖아요. 그리고 플린스 부인은 관습이라고 했고요."

글라이드 양은 자기가 한 말을 기억하려고 애썼지만, 원래도
자세히 기억하는 편은 아니었다. 그녀는 한참을 생각하다가 마
침내 조그마한 소리로 중얼거렸다. "분명히 엘레우시스 제전'과
비슷한 의식이었는데……."

"아……." 밴 블루이크 양이 반박하려고 막 입을 열었을 때 플
린스 부인이 한마디했다. "그런 상스러운 일은 없었을 거예요!"

밸린저 부인은 더는 짜증을 참을 수가 없었다. "우리끼리도

그 문제를 조용히 얘기 나눌 수 없다는 게 참 안타깝네요. 제 생각으론, 만약 누구라도 징구에 깊이 들어가려고 한다면……."

"아, 저도 그러고 싶어요!" 글라이드 양이 소리쳤다.

"'현대 사상'을 따라잡으려고 한다면 어떻게 논의를 피할 수가……."

바로 그때 레버렛 부인이 안도하며 소리쳤다. "네, 바로 그거예요!"

"그게 뭔데요?" 회장이 따져 물었다.

"있잖아요. 그게…… 사상인 거죠. 그러니까 철학 말이에요."

이 말을 듣고 밸린저 부인과 로라 글라이드는 한결 안심하는 것 같았지만, 밴 블루이크 양은 반박했다. "죄송하지만 모두 잘못 짚었어요. 징구는 언어예요."

"언어요?" 런치 클럽 회원들이 소리쳤다.

"물론이죠. 로비 부인이 여러 지류가 있다고 했잖아요. 또 어떤 지류는 추적하기가 좀 힘들다고 하지 않았던가요? 그게 방언이 아니고 뭐겠어요?"

밸린저 부인은 더는 참지 못하고 큰 소리로 비웃었다. "정말이지, 우리 런치 클럽이 징구 같은 주제를 두고 그깟 패니 로비에게 배워야 하는 처지가 된 거라면 차라리 모임을 갖지 않는 편이 낫겠네요!"

"이게 전부 패니 로비가 좀 더 분명하게 말하지 않은 탓이에요." 로라 글라이드가 끼어들었다.

"아, 패니 로비가 분명하길 바라다니!" 밸린저 부인이 어깨를 으쓱했다. "분명 한마디 한마디 모조리 틀렸겠죠."

"우리 어디 한번 찾아보는 게 어때요?" 플린스 부인이 제안했다.

보통 때라면 열띤 토론 중에 플린스 부인의 제안을 무시해 버리고, 저마다 집으로 돌아가 혼자서 찾아봤을 터였다. 하지만 지금 당장은 자기들의 혼란을 로비 부인이 모호하고 모순적으로 말한 탓으로 돌리고 싶은 나머지, 한목소리로 책을 찾아보자고 했다.

이즈음 해서 레버렛 부인은 애지중지하는 책 덕분에 전에 없이 회원들의 관심을 받았지만, 그 영광은 그리 오래가지 않았다. 『적절한 암시』에는 징구에 대해 일언반구도 없었다.

"아, 우리가 원하는 건 그런 게 아니라고요!" 밴 블루이크 양이 큰 소리로 말했다. 그러고는 밸린저 부인의 문학 서적들을 얕보듯 힐끗 보며 초조하게 물었다. "실용서는 한 권도 없어요?"

"당연히 있죠." 밸린저 부인이 화가 나서 대답했다. "그런 책은 남편 의상실에 둔다고요."

하녀가 의상실에서 한참을 뒤적이며 시간을 질질 끌다가 마침내 W-Z 항목이 포함된 백과사전을 꺼내 왔고, 그 두꺼운 책을 가져오라고 제안했던 밴 블루이크 양 앞에 떡하니 갖다 놓았다.

밴 블루이크 양이 안경을 닦고 고쳐 쓰고 Z 항목을 찾는 동안, 고통스러울 만큼 긴장감이 감돌았다. 그리고 그녀가 중얼거리듯 이렇게 말하자 모두 깜짝 놀라 수군댔다. "여기 없어요."

"아마도," 플린스 부인이 말했다. "그게 백과사전에 나올 만한 게 아닌 모양이에요."

"아, 그럴 리가요!" 밸린저 부인이 소리쳤다. "그럼 X를 찾아 봐요."

밴 블루이크 양은 근시라서 코를 바짝 대고 책장을 앞으로 넘기며 위아래로 훑다가 마침내 무언가를 찾은 강아지처럼 멈춰 버렸다.

"그래, 찾았어요?" 밸린저 부인이 한참을 기다리다가 물었다.

"네, 찾았어요." 밴 블루이크 양이 이상야릇한 목소리로 대답했다.

플린스 부인이 성급하게 끼어들었다. "불쾌한 거라면 소리 내서 읽지 마세요."

그러나 밴 블루이크 양은 아무 말도 하지 않고 책을 꼼꼼히 들여다보기만 했다.

"그래, 도대체 그게 뭐냐고요?" 로라 글라이드가 흥분해서 소리쳤다.

"빨리 말해 줘요!" 레버렛 부인은 여동생에게 끔찍한 걸 이야기해 줄 수 있으리라 기대하며 재촉했다.

밴 블루이크 양은 백과사전을 옆으로 밀쳐놓고 한껏 기대에 부푼 회원들을 향해 서서히 돌아섰다.

"강이래요."

"강이라고요?"

"네, 브라질에 있는 강이요. 브라질은 그 부인이 살다 온 데가 아닌가요?"

"누구요? 패니 로비요? 아, 잘못 봤겠죠. 다른 걸 잘못 읽었을 거예요." 밸린저 부인이 책을 잡으려 몸을 굽히며 소리쳤다.

"백과사전에 나오는 징구는 그것밖에 없어요. 게다가 그 여자가 브라질에 살았었잖아요." 밴 블루이크 양이 고집스럽게 말했다.

"네, 맞아요. 패니 로비의 오빠가 그곳 영사거든요." 레버렛 부인이 끼어들었다.

"하지만 이건 정말 터무니없네요! 내가…… 우리가…… 아니, 우리 전부 작년에…… 아니, 재작년이었던가…… 징구를 공부한 걸 기억하잖아요." 밸린저 부인이 더듬거리며 말했다.

"저야 회장님이 그렇게 말해서 당연히 그런 줄 알았죠." 로라 글라이드가 고백했다.

"내가 그랬다고요?" 밸린저 부인이 소리쳤다.

"네, 그것 때문에 다른 건 생각할 수도 없었다고 말씀하셨잖아요."

"글쎄, 그것 때문에 인생이 송두리째 바뀌었다고 말해 놓고선 뭘 그래요!"

"그러고 보니 밴 블루이크 양은 그것에 들이는 시간이 아깝지 않다고 했죠."

이번에는 플린스 부인이 끼어들었다. "난 원천에 대해선 아는 것이 하나도 없다고 분명히 말했어요."

밸린저 부인이 신음하며 논쟁을 막아섰다. "아, 패니 로비가 우릴 전부 바보로 만들려고 그런 거라면 이런 논쟁이 다 무슨 소용이에요? 밴 블루이크 양이 사전에서 본 게 맞을 거예요. 그 여자는 내내 강에 대해 얘기하고 있었어요!"

"그 여자, 어떻게 감히? 너무 터무니없네요." 글라이드 양이 소리쳤다.

"자, 들어들 봐요." 밴 블루이크 양이 다시 백과사전을 자기 앞으로 당기더니 흥분해서 빨개진 콧잔등 위로 안경을 썼다. "'징구, 브라질의 주요 강 중 하나. 마투그로수고원에서 발원해 북쪽으로 1,799킬로미터쯤 흐르다가 아마존강 하구 근처에서 아마존으로 흘러들어 간다. 상류 유역에서는 금이 산출되고 수많은 지류가 있다. 강의 수원지는 1884년 독일 탐험가 슈타이넨이 힘들고 위험하게 탐험한 끝에 처음 발견했으며, 이 지역에서는 원주민 부족들이 석기 시대 방식으로 생활하고 있다.'"

클럽 회원들은 얼이 빠져 잠자코 듣고만 있었다. 정신을 가장 먼저 차린 사람은 레버렛 부인이었다. "그래서 지류가 있다고 했던 거군요!"

이 말에 설마 강은 아니겠지 싶었던 마지막 희망이 툭 하고 끊어졌다. "그리고 굉장히 길다고 했죠." 밸린저 부인은 숨이 막혀 간신히 말을 이었다.

"너무 깊고, 그냥 건너뛸 수는 없다고 했어요. 간신히 빠져나가는 수밖에 없다고 했죠." 글라이드 양이 덧붙여 말했다.

하지만 항상 반감이 심한 플린스 부인은 좀 더 훨씬 느린 속도로 이해했다. "강 이름이라니, 그만큼 부적절한 게 어디 있담?"

"부적절하다고요?"

"글쎄, 원천에 대해 말할 때…… 부패했다고 했잖아요?"

"부패가 아니라, 도달하기 어렵다고 했죠." 로라 글라이드가 수정해 줬다. "그곳에 가 본 누군가가 말해 줬다고 했어요. 분명 그 탐험가를 가리키는 말이었을 거예요. 찾기가 힘들다고 하지 않았어요?"

"힘들고 위험하게……." 밴 블루이크 양이 사전을 큰 소리로 읽었다.

밸린저 부인은 팔딱이는 관자놀이에 두 손을 갖다 댔다. "강에 해당하지 않는 말이 하나도 없군요. 이 강에 대해 말이에요!" 그리고 흥분하여 다른 회원들 쪽으로 몸을 홱 돌렸다. "아니, 오빠하고 같이 머물 때 선상 파티에 『최고의 순간』을 갖고 갔다가 누군가가 책을 배 밖으로 '내던져 버리는' 바람에 읽지 못했다고 했던 거 기억나요? 당연히 '내던져 버렸다'는 말은 패니 로비가 쓴 표현이고요."

회원들은 숨도 제대로 쉬지 못하며 그 표현을 제대로 기억하고 있다고 고개만 끄덕였다.

"그리고 참, 패니 로비가 오스릭 데인에게 책 한 권이 징구에 흠뻑 젖어 있다고 하지 않았던가요? 불한당 같은 친구가 그 책을 강에 내던졌다면 당연히 그렇게 됐겠죠!"

방금 다 같이 겪었던 상황이 놀랍게 재구성되면서 런치 클럽 회원들은 할 말을 잃었다. 마침내 플린스 부인이 그 문제를 심각하게 고심하더니 목소리를 깔고 말했다. "오스릭 데인도 같이 속아 넘어갔어요."

이 말을 듣고 레버렛 부인이 용기를 냈다. "아마 로비 부인이 그걸 노렸겠죠. 로비 부인은 오스릭 데인이 거만한 여자라고 했어요. 그래서 한 수 가르치려 든 거겠죠."

밴 블루이크 양은 이맛살을 찌푸렸다. "아무리 그래도 우리한테까지 그럴 필요는 없었어요."

"적어도," 글라이드 양이 쓸쓸하게 말했다. "우리보다 오스릭 데인의 관심을 끄는 데는 성공했네요."

"우리에게 무슨 기회가 있기나 했어요?" 밸린저 부인이 대꾸했다.

"로비 부인이 처음부터 작가를 독점하다시피 했어요. 그게 바로 그 여자의 속셈이었다는 게 확실해요. 우리 런치 클럽에서 자기 입지가 달리 보였으면 싶었던 거겠죠. 관심을 끌기 위해서라면 무슨 짓이든 다 했을 거예요. 불쌍한 포랜드 교수님도 어떻게 속였는지 다들 아시잖아요."

"목요일마다 자기랑 브리지 게임하면서 차를 마시게 만들었다니까요." 레버렛 부인이 새된 목소리로 말했다.

로라 글라이드가 손뼉을 탁 쳤다. "아, 오늘이 목요일이잖아요. 그래서 간 거군요. 심지어 오스릭까지 데려갔어요!"

"그리고 두 사람은 지금 우리를 비웃고 있겠지요." 밸린저 부인이 이를 악물고 말했다.

너무 얼토당토않아서 받아들이기도 힘든 추측이었다. "자기가 오스릭 데인에게 사기 친 걸 실토할 생각도 못하겠죠." 밴 블루이크 양이 말했다.

"그건 모르는 일이죠. 패니 로비가 나갈 때 오스릭 데인에게 신호를 보내는 걸 본 것 같아요. 그렇지 않았다면 오스릭 데인이 왜 그렇게 서둘러 뒤따라 나갔겠어요?"

"음, 우리 모두가 오스릭 데인에게 징구가 얼마나 대단한지 계속 이야기했으니까, 그래서 더 알아보고 싶다고 했겠죠." 레버렛 부인이 자리에 없는 작가에게 마지못해 정당성을 부여해 주듯 말했다.

이 말은 회원들의 분노를 가라앉히기는커녕 오히려 크게 자극했다.

"네, 그래요. 그게 바로 두 사람이 지금 비웃고 있는 이유겠죠." 로라 글라이드가 비꼬듯 내뱉었다.

플린스 부인은 자리에서 일어나 당당한 풍채에 값비싼 털 옷을 걸치며 말했다. "굳이 비판하고 싶진 않지만, 우리 런치 클럽이 다시는 이런 일, 이런 꼴을 당하지 않으려면 제 생각엔……."

"아, 저도 동의하고말고요!" 글라이드 양이 같이 자리에서 일어서며 말했다.

밴 블루이크 양도 사전을 덮고 재킷 단추를 채우며 "제 시간이 얼마나 소중한데……." 하고 말했다.

"모두 같은 마음일 거예요." 밸린저 부인은 레버렛 부인을 단호한 눈빛으로 쳐다봤고, 레버렛 부인은 다른 회원들을 둘러봤다.

"제겐 스캔들처럼 혐오스러운 게 없어요." 플린스 부인이 말을 이었다.

"오늘 일은 모두 패니 로비 때문에 일어난 거라고요!" 글라이드 양이 소리쳤다.

레버렛 부인이 신음했다. "정말 그 여자가 어떻게 그럴 수 있는지 이해가 안 돼요!" 그리고 밴 블루이크 양이 노트를 집어 들면서 말했다. "어떤 여자들은 물불 안 가린다니까요."

"하지만 만약에," 플린스 부인이 그 말을 인상적으로 듣고서 말했다. "만에 하나라도 이런 일이 우리 집에서 벌어졌더라면 (하지만 절대 그럴 일이 없다는 말투로 말했다) 아마 내가 직접 로비 부인에게 클럽에서 탈퇴할 것을 요구하거나 제가 탈퇴했을 거예요."

"아, 플린스 부인⋯⋯." 클럽 회원들이 모두 헉 소리를 냈다.

"제게는 다행이지만," 플린스 부인은 지나칠 정도로 관대한 말투로 말을 이어 나갔다. "회장님 결정에 따라, 저명한 손님들을 접대하는 특혜와 권한을 회장님께서 쥐고 계셨으니, 제가 손을 쓸 수 없었죠. 회장님의 단독 의견이었던 만큼 이 문제, 이 개탄스러운 일을 해결할 최선의 방법을 회장님이 직접 찾으셔야 한다는 데 다른 회원들도 모두 동의할 거예요."

플린스 부인이 오랫동안 마음속에 품어 왔던 분노를 폭발하듯 털어놓자 쥐 죽은 듯 침묵이 흘렀다.

"저는 왜 패니 로비에게 탈퇴까지 요구해야 하는지 모르겠는데요." 밸린저 부인이 말을 꺼내자 로라 글라이드가 뒤돌아 상기시켜 줬다. "패니 로비에 속아서 회장님께서 징구를 유유히 지나갈 수 있다고 말했던 거 아시죠."

레버렛 부인이 계제도 모르고 눈치 없이 낄낄댔다. 밸린저 부인은 우렁차게 말을 마저 이었다. "하지만 제가 그렇게 못하리라고 생각하지들 마세요!"

자리를 뜨는 런치 클럽 회원들의 등 뒤로 응접실 문이 닫혔고, 그 유명한 모임의 회장인 밸린저 부인은 책상에 앉았다. 그리고 『죽음의 날개』를 옆으로 밀쳐놓고 팔꿈치를 대더니 런치 클럽 마크가 있는 종이를 한 장 꺼내 글을 쓰기 시작했다. "친애하는 로비 부인께……"

로마열(熱)

1

원숙하면서도 우아한 중년의 두 미국 여성이 로마의 한 레스토랑에서 점심을 먹은 뒤, 식탁에서 높은 테라스로 자리를 옮겨 난간에 기대어 섰다. 두 사람은 먼저 상대방을 바라보고 나서 발아래 활짝 펼쳐진 팔라티노언덕'과 포룸'의 영광스러운 광경을 모호하면서도 인자한 표정으로 바라봤다.

난간에 기댄 두 사람의 귀에 앞마당으로 내려가는 층계에서 쾌활하게 메아리치는 앳된 여성의 목소리가 들렸다. "자 그럼, 우린 어서 가자." 두 중년 부인이 아닌, 가까이 있는 누군가에게 하는 말이었다. "소녀처럼 아리따운 어머니들은 뜨개질이나 하시게 놔두고 말이야." 그러자 앞의 목소리만큼이나 앳된 목소리가 깔깔대며 웃었다. "바버라, 저기 좀 봐, 뜨개질하고 있지 않은데……." "아이, 비유적으로 하는 말이지," 첫 번째 여자가 대꿈했다. "어쨌든 우리 불쌍한 엄마들이 할 만한 게 별로 없으니까……." 그쯤 해서 소용돌이 층계에 막혀 말소리가 더는 들리지 않았다.

두 부인은 멋쩍게 웃으며 다시 한 번 서로를 바라봤고, 좀 더 몸집이 작고 얼굴이 창백한 여자가 고개를 저으며 얼굴을 붉혔다.

"바버라!" 층계에서 들리는 짓궂은 말소리에 대고 나무라듯 들리지 않는 소리로 중얼거렸다.

좀 더 풍채 있고 혈색이 좋으며, 작고 오뚝한 코에 눈썹이 짙은 다른 여자가 기분 좋게 웃었다. "우리 딸애들이 우릴 저렇게 생각한다니까."

그러자 상대방이 힐난하는 듯한 몸짓으로 대답했다. "저 애들은 지금 우리가 어떻다는 게 아냐. 그걸 알아야 해. 요즘 '엄마들'을 싸잡아 그렇다고 생각하는 거지. 그리고……." 여자는 멋진 장식이 달린 검은 핸드백에서 뜨개바늘이 꽂힌 새빨간 실크 실뭉치를 마치 죄짓는 것처럼 슬쩍 꺼냈다. "누가 짐작이나 했겠어." 그녀가 중얼거렸다. "세상이 좋아져서 시간 여유가 이렇게 많아질지. 그래서 때론 이런 풍경을 바라보는 것도 따분해." 이렇게 말하고는 발 앞에 펼쳐진 장엄한 광경을 몸짓으로 가리켰다.

피부색이 짙은 부인이 또 웃었고, 두 사람은 다시 풍경에 빠져들며 말없이 생각에 잠겼다. 둘은 로마의 봄 하늘에서 찬란히 번지는 햇빛을 받으며 편안해 보였다. 점심시간은 한참 전에 끝났고, 둘은 널따란 테라스의 한쪽 끝을 독차지하고 있었다. 반대편 끝에서는 몇 무리가 드넓은 도시를 한참 동안 바라보며 관광 안내서를 주워 모아 정보를 찾고 있었다. 마지막 무리가 흩어지고 나자, 바람에 씻긴 높은 테라스에는 두 부인만 덩그러니 남았다.

"이곳에서 나가서 다른 데 갈 만한 이유가 없을 듯하네." 혈색 좋고 눈썹 모양이 강한 슬레이드 부인이 말했다. 근처에 버들가지 의자 두 개가 아무렇게나 놓여 있었는데, 그녀는 그것들을 발코니 난간 쪽으로 밀고 앉아서 팔라티노언덕을 지그시 바라봤다. "세계를 다 돌아다녀 봐도 이곳만큼 아름다운 곳은 없어."

"나한테도 그래." 친구인 앤슬리 부인이 '나'라는 말에 살짝 힘주며 맞장구를 쳤다. 슬레이드 부인은 그걸 눈치챘지만 별 의미 없이 아무 어휘에나 밑줄 긋곤 하던 구식 편지 쓰기 방식처럼 우연히 그런 거라고 생각했다.

'그레이스 앤슬리는 늘 좀 고리타분했지.'라고 생각한 그녀는 과거를 떠올리듯 미소 지으며 큰 소리로 말했다. "우리 둘에겐 아주 오랫동안 낯익은 풍경이잖아. 이곳에서 처음 만났을 때 우린 지금 우리 딸들보다도 어렸어. 기억나지?"

"아, 물론 기억나!" 앤슬리 부인이 조금 전처럼 막연히 강세를 두며 중얼거리고 나서, "저기 저 웨이터장이 우리를 수상하게 쳐다보는데."라고 덧붙였다. 누가 봐도 그녀는 친구보다 자신감이 부족한 데다, 세상에서 행사할 수 있는 권리에 대해서도 확신이 별로 없어 보였다.

"내가 의문을 풀어 줘야겠는걸." 슬레이드 부인이 앤슬리 부인의 가방 못지않게 비싸 보이는 가방에 손을 뻗으며 말했다.

웨이터장을 손짓으로 부르더니, 두 사람은 오래전부터 로마를 너무나 좋아해서 그 광경을 내려다보며 오후의 끝자락을 보내고 싶다고 설명했다. 물론 영업에 방해가 되지 않는다면! 웨이터장은 그녀가 건네는 팁을 받고 가볍게 목례를 하더니 두 부인을 더없이 환영하며, 남아서 저녁 식사까지 해 주는 아량을 베풀어 준다면 더욱 기쁠 것이라고 말했다. 기억하시겠지만, 보름달이 뜨는 밤이라……

슬레이드 부인은 달에 대해 이야기하는 건 부적절할뿐더러 심지어 불쾌하다는 듯 검은 눈썹을 찌푸렸다. 하지만 웨이터장이 물러나자 미소를 지으며 인상을 폈다. "뭐, 못 할 것도 없지! 그보다 더한 것도 할 수 있거든. 애들이 언제 돌아올지 모르겠네. 게다가 애들이 어디를 다녀올지 어떻게 알겠어? 난 몰라!"

앤슬리 부인은 또다시 얼굴을 살짝 붉혔다. "대사관에서 만났던 젊은 이탈리아 비행사들이 타르퀴니아*로 차 한잔하러 가자고 애들을 초대한 거 같던데. 그곳에서 기다리고 있다가 달빛이 밝으면 비행기로 돌아올지도 모르지."

"달빛! 달빛이라니! 그게 아직 통하다니. 우리 애들도 우리만큼이나 감성적일까?"

"난 딸들에 대해 털끝만큼도 몰라." 앤슬리 부인이 대답했다. "하기야 우리도 서로에 대해 아는 게 별로 없었잖아."

"그렇지, 잘 몰랐지."

친구가 수줍게 그녀를 쳐다봤다. "얼라이다, 난 네가 감성적이라고는 전혀 생각하지 못했는데."

"그래, 아마 감성적이진 않았을 거야." 슬레이드 부인은 지난 날을 떠올리며 눈을 가늘게 떴다. 그리고 두 부인은 어린 시절부터 줄곧 가깝게 지냈으면서도 서로에 대해 아는 게 별로 없다고 잠시 생각했다. 물론 두 사람은 서로가 어떤 사람인지 곧바로 말할 수 있었다. 가령 슬레이드 부인은 앤슬리 부인에 대해 묻는다면 자기 자신에게든, 누구에게든 25년 전 그레이스 앤슬리는 유난히 사랑스러운 아가씨였다고 말했을 터였다. "그래요, 믿기 어려우시겠죠! 물론 지금도 여전히 매력적이고 기품이 있지만…… 어렸을 땐 정말 예뻤다고요. 딸 바버라보다 훨씬 아름다웠어요. 당연히 요즘 기준에서 보면, 바버라가 훨씬 더 유능하고 시쳇말로 '에지'가 있죠. 흔히 딸이 낫다고들 하잖아요. 어디서 그런 외모를 물려받았는지, 부모가 그렇게 밋밋한데 말이에요. 그래요, 호러스 앤슬리도 딱 그랬어요. 음, 그 사람은 자기 아내랑 판박이였죠. 박물관 전시품 같은, 옛 뉴욕의 본보기였어요. 잘생긴 데다 흠잡을 데 없고 모범적인 남자였거든요." 여러 해 동안 슬레이드 부인과 앤슬리 부인은 맞은편에 살았다. 몇 년간 지리적으로뿐 아니라 비유적으로도 그랬다. 이스트 73번 가 20번지의 응접실 커튼이 새것으로 바뀌면 길 건너편 23번지에서는 어김없이 알아차렸다. 또한 어디로 움직이건, 무엇을 구입하건, 여행이며 기념일이며 병치레까지, 사람들의 존경을 받는 두 부부의 시시콜콜한 일상을 모조리 꿰고 있었다. 슬레이드 부인이 모르는 건 거의 없었다. 하지만 그녀는 남편이 월스트리트에서 대박을 치면서 친구의 사생활을 지켜보는 것에 싫증이 났고, 어퍼 파크 애비뉴에 집을 구입했을 때는 생각이 이렇게 바뀌었다. '차라리 무허가 술집 반대편에 사는 게 기분 전환이 되겠는걸. 적어도 가게가 급습당하는 걸 볼 수 있을 것 아냐.' 그레이스가 괴한에게 습격당하는 모습을 상상해 보자 너무 재미있어 (이사도 하기 전에) 여자들끼리 점심 모임을 할 때 상상 속 이야기를 사실인 양 떠벌렸다. 그게 대히트를 쳤고, 소문은 순식간에 퍼졌다. 슬레이드 부인은 가끔 그 소문이 길 건너 앤슬리 부인의 귀에까지 들어갔을지 궁금했다. 그러지 않기를 바랐지만, 별로 상관없었다. 점잖은 태도는 그다지 높이 평가되던 시절이 아니라 품행이 바른 사람을 놀림감으로 삼는다 해도 크게 문제될 것은 없었다.

그로부터 몇 년 뒤 두 사람은 몇 달 간격으로 남편을 여의었다. 예의에 걸맞게 서로 화환과 위로를 주고받았고, 애도의 어두운 그림자 속에서 다시금 가까워졌다. 그러다가 한동안 소원하던 두 사람은 로마의 같은 호텔에서 우연히 마주쳤다. 두 사람 모두 공주 같은 딸들을 데리고서. 두 사람은 엇비슷한 운명 때문에 다시금 가까워졌다. 둘은 가벼운 농담을 주고받으며, 옛날 같으면 딸을 따라다니는 게 피곤했을 터인데 이제는 딸과 함께 다니지 않으면 오히려 지루하다고 고백했다.

하지만 분명 슬레이드 부인은 가련한 그레이스보다 자기가 더 쓸모없다고 생각했다. 델핀 슬레이드의 아내에서 고인의 부인이 된다는 것은 나락으로 빠져든 것과 같았다. 슬레이드 부인은 사교성만큼은 남편 못지않기에(그것이 이 부부의 자부심이었다) 전력을 다해 늘 특출난 한 쌍으로 보이도록 했다. 그러니 남편이 사망한 뒤 느끼는 차이는 메꿀 수 없었다. 항상 국제적인 사건을 맡곤 하던 유명한 기업체 고문 변호사의 아내로 살면서, 슬레이드 부인은 날마다 예상치 못한 신나는 일들을 처리해야 했다. 가령 해외에서 찾아온 저명한 동료들을 즉흥적으로 대접하기도 했고, 런던이나 파리, 로마로 급히 법무 출장을 떠나 그곳에서 후하게 대접받기도 했다. 그녀가 일을 처리한 뒤 들려오는 말도 듣기 좋았다. "슬레이드 부인의 저 멋진 옷 좀 봐요, 저 아름다운 눈은 어떻고요. 저 멋진 부인이 글쎄, 슬레이드 씨의 아내래요! 어쩜! 유명 인사 아내들은 옷차림이 보통 촌스러운데 말이에요."

이랬다 보니 지금, 고(故) 슬레이드의 부인으로 살아가는 것이 그렇게 지루할 수가 없었다. 남편의 명성에 부응하며 사는 데 집중했던 온 신경을 이제는 딸에게 집중했다. 아버지의 재능을 물려받은 듯했던 아들은 어려서 갑자기 사망했다. 그때 고통을 견딜 수 있었던 것은 위로를 주고받을 수 있는 남편이 있었기 때문이다. 그런데 아이의 아버지가 사망하고 나자 어린 아들이 생각날 때면 견딜 수가 없었다. 그녀에게 남은 할 일이라고는 딸을 돌보는 것뿐이었는데, 제니는 완벽한 딸이라 엄마로서 도와줄 것도 별로 없었다. "바버라가 내 딸이었다 해도 이렇게 할 일이 없었을까." 슬레이드 부인은 가끔 질투심 비슷한 감정이 들기도 했다. 하지만 눈부신 친구, 바버라보다 어린 제니는 젊고 예쁜데도 마치 전혀 그렇지 않은 것처럼 얌전하고 조용했다. 슬레이드 부인으로서는 그 점이 좀 착잡하고 다소 따분하기까지 했다. 그래서 심지어 제니가 나쁜 남자와 사랑에 빠지기를 바라기도 했다. 그렇게 되면 어머니로서 그녀를 지켜봐 주고, 전략을 짜서 딸을 구해 줄 수도 있을 것이 아닌가. 하지만 오히려 제니가 엄마를 챙겼다. 엄마가 수면제를 먹지 못하게 하고, 강장제는 먹었는지 확인하고……

앤슬리 부인은 친구보다 생각을 명료하게 표현하지 못하는 데다 슬레이드 부인에 대한 기억이 선명하지 않고 두루뭉술했다. 그래서 "얼라이다 슬레이드는 기가 막힐 정도로 영리하지만 자기가 생각하는 것만큼 그렇게 영리하진 않아요."라고 말했을 터였다. 그리고 슬레이드 부인을 잘 모르는 사람들에게는 이렇게 설명을 덧붙였을지도 모른다. "얼라이다는 어렸을 때 정말로 멋졌어요. 예쁘고 어떤 면에서는 딸보다 더 똑똑했어요. 하지만 딸은 엄마처럼 음…… '생기발랄'하지는 않으니까요." 누군가가 '생기발랄'이라는 어휘를 사용하는 것을 들었을 것이다. 앤슬리 부인은 이처럼 요즘 유행하는 어휘를 주워듣고서는, 뻔뻔하게 손짓으로 따옴표 표시까지 하며 인용했다. 그렇다, 제니는 분명 자기 어머니를 닮지 않았다. 앤슬리 부인은 가끔 얼라이다 슬레이드가 딸을 보고 실망하지 않았을까 생각했다. 전반적으로 보면 친구의 인생은 우울했다. 실패와 실수로 가득 찬 인생, 그래서 앤슬리 부인은 늘 친구가 딱하다고 생각했다.

이것이 두 부인이 상대방을 바라보는 관점이었다. 두 사람 모두 엉뚱한 쪽으로 망원경을 들여다보는 셈이었다.

2

두 사람은 오랫동안 말없이 나란히 앉아 있었다. 그들이 마주 보는 광활한 '메멘토 모리'* 앞에 부질없는 세상일들을 내려놓고 있으니 마음이 편안했다. 슬레이드 부인은 '황제의 궁전' 금빛 경사면을 응시한 채 가만히 앉아 있었고, 그동안 가방을 만지작거리던 앤슬리 부인도 마침내 동작을 멈추고 깊은 명상에 잠겼다. 가까운 친구들이 주로 그러하듯, 같이 있으면서 이렇게 침묵하는 경우가 두 부인에게는 이제껏 한 번도 없었다. 그 오랜 세월 후 두 사람의 관계가 새로운 단계로 접어들면서, 앤슬리 부인은 어떻게 행동해야 할지 몰라 당황했다.

그때, 시간마다 로마를 은색 지붕처럼 덮는 종소리가 묵직하게 뎅뎅거리며 허공을 가득 메웠다. 슬레이드 부인은 손목시계를 들여다봤다. "벌써 다섯 시야." 그녀는 놀란 듯 말했다.

앤슬리 부인은 친구를 슬쩍 떠보듯 물었다. "다섯 시에 대사관에서 브리지 게임이 있잖아." 슬레이드 부인은 한참 동안 대답하지 않았다. 생각에 깊이 잠겨 있어 자기 말을 듣지 못했다고 앤슬리 부인은 생각했다. 하지만 얼마 뒤 슬레이드 부인은 마치 꿈에서 깨어나듯 말했다. "브리지 말이지! 네가 가고 싶다면……. 하지만 난 별로 갈 마음이 없어."

"아, 아냐," 앤슬리 부인이 서둘러 확인시켜 줬다. "나도 전혀 가고 싶지 않아. 이곳이 너무 아름답잖아. 네 말대로 옛날 생각도 많이 나고." 부인은 의자에 깊숙이 앉아 슬그머니 뜨개질감을 꺼냈다. 슬레이드 부인은 곁눈질로 친구를 보면서도 아름답게 손질한 자신의 두 손을 무릎에 얹어 놓고만 있었다.

"방금 생각이 났는데," 슬레이드 부인이 천천히 입을 열었다. "로마는 세대마다 여행자들에게 주는 의미가 너무 달라. 우리 할머니들은 '로마' 하면 '로마열'*이 생각날 것이고, 우리 어머니들은 로마에 있으면 우리가 감성적으로 들뜰까 봐 두려워서 우리를 보호하려 들었지! 그리고 우리 딸들은 대도시 대로를 돌아다니는 것 말고는 겁날 게 아무것도 없어. 하지만 애들은 모를 거야, 얼마나 많은 걸 놓치고 있는지!"

길게 내리뻗던 금빛 석양이 점점 창백해졌고, 앤슬리 부인은 뜨개질을 자세히 들여다보려고 눈 가까이 들어올렸다. "그래, 우리를 끔찍이 보호하셨지."

"내 생각엔 말이야," 슬레이드 부인이 말을 이었다. "우리 어머니들은 할머니들보다도 자식 키우기가 더 힘들었을 거라고. 로마열이 길거리에 창궐할 때는 위험한 시간에 여자애들을 집 안에 붙잡아 두는 게 상대적으로 쉬웠을 거야. 하지만 우리가 어렸을 적엔 밖에서 이 아름다운 풍경이 우리를 부르면 은근슬쩍 엄마한테 반항했잖아. 해 떨어진 뒤 집 밖으로 나가 봐야 감기 걸리는 것 말고는 위험할 게 없었으니까. 엄마들은 우리를 밖으로 돌아다니지 못하게 하느라 애를 먹었어, 안 그래?"

슬레이드 부인은 다시 한 번 앤슬리 부인를 돌아봤지만, 친구는 까다로운 부분을 뜨개질하느라 열중해 있었다. "하나, 둘 셋, 두 칸 뛰고⋯⋯. 그래 맞아, 엄마들은 그랬을 거야" 하고 앤슬리 부인은 올려다보지도 않은 채 맞장구쳤다.

슬레이드 부인은 친구를 더욱 유심히 바라봤다. '저런 광경을 앞에 두고 뜨개질을 할 수 있다니. 정말 그레이스답네……'

슬레이드 부인은 등을 기대고 앉아 생각을 곱씹으며 눈앞에 펼쳐진 유적들에서 포룸의 길고 움푹 꺼진 풀밭이며, 그 뒤에 서서 점차 흐릿하게 빛나는 성당의 앞면이며, 멀리 떨어진 곳에 있는 거대한 콜로세움까지 여기저기를 쭉 둘러봤다. 그러다가 문득 떠오른 생각이 있었다. '우리 딸들이 감상이니 달빛이니 조금도 신경을 쓰지 않는 게 얼마나 다행인지. 바버라 앤슬리가 후작이라는 그 젊은 비행사의 마음을 사로잡지 못했다면 말이 안 되지. 바버라 옆에서 제니는 기회조차 얻지 못할 테고. 난 알아. 어쩌면 그래서 그레이스 앤슬리가 그 애들 둘이 같이 다니는 걸 좋아하는지도 몰라! 우리 불쌍한 제니는 들러리만 서네!' 슬레이드 부인은 거의 들리지 않을 만큼 작은 소리로 웃었지만 그 소리에 앤슬리 부인이 하던 뜨개질을 내려놨다.

"지금 뭐라고 했어?"

"내가, 아, 아니야. 난 그냥 바버라가 어떻게 그렇게 승승장구할 수 있는지 한번 생각해 봤을 뿐이야. 캄폴리에리 집안 아들은 로마에선 가장 인기 좋은 신랑감이거든. 그렇게 아무것도 모른다는 눈으로 쳐다보지 마, 애. 그리고 조심스럽지만, 너도 이해하겠지…… 너하고 호러스 씨처럼 모범적인 두 사람 사이에서 어쩌면 그렇게 혈기왕성한 딸아이가 태어난 건지 난 정말 궁금해." 슬레이드 부인은 조금 퉁명스럽게 말하며 또 웃었다.

앤슬리 부인은 뜨개바늘에 걸친 두 손을 힘없이 툭 놓았다. 그녀는 열정과 영광이 겹겹이 쌓여 만들어진 발밑의 잔해를 똑바로 쳐다보았다. 하지만 조그마한 옆얼굴에는 아무런 표정도 없었다. 이윽고 그녀가 말했다. "바버라를 과대평가하는 것 같네."

슬레이드 부인은 이전보다 한결 부드러운 말투로 말했다. "아냐, 그렇지 않아. 난 바버라를 제대로 보고 있어. 그리고 네가 부럽기도 해. 아, 내 딸도 완벽하지. 내가 병을 오래 앓게 된다면, 음, 난 제니에게 의지하고 싶어. 그런 시간이 올지도……. 하지만 봐! 난 항상 눈부시게 멋진 딸을 원했거든……. 그런데 왜 그 대신 천사를 낳았는지 정말 모르겠어."

앤슬리 부인은 친구를 따라 웃더니 희미한 소리로 중얼댔다. "바버라도 천사야."

"물론, 그렇고말고! 하지만 무지갯빛의 날개를 달고 있잖아. 음, 지금 젊은 사내들이랑 해변을 거닐면서 말이야. 우린 지금 여기 앉아 있는데……. 지난날이 참 선명하게도 떠오르네."

앤슬리 부인은 다시 뜨개질을 하기 시작했다. 그걸 본 누군가는(만약 그레이스 앤슬리를 잘 모른다면, 하고 슬레이드 부인은 생각했다) 아마도 장엄한 폐허의 늘어진 그림자를 보면 너무 많은 기억이 떠올라서 그렇게 행동하는 것이라고 생각할 터였다. 하지만 아니다. 그레이스 앤슬리는 단지 뜨개질에 빠져 있을 뿐이다. 그녀가 걱정할 게 뭐가 있겠는가! 그녀는 바버라가 캄폴리에리 가문의 최고 신랑감과 약혼하여 돌아오리라는 것을 알고 있다. '그러면 뉴욕 집을 팔고 로마로 와서 딸네 부부 근처에 집을 얻겠지. 하지만 간섭은 하지 않을 거야, 눈치가 빠른 친구니까. 훌륭한 요리사를 두고, 적당한 사람들과 어울려 브리지 게임과 칵테일을 즐기겠지. 그리고 손주들 사이에서 완벽할 만큼 평화롭게 노년을 보낼 거야.'

슬레이드 부인은 순간, 자기 자신이 역겨워 미래를 예언하던 상상의 나래를 떨쳐 냈다. 그레이스 앤슬리만큼 그녀가 신랄하게 깎아내리는 사람도 없었다. 언제쯤이면 병적으로 친구를 질투하는 것을 멈출 수 있을까? 어쩌면 너무 오래전부터 시작된 일인지도 몰랐다.

슬레이드 부인은 자리에서 일어나서 난간에 기대어 마법처럼 마음을 진정시키는 석양을 불안한 눈길로 바라봤다. 하지만 마음이 진정되기는커녕 눈앞의 풍경에 오히려 분노가 치밀어 올랐다. 그녀는 콜로세움 쪽으로 눈을 돌렸다. 황금빛으로 물든 옆면은 벌써 보랏빛 그림자에 흠뻑 젖어 들었고, 그 위로 펼쳐진 하늘은 아무런 색깔 없이 수정처럼 투명하게 곡선을 이루고 있었다. 오후와 저녁이 중천에서 비등비등 균형을 잡는 바로 그 순간이었다.

슬레이드 부인은 뒤돌아서서 친구의 팔에 손을 얹었다. 너무 갑작스러운 행동이라 앤슬리 부인은 깜짝 놀라 올려다봤다.

"해가 떨어졌어. 두렵지 않아?"

"두렵다니?"

"로마열, 아니 폐렴이! 그해 겨울에 네가 얼마나 아팠는지 난 기억하는데. 어렸을 때 넌 목이 정말 약했잖아."

"아, 우린 지금 이 위에 있잖아. 저 아래 포룸은 갑자기 엄청 추워지겠지. 하지만 여긴 괜찮아."

"아, 넌 정말 조심해야 하니까 네가 알아서 잘하겠지." 슬레이드 부인은 난간 쪽으로 몸을 돌리고 생각했다. '친구를 미워하지 않으려고 더 노력해야 해.' 그러고 나서 큰 소리로 말했다. "이 위에서 포룸을 내려다볼 때면, 난 으레 네 이모할머니 이야기가 떠올라. 끔찍할 정도 못됐던 이모할머니였잖아?"

"아, 그래 맞아. 해리엇 이모할머니. 자기 여동생을 해가 진 다음에 포룸으로 내보내면서 자기 앨범에 집어넣어야 한다고 밤에 피는 꽃을 따 오라고 했어. 할머니들은 말린 꽃을 모아 두는 앨범을 갖고 있었거든."

슬레이드 부인은 고개를 끄덕였다. "하지만 이모할머니가 여동생을 내보낸 진짜 이유는 두 사람이 같은 남자를 사랑했기 때문이었잖아."

"음, 그게 집안에 전해지던 얘기였어. 해리엇 이모할머니가 몇 해가 지나서 그렇게 고백했대. 어쨌든 불쌍한 여동생은 열병에 걸려 죽었어. 우리가 어렸을 때 엄마는 이 이야기를 들려주면서 우리에게 겁을 주곤 했어."

"그리고 우리가 처녀였을 때, 여기 로마에 왔던 그 겨울에 난 너에게 그 얘길 듣고 무척 겁을 먹었어. 내가 델핀과 약혼했던 그 겨울 말이야."

앤슬리 부인은 희미하게 웃어 보였다. "아, 내가 그랬나? 내가 널 겁줬다고? 난 네가 쉽게 겁먹지 않는다고 생각했는데."

"물론 자주 그러진 않지. 하지만 그땐 정말로 겁이 났었거든. 너무 행복했던 때라 쉽게 겁을 먹었어. 내가 무슨 말을 하는지 이해하니?"

"응……." 앤슬리 부인의 목소리가 떨렸다.

"아마 그래서 네 사악한 이모할머니 이야기가 그토록 인상 깊었나 봐. 난 이런 생각을 했거든. '이제 로마열은 없지만, 포럼은 해가 지고 나서 지독히 추워져, 특히 낮이 뜨거웠던 날엔. 그리고 콜로세움은 그보다 더 추워지고 습해져.'"

"콜로세움이라고?"

"그래, 밤에 출입구가 잠기고 나면 들어가기가 쉽지 않았어. 정말로 어려웠지. 하지만 그 시절에는 마음먹으면 들어갈 순 있었어. 그렇게 시도하는 경우가 자주 있었고. 사람들 눈을 피해 만나던 연인들이 종종 그곳에서 만났으니까. 너도 알지?"

"글쎄, 모르겠네. 기억이 잘 안 나는데."

"기억이 안 난다고? 저녁에, 막 어두워진 다음에 어떤 유적지인가 어딘가 가서 지독한 감기에 걸렸던 거 기억 안 나? 달 뜨는 거 보러 간다고 했잖아. 사람들 말로는, 네가 아팠던 건 그날 밤에 나갔기 때문이라고 하던데."

잠시 침묵이 흐른 뒤 앤슬리 부인이 말했다. "사람들이 그랬어? 너무 오래된 일이라서."

"그래, 그러고서 넌 다 나았으니 별문제는 아니었지. 하지만 아마도 친구들은 네가 아팠던 이유를 듣고 깜짝 놀랐을 거야. 내 말은, 네가 기관지가 약해서 매우 조심한다는 것도 알고, 네

어머니가 굉장히 신경 쓰신다는 것도 알고 있었으니까……. 그런데도 그날 밤 나들이를 갔던 거였지?"

"아마 그랬을 거야. 아무리 조심성이 많은 여자애라도 늘 조심하는 건 아니잖아. 그런데 지금 왜 그 일을 떠올린 거야?"

슬레이드 부인은 대답할 말이 생각나지 않는 것 같더니, 잠시 뒤 불쑥 말했다. "이제 더는 견딜 자신이 없으니까."

앤슬리 부인은 획 하고 고개를 쳐들었다. 동그래진 눈이 창백해졌다. "견딜 수 없다니 뭘?"

"그러니까, 네가 그곳에 왜 갔는지 난 이유를 알고 있는데, 넌 모르고 있다는 걸."

"내가 그곳에 간 이유를 안다고?"

"그래, 넌 내가 허풍 떨고 있다고 생각할 테지? 음, 넌 내 약혼자를 만나러 갔었잖아. 널 그곳으로 불러낸 그 편지 내용을 글자 하나 빼놓지 않고 다 읊을 수 있어."

슬레이드 부인이 말하는 동안 앤슬리 부인은 자리에서 비틀거리며 일어섰다. 가방과 뜨개질감과 장갑이 무릎에서 미끄러져 땅바닥에 쌓였다. 그녀는 마치 귀신을 보듯 슬레이드 부인을 쳐다봤다.

"아니, 아니. 그러지 마." 그녀가 더듬거리며 내뱉었다.

"왜 안 돼? 들어 봐, 못 믿겠다면. '자기야, 일이 이렇게 돌아가면 안 돼. 단둘이 만나야겠어. 내일 해가 지자마자 콜로세움으로 나와. 널 들여보내 줄 사람이 있을 거야. 그리고 네가 두려워하는 사람은 이 일을 모를 거야.' 넌 아마 그 편지 내용을 잊어버렸겠지?"

앤슬리 부인은 예상치 못한 도전을 받고 평정심을 잃었다. 의자에 몸을 기대어 안정한 뒤 친구를 바라보며 대답했다. "아니, 나도 하나하나 모두 외우고 있어."

"그럼 서명도 기억하겠네? '오직 그대만의 D. S.'라는 서명이 있었잖아, 그렇지? 내 말 맞지? 그날 저녁 넌 그 편지 때문에 나간 거잖아?"

앤슬리 부인은 여전히 친구를 바라보고만 있었다. 슬레이드 부인이 보기에 친구의 조그맣고 침착한 가면 뒤에서 감정이 격렬하게 흔들리고 있는 것 같았다. "그레이스가 스스로 자제할 거라고 생각하지 말았어야 했는데." 슬레이드 부인은 거의 분개하듯 회상했다. 하지만 그 순간 앤슬리 부인이 말했다. "네가 어떻게 알았는지 잘 모르겠는걸. 난 그 편지를 곧바로 태워 버렸거든."

"그래, 당연히 그랬겠지. 넌 굉장히 신중하니까!" 이제는 노골적으로 조롱했다. "네가 그 편지를 태워 버렸는데 도대체 내가 그 내용을 어떻게 아는지 궁금하겠지, 안 그래?"

슬레이드 부인은 대답을 기다렸지만, 앤슬리 부인은 아무 말도 하지 않았다.

"음, 얘, 내가 그 편지를 썼기 때문에 그 내용을 아는 거야!"

"네가 썼다고?"

"그래."

두 여성은 마지막 황혼 아래에서 잠시 상대방을 빤히 쳐다보며 서 있었다. 그러더니 앤슬리 부인이 의자에 털썩 주저앉았다. 그리고 "오," 하고 중얼거리며 두 손으로 얼굴을 감쌌다.

슬레이드 부인은 어떤 말이든 행동이든 이어지기를 기다렸다. 하지만 아무 반응이 없자 마침내 먼저 입을 열었다. "나 때문에 많이 놀랐나 보네."

앤슬리 부인은 두 손을 무릎 위로 떨어뜨렸다. 손을 뗀 얼굴에서는 눈물이 주르륵 흘러내렸다. "너에 관해 생각하는 게 아니야. 그게 그 사람에게서 받은 유일한 편지라고 생각했는데!"

"그런데 그 편지를 쓴 게 나야. 그래, 내가 썼어! 하지만 난 그 사람 약혼녀였어. 그건 기억하기나 했어?"

앤슬리 부인은 또다시 고개를 떨구었다. "변명 따위 늘어놓지 않을게. 다만 내가 기억하는 건……."

"그런데도 넌 나갔단 말이지?"

"그래, 나갔어."

슬레이드 부인은 서서 고개 숙인 친구의 자그마한 옆모습을 내려다봤다. 노여움의 불꽃은 이미 잦아들었다. 그러자 왜 이유도 없이 친구의 상처를 들쑤셔서 만족감을 얻으려 했는지 의문이 들었다. 하지만 그녀는 자신을 정당화해야 했다.

"너도 이해하지? 내가 그 사실을 알게 되고 나서 널 미워하고, 미워했어. 네가 델핀을 사랑한다는 사실을 알고 난 두려웠으니까. 네가 두려웠고, 너의 그 차분함, 너의 사냥함이……. 너의 그……. 아무튼 난 네가 우리 사이에 끼어들지 않기를 바랐을 뿐이야. 내가 그 사람의 마음을 확신할 수 있을 때까지 단 몇 주만이라도. 그래서 분노에 눈이 멀어서 그 편지를 썼던 거야. 지금 와서 너한테 왜 이런 말을 하고 있는지 모르겠지만."

"아마도," 앤슬리 부인이 천천히 입을 열었다. "네가 날 항상 미워해 왔기 때문이겠지."

"어쩌면 그랬을지도 몰라. 아니면 이젠 이 모든 걸 털어 버리고 싶어서인지도 몰라." 그녀가 잠시 말을 멈췄다. "그래도 네가 그 편지를 없애 버려서 다행이야. 그리고 물론 난 네가 죽을 거라곤 생각하지 않았어."

앤슬리 부인은 침묵에 빠져들었고, 친구 쪽으로 기대어 선 슬레이드 부인은 따뜻한 인간적 교류에서 완전히 끊겨 혼자 고립된 것 같은 이상한 느낌을 받았다. "너 지금 내가 괴물 같다고 생각하고 있지!"

"잘 모르겠어……. 그게 내가 받은 유일한 편지였는데, 그런데 네 말론 그 사람이 쓴 게 아니라고 하니까."

"아, 아직도 그이를 좋아하다니!"

"그때 추억을 소중하게 생각할 뿐이야." 앤슬리 부인이 말했다.

슬레이드 부인은 계속 친구를 내려다봤다. 친구의 몸이 조그맣게 오그라든 것만 같았다. 마치 그녀가 자리에서 일어서기라도 하면 불어오는 바람에 먼지처럼 훅하고 흩어져 버릴 것처럼. 그 모습을 보자 슬레이드 부인은 불현듯 질투심이 일었다. 그 긴 세월 동안 이 여자는 그 편지를 붙들고 살아왔다니. 그까짓 잿더미로 변한 기억을 보물처럼 여긴다면, 도대체 그를 얼마나 깊이 사랑했다는 말인가! 친구의 약혼자가 쓴 편지를. 그러니 괴물은 바로 저 여자였다.

"넌 그이를 내게서 뺏으려고 별짓을 다 했잖아? 하지만 실패했어. 그 사람은 내 것이었어. 그뿐이야."

"맞아, 그뿐이야."

"네게 말하지 말 걸 그랬어. 네가 그 편지를 그렇게까지 생각하는지 정말 몰랐거든. 난 네가 웃어넘길 줄 알았지. 네 말대로 너무 오래전에 일어난 일이잖아. 네가 이렇게 심각하게 받아들이리라고 생각할 까닭이 없었다는 것도 이해해 줘야 해. 내가 어떻게 알았겠어? 그 일이 있고 나서 넌 겨우 두 달 만에 호러스 앤슬리와 결혼했어. 병이 낫자마자 네 어머니가 널 피렌체로 보내서 결혼시켰잖아. 너무나 일사천리로 진행되어서 사람들이 모두 놀랐지. 하지만 난 이유를 알 것 같았어. 아마도 홧김에 나와 델핀보다 먼저 결혼하려 했겠지. 철부지 시절엔 가장 중요한 일들을 말도 안 되는 이유로 결정해 버리기도 하니까. 네가 그렇게 빨리 결혼해 버린 걸 보고 그 사람을 정말로 좋아한 건 아닐 거라고 생각했어."

"그래, 아마 그런 이유였을 거야." 앤슬리 부인이 수긍했다.

머리 위 투명한 하늘에서 황금빛이 완전히 사라졌다. 어스름이 지면서 로마의 일곱 언덕°이 급격히 어두워졌다. 두 사람 발아래에는 잎사귀 틈새로 불빛들이 반짝였다. 텅 빈 테라스를 사람들이 오가기 시작했고, 웨이터는 층계 맨 위에서 출입구를 바라보더니 다시 쟁반과 냅킨과 와인병을 들고 나타났다. 테이블을 옮기고 의자를 가지런히 놓았다. 연약한 줄에 매달린 전등이 흔들거리며 깜박거리다 꺼졌다. 어디선가 먼지막이 코트를 입은 덩치 큰 여자가 나타나더니 다 낡아 빠진 베데커 여행 안내서를 묶어 두었던 고무 밴드를 보았냐고 어설픈 이탈리아어로 물었다. 여자는 웨이터들의 도움을 받아 자신이 점심을 먹은 테이블 밑을 막대기로 쑤셔 보았다.

슬레이드 부인과 앤슬리 부인이 앉아 있는 구석은 여전히 어둑하고 사람이 없었다. 한참 동안 둘 다 아무 말도 하지 않았다. 마침내 슬레이드 부인이 다시 입을 열었다. "그냥 장난삼아 그랬던 것 같아."

"장난이라고?"

"뭐, 여자애들은 가끔 좀 잔인할 때가 있잖아? 특히 사랑에 빠지면. 그날 난 네가 그 어두컴컴한 곳에서 기다리면서, 사람들 눈을 피해 서성이고, 소리에 집중하며 어떻게든 안으로 들어가려고 애쓰는 모습을 상상하면서 저녁 내내 웃었던 기억이 나. 물론 그 후에 네가 너무 아팠다는 얘길 듣고선 안타까웠지만."

앤슬리 부인은 오랫동안 움직이지 않았다. 그러더니 이윽고 천천히 친구를 돌아보았다. "그런데 나 기다리지 않았어. 그 사람이 미리 알아서 다 준비해 놨던데. 그 사람, 거기에 왔어. 그래서 우린 곧바로 안으로 들어갔어." 그녀가 말했다.

슬레이드 부인은 기대앉았던 자세에서 벌떡 몸을 일으켰다. "델핀이 거기를 갔다고! 너희 둘을 안으로 들여보내 줬다고! 하, 이제 거짓말까지 하는구나!" 그녀가 악을 썼다.

앤슬리 부인의 목소리는 놀라움에 가득 차 더욱 또렷해졌다.

"물론 그 사람이 그곳에 왔지. 당연하지."

"왔다고? 그이가 그곳에서 너를 만날지 어떻게 알았다는 거야? 헛소리하지 마!"

앤슬리 부인은 회상하듯 잠시 머뭇거렸다. "내가 답장을 썼는걸. 내가 거기에 가 있겠다고 말이야. 그러니까 그 사람이 온 거지."

슬레이드 부인은 두 손으로 얼굴을 감쌌다. "아, 세상에. 네가 답장을 썼다고! 난 네가 답장을 쓰리라곤……."

"편지를 쓰면서 그걸 생각 못 했다니 이상하네."

"그래, 난 그때 분노에 눈이 멀었거든."

앤슬리 부인은 자리에서 일어서서 모피 스카프를 몸에 둘렀다. "여기 춥다. 이제 가야 할 거 같네……. 너도 참 안됐어." 그녀는 이렇게 말하면서 모피 스카프를 목 주위에 꽉 감았다.

예상치도 못한 말에 슬레이드 부인은 통증을 느꼈다. "그래, 가야겠네." 그리고 가방과 외투를 챙기면서, "네가 왜 날 딱하게 여기는지 모르겠지만." 하고 중얼거렸다.

앤슬리 부인은 친구에게서 고개를 돌려 시커먼 덩어리 같은 콜로세움을 바라봤다. "그날 밤 내가 기다릴 필요가 없었으니까."

슬레이드 부인은 헛헛하게 웃었다. "그래, 거기서 내가 한 방 먹었네. 그렇다고 내가 널 질투하면 안 되겠지. 이 긴 세월 끝에 결국 다 가진 건 나잖아. 내가 그 사람과 25년을 같이 살았어. 네가 가진 건 고작 그이가 직접 쓰지도 않은 편지 한 장뿐이잖아."

앤슬리 부인은 잠자코 있었다. 마침내 그녀는 테라스 입구 쪽으로 한 발자국 떼며 몸을 돌려 친구의 얼굴을 바라봤다.

"그래도 나는 바버라를 가졌잖아." 그렇게 말하고 나서 그녀는 슬레이드 부인보다 앞서서 층계를 향해 걸어 나갔다.

9   **크리스티나 닐슨** Christina Nilsson(1843~1921). 스웨덴 오페라 소프라노 가수로 1869년에 스웨덴 왕립 음악 아카데미(Royal Swedish Academy of Music)의 회원이 되었다.

    허드슨 리버 화파 19세기 중엽의 미국 풍경화가 그룹. 미국의 광활한 대륙에서 영감을 얻어 자연에 대한 경이를 낭만적으로 화풍에 담았다.

19   **핑킹 기계** 천을 지그재그 모양으로 자르는 기계.

20   **브로드웨이** Broadway. 뉴욕주 슬리피 할로에서 시작하여 뉴욕시 맨해튼 남쪽 끝까지 이어지는 지역으로, 근처에 극장이 많다.

28   **코디얼** Codial. 향이 있으며 주로 단맛이 나는 음료로 일반적으로 알코올이 함유되어 있으며, 사기를 북돋는 자양 강장의 효능을 지니기도 한다. 프랑스에서 이제 이 단어는 집에서 만든 일부 음료(향에센스 워터, 다양한 과일 리큐어 등으로 만든다)에만 쓰이고 있다. 한편 영미권 국가에서는 특별한 향을 첨가한 증류주를 지칭하는 리큐어 또는 브랜디의 동의어로 사용된다.

34   **그림의 법칙** Grimm's Law. 인도유럽어와 게르만어 사이에서의 자음 추이 법칙. 예를 들어, 인도유럽어에서 유성 폐쇄음 'b, d, g'

는 게르만어에서 무성 폐쇄음 'p. t. k'로 바뀐다. 그러나 한국어에서 자음에 변화를 주면 독자가 의미를 혼동할 수 있어 주로 모음에 변화를 주었다.

34 **국적이 드러났다** 그의 '국적'이란 독일을 말한다.

39 **교령회** Seance. 강령회라고 부르기도 하며, 영매자를 개입시키거나 한 테이블을 둘러싸는 것으로 사망자와의 커뮤니케이션을 도모하는 회합이다. 1840년대 미국에서 출현하여 1950년대에 크게 유행했다.

배터리 공원 The Battery. 뉴욕시 맨해튼 남쪽에 위치한 공원으로, 이 공원 부두에서 '자유의 여신상'이 있는 리버티섬을 왕복하는 유람선이 떠난다.

40 **저지 시티** Jersey City. 미국 뉴저지주의 도시. 뉴저지에서 두 번째로 인구가 많은 도시로 뉴저지 도시들이 대부분 그러하듯이 뉴욕의 베드타운 역할을 한다.

살짝 열린 문들 *Gated Ajar*. 영국 작가 엘리자베스 스튜어트 펠프스(Elizabeth Wooster Stuart Phelps)(뒷날 엘리자베스 펠프스 워드)가 1868년 발표한 종교 소설. 출간하자마자 베스트셀러가 되었다.

45 **치커링 홀** Chickering Hall(1901~1912). 보스턴에 있던 오디토리엄이다.

58 **호보큰** Hoboken. 미국 뉴저지주 허드슨군에 있는 소도시.

60 **슈와이크** 'Shwike'는 독일 이름 중 하나고, 'Swike'는 배반자나 사기꾼을 의미한다.

74 **코니아일랜드** Coney Island. 미국 뉴욕 브루클린의 남쪽에 있는 유원지. 원래는 섬이었지만 지금은 반도가 되었다.

80 **세인트루이스** St. Luis. 미국 미주리주 동쪽 끝에 있는 도시. 미시시피강과 미주리강의 합류점에 위치하는 상공업 도시로 뉴욕시와는 거리가 아주 멀다.

81 **위안의 서광 혹은 빛을 주지 못했다** 여기서 작가는 'ray'와 'light'를 구

별하여 사용한다. 전자는 '한 줄기 광명'이나 '서광'처럼 비유적 의미로 흔히 쓰이는 반면, 후자는 물리적 광선이나 빛을 의미한다.

83 **블루밍데일 정신병원** Bloomingdale Insane Asylum. 1821년 뉴욕 병원이 뉴욕시에 설립한 사립 병원으로 1889년에 없어졌다.

90 **그녀는 경건한 신앙인들이 ~ 막연하게나마 생각했다** 서양에서 근대 과학에 이론적 틀을 처음 마련해 준 르네 데카르트는 인간과는 달리 짐승에게는 영혼이 없다고 하여 차별했다.

스펜서 둥근 서체 미국의 서예가 플랫 로저스 스펜서(Platt Rogers Spencer, 1800~1864)가 개발한 서체. 둥글게 오른쪽으로 기우는 것이 특징이다.

91 **반짝이는 것이 모두 금은 아니라는 사실을** 윌리엄 셰익스피어의 『베니스의 상인』에서 나오는 유명한 구절. "반짝이는 것이 반드시 금은 아니다. / 그대는 이 말을 자주 들어 귀에 익었으리라. / 수많은 사람이 내 겉모양에 홀려 그 숱한 생명을 던졌느니라."(2막 7장.)

105 **유니언 스퀘어** Union Square. 뉴욕시 맨해튼 남쪽에 위치한 역사적인 공원으로 뉴요커들에게 휴식처로 널리 이용되고 있다.

111 **핑커튼 탐정** 앨런 핑커튼(Allan Pinkerton, 1819~1884). 시카고 최초의 형사였던 그는 1850년 자신의 이름을 따 '핑커튼 전미 탐정 사무소'를 설립하여 범죄 수사와 철도 경비를 맡았다. "우리는 잠들지 않는다"가 이 사무소가 내건 표어다.

114 **5번가** 일류 브랜드와 대형 백화점, 독특한 상점이 모여 있는 뉴욕시 맨해튼의 번화가.

117 **브루클린** Brooklyn. 뉴욕시 다섯 자치구 중 하나로 롱아일랜드의 서쪽 끝 퀸스의 남서쪽에 있다. 다양한 인종이 뒤섞여 사는 곳이다.

129 **세인트루크 병원** St. Luke's. 뉴욕시에 위치한 병원. 1858년 5번가와 54~56번가에 성공회가 처음 설립한 병원으로, 종파와 관계없이 주로 가난한 사람들을 위한 병원이었다.

132 **로마 가톨릭교 신자라니?** 버너 자매는 개신교 신자로 일요일이면 예배에 참석했다. 이디스 워튼이 이 작품을 집필한 19세기 말엽 개신교 신자가 가톨릭교로 개종하는 것은 아주 드문 일이었다. 개신교도 사이에는 아직도 가톨릭교에 대한 편견이 남아 있다.

140 **갈보리 공동묘지** Calvary Cemetery. 뉴욕시 퀸스 지역 롱아일랜드 시티 우드사이드에 있는 공동묘지. 맨해튼섬 밖에 세운 최초의 공동묘지로 세인트 패트릭스 성당이 세웠다.

151 **트롤럽** Anthony Trollope(1815~1882). 영국의 소설가. 정확하고 냉정한 묘사와 평이한 문체로 많은 장편 소설을 썼다. 대표작으로 『구빈원장(救貧院長)』, 『바셋주 이야기』가 있다.

153 **아펠레스** Apelles. 기원전 4세기 후반에 활약한 그리스의 화가.
이피게네이아의 희생 아가멤논은 아르테미스 여신의 분노를 가라앉히기 위해 딸 이피게네이아를 제물로 바치려 했다.
로버트 엘스미어 *Robert Elsmere*. 험프리 와드(Humphry Ward)가 1888년에 출판한 소설. 순식간에 백만 권이 넘는 책이 팔려 헨리 제임스의 찬사를 받았다.
메조틴트 mezzotint. 요판 인쇄 기법 중 하나. 조각한 판면을 약품을 이용해 부식시키는 과정(에칭)을 거치지 않기 때문에 드라이 포인트 기법에 속한다.

156 **네가 낚시 고리로 악어를 끌어낼 수 있겠느냐?** 구약성경 「욥기」 41장 1절.

157 **앙리 베르그송** Henri-Louis Bergson(1859~1941). 창조 과정을 주창한 프랑스의 철학자.
윌리엄 워즈워스 William Wordsworth(1770~1850). 영국 낭만파 시인.
폴 베를렌 Paul Verlaine(1844~1896). 프랑스 상징파 시인.

161 **고전 사전** *Classical Dictionary*. 윌리엄 스미스(William Smith)가 1851년에 편찬한 고대 그리스와 로마 시대의 전기, 신화 등에 관

한 사전.

163 **샤르트뢰즈** Chartreuse. 수도원에서 만든 리큐어로 가장 오래된
    역사를 자랑한다. 초기에는 성찬과 약용으로 사용하다가 일반인
    에게 시판되었다. '리큐어의 여왕'이라고 불릴 정도로 유명한 술
    이다.

176 **엘레우시스 제전** 고대 그리스의 마을인 엘레우시스를 기반으로 하
    는 그리스 신화의 두 여신 데메테르와 페르세포네의 컬트 종교의
    가르침, 또는 이 컬트 종교가 엘레시우스에서 매년 또는 5년마다
    개최한 신비 제전 또는 비전 전수 의식을 가리킨다.

189 **팔라티노 언덕** Palatine Hill. 로마의 일곱 언덕 중 하나로, 고대 로
    마 시대에 아우구스투스 황제가 궁전을 세운 곳.
    포룸 Forum Romanum. 고대 로마 시대의 유적지로, 팔라티노
    옆에 위치함.

192 **타르퀴니아** Tarquinia. 이탈리아 중서부에 위치한 고대 도시. 고대
    에투리아 묘지로 유명하여 유네스코 문화유산으로 등재되었다.

197 **메멘토 모리** Memento mori. '죽음을 기억하라'는 뜻의 라틴어. 두
    부인은 고대 무덤을 바라보면서 생자필멸(生者必滅)의 교훈을 되
    새긴다.

198 **로마열** 과거에 로마와 그 주변에서 유행했던 악성 삼일열 말라
    리아.

208 **일곱 언덕** The Seven Hills. 지리학적으로 티베르강 동쪽 세르비
    아누스 성벽으로 둘러싸인 고대 도시의 중심에 위치한 일곱 언덕
    을 말한다. ① 아벤티노(Aventino), ② 첼리오(Caelio), ③ 카피톨리
    노(Capitolino), ④ 에스퀼리노(Esquilino), ⑤ 팔라티노(Palatino),
    ⑥ 퀴리날레(Quirinale), ⑦ 비미날레(Viminale).

해설

뒤틀린 삶의 틈새에 낀 불완전한 인간들

김욱동(문학평론가)

미국이 1783년 파리 조약으로 영국 식민지의 굴레에서 공식적으로 벗어난 뒤 19세기 초엽 미국에서는 신문 같은 대중매체가 우후죽순처럼 생겨났다. 한 통계 자료에 따르면 1830년대에 이르러 미국에는 무려 9백여 종의 신문이 발행되었는데, 이는 영국에서 발행하던 것보다 두 배 많은 수였다. 1840년에는 1천 6백여 종, 1950년에는 2천5백여 종이 발행되었다. 신문과 더불어 주간 잡지나 월간 잡지도 많이 생겨나, 가히 대중매체의 붐을 이루다시피 했다. 독서 인구가 갑자기 늘어나면서 비단 신문과 잡지뿐 아니라 소설 같은 단행본에 대한 욕구도 부쩍 커졌다.

이처럼 신문과 잡지가 많이 생기고 책이 출간되다 보니, 자연스럽게 지면을 채울 기사나 글이 필요해졌고, 대중의 욕구를 충족시키려면 대중 작가도 많이 필요했다. 이때 많은 여성 작가가 등장하여 신문과 잡지의 지면을 채우는 한편, 대중 소설을 단행본으로 출간하기 시작했다. 너새니얼 호손(Nathaniel Hawthorne)과 허먼 멜빌(Herman Melville), 에드거 앨런 포(Edgar Allan Poe) 같은 작가들이 활약하던 19세기 중엽 여성 작가의 활동이 눈에 띄게 두드러졌다. 평소 과묵하고 점잖던 호손이 "이제 미국은 글 나부랭이나 끼적거리는 빌어먹을 아낙네들 손에 완전히 넘어가 버렸다."라고 불편한 심기를 드러낼 정도였다. 요즘 기준으로 보면 그는 반(反) 페미니스트로 젠더 의식이나 성 감수성이 크게 떨어진다고 볼 수 있다. 그러나 달리 생각해 보면 글을 써서 가족을 부양하던 호손에게 여성 대중 작가들의 출현은 자못 큰 위협이 아닐 수 없었을 것이다. 이 무렵 대중 독자의 취향에 영합하지 않고 순수 문학의 길을 걷는 여성 작가는 무척 드물었다.

이러한 시기에 나타난 작가가 이디스 워튼(1862~1937)이다. 그녀는 좀처럼 대중의 인기에 영합하지 않은 채 순수 문학의 길을 걷던 몇 안 되는 여성 작가였다. 뉴욕시의 부유한 가정에서 태어난 그녀는 돈이나 인기보다 문학에 관심을 기울였다. 워튼은 소설을 흥미 위주의 오락에서 좀 더 예술적 차원으로 끌어올렸다는 점에서 미국 문학사에서 독특한 위치를 차지한다. 그녀가 '예술 소설가' 헨리 제임스(Henry James)와 가깝게 지냈다는 것은 결코 우연이 아니다. 제임스와 마찬가지로 그녀도 소설의 내용에 만족하지 않고, 그 형식을 갈고 닦는 데 온 힘을 기울였다. 자신의 예술관을 밝히는 자리에서 워튼은 "작가의 임무는 상황이 작중 인물들로부터 무엇을 만들어 낼 것인가를 묻는 것이 아니라, 작중 인물들이 주어진 상황으로부터 무엇을 만들어 낼 것인가를 묻는 것"이라고 했다. 이 언급은 그녀의 문학을 이해하는 데 아주 중요한 단서가 된다.

이렇듯 남성 못지않게 여성도 얼마든지 진지한 작가가 될 수 있다는 사실을 여실히 보여 준 이디스 워튼은 여러 작가에게서 영향을 받았다. 영국 문학에서는 로버트 브라우닝(Robert Browning), 유럽 문학에서는 오노레 드 발자크(Honore de Balzac) 같은 작가한테서 영향을 받았다. 두말할 나위 없이 워튼은 미국 소설 전통에서도 자양분을 흡수했다. 앞에서 언급했듯 그녀는 헨리 제임스와 교류를 맺으면서 직접 또는 간접적인 영향을 받았다. 가령 문체를 갈고닦은 점이라든지, 작중 인물들의 복잡한 내면세계와 도덕과 윤리에 관심을 기울인다든지, 또는 주인공들의 미묘한 심리 변화에 주목한다든지 하는 점에서 두 작가는 적잖이 닮았다. 또한 두 작가는 자유를 갈구하는 영혼이 질식할 것 같은 상류 사회의 인습과 충돌을 빚는 과정을 즐겨 다루기도 했다. 그러나 워튼이 헨리 제임스보다 더 영향을 받은 작가는 너새니얼 호손이다. 물론 호손은 미국 문학사에서 낭만주의 전통을 이끈 작가이고, 워튼은 리얼리즘이나 자연주의 전통에 서 있는 작가다. 그러나 문학 전통이나 사조를 떠나 두 작가는 비슷한 점이 한두 가지가 아니다.

문학에만 전념할 수 있었던 워튼은 동시대 작가들과 비교하여 무척 많은 작품을 썼다. 그녀는 미국 문학사에서 작품을 많이 쓴 몇 안 되는 사람으로 꼽힌다. 서른다섯 살에 첫 단편집을,

마흔 살에 첫 장편 소설을 출간하는 등 비교적 늦깎이로 문단에 데뷔했지만 일단 데뷔한 뒤에는 그야말로 작품 활동을 왕성하게 했다. 장편 소설과 단편 소설을 비롯하여 시, 에세이, 기행문, 회고록, 심지어 실내 장식에 관한 책에 이르기까지 무려 40권이 넘는 책을 출간했다. 장편 소설과 중편 소설, 단편 소설을 통틀어 단행본으로 출간한 소설만도 무려 31권에 이른다. 타자기나 컴퓨터로 글을 쓴 것도 아니고, 펜에 잉크를 찍어 종이에다 직접 쓰던 시대라는 점을 생각하면 참으로 엄청난 양이다. 특히 워튼은 침대에 앉아 원고를 써 꽃잎처럼 방바닥에 흩뿌리면 바닥에 앉아 있던 비서가 그것을 주워 모았다고 한다. 미국 문학에서 이디스 워튼 외에, 많은 장르에 걸쳐 다작한 작가로는 19세기 말과 20세기 초에 걸쳐 활약한 윌리엄 딘 하우얼스(William Dean Howells) 정도가 있다.

워튼의 대표적인 작품으로 평가받은 『환락의 집(*The House Of Mirth*)』(1905) 말고도 『이선 프롬(*Ethan Frome*)』(1911), 『암초(*The Reef*)』(1912), 『그 지방의 관습(*The Custom of the Country*)』(1913), 『여름(*Summer*)』(1917), 『순수의 시대(*The Age of Innocence*)』(1920) 등은 국내에서도 대부분 번역되었다. 이 중에서 『순수의 시대』로 1921년 여성으로서는 처음으로 퓰리처상을 받는 영예를 안았다. 그 이듬해에는 예일대학교에서 역시 여성으로서는 처음으로 명예 문학박사 학위를 받기도 했다.

20세기 전반기 미국의 여성 작가들 대부분은 특정한 지방에 뿌리를 둔 토속적인 작품을 많이 썼다. 뉴잉글랜드 시골 지방의 삶을 그린 새러 온 주이트(Sarah Orne Jewett), 남부 생활을 다룬 케이트 쇼팽(Kate Chopin), 중서부 지방을 묘사한 윌라 캐더(Willa Cather) 등이 바로 그들이다. 그러나 워튼은 지방색을 띤 여성 작가들과는 달리 주로 뉴욕의 상류 사회를 배경으로, 그 사회의 도덕적 타락 같은 부정적 측면을 풍자하는 '풍속 소설'을 즐겨 썼다. 『환락의 집』이나 『그 지방의 관습』, 『순수의 시대』는 이러한 계열에 속하는 대표적인 작품으로, 미국 문학에서 풍속 소설 전통을 굳건한 반열에 올려놓았다는 평가를 받는다.

더욱이 1970년대 이후 페미니즘의 거센 파도를 타고 이디스 워튼의 작품이 재발견되면서 그녀의 인기는 날로 높아만 간다. 그동안 남성 작가들의 작품에 가려 제대로 빛을 보지 못하던 작품들도 속속 재평가받으면서 학자들은 물론 일반 독자들에게서도 큰 관심을 끌고 있다. 이제 워튼의 작품은 다른 작가들의 작품을 제치고 당당히 미국 문학의 정전(正典)의 반열에 올라와 있을 뿐 아니라, 미국 문학사에서 가장 영향력 있는 여성 작가 가운데 한 사람이 되었다. 미국 소설가 고어 비달(Gore Vidal)은 "미국 소설가 중에 '주요' 작가라고 할 만한 작가가 기껏 서너 명밖에는 되지 않는데, 이디스 워튼은 그 가운데 한 사람이다."라고 잘라 말한다. 그러면서 비달은 지금까지는 미국 문학이라는 산에서 헨리 제임스가 워튼보다 약간 위쪽 봉우리를 차지하고 있었지만 이제는 동등한 위치를 차지한다고 밝혔다.

그러나 워튼이 소설가로서 평가받는 작품은 뉴욕 상류 사회를 다룬 풍속 소설보다는 오히려 '삶의 잔치에 초대받지 못한'

사회적 약자를 다룬 작품이다. 가령 '스톡필드'라는 매사추세츠 주의 가공의 시골 마을을 배경으로 시골 농부의 열악한 삶과 비극적 사랑을 다룬『이선 프롬』, 같은 주에 위치한 '노스도머'라는, 역시 가공의 시골 마을을 배경으로 한 젊은 여성이 겪는 비참한 삶을 다룬『여름』등이 그러하다.

한편 초기 작품에 속하는「버너 자매(Bunner Sisters)」(1916)는 워튼의 문학에서 독특한 위치를 차지한다. 그녀가 태어난 존스 가문은 뉴욕시의 명문가 중에서도 명문가로 이른바 '4백 명문가'라 불리는 엘리트 집단에 속했다. 워튼은『환락의 집』,『그 지방의 관습』,『순수의 시대』의 '뉴욕 3부작'처럼「버너 자매」에서도 자기가 태어나 자란 뉴욕시를 배경으로 삼는다. 그러나 워튼은 뉴욕의 상류층이 아니라『이선 프롬』이나『여름』에 등장하는 작중 인물들과 비슷한 사회적 약자들을 등장시킨다. 말하자면『이선 프롬』이나『여름』의 내용을 뉴잉글랜드 시골 지방에서 뉴욕시로 옮겨 놓은 것과 같다.

워튼은 이 작품을 출간하는 데 여간 큰 어려움을 겪지 않았다. 그녀는 1892년「버너 자매」를 써서 뉴욕 유수의 출판사인 스크리브너사에서 발행하던 잡지『스크리브너스(Scribner's)』에 보냈지만 길이가 짧은 데다 잡지에 연재하기에는 '부적절하다'는 이유로 거절당했다. 이 작품이 잡지에 연재하기에 부적절하다는 것은 이 무렵 윤리 기준이나 독자들의 감수성에 잘 들어맞지 않는다는 뜻이다. 당시 미국 사회는 역사의 발전을 굳게 믿는 진보주의적이고 낙관주의인 세계관이 풍미하고 있었다. 그 뒤로도 워튼은 다른 잡지사에 이 작품의 원고를 보냈지만 번번이 거절당했다. 그러다가 무려 24년이 지난 1916년에야 비로소 『징구와 다른 이야기들(*Xingu and Other Stories*)』에 수록하여 출간할 수 있었다.

「버너 자매」는 미국에서는 말할 것도 없고 세계에서 가장 번화하고 유명한 계획 도시이며 세계 경제, 문화, 패션의 중심지로 흔히 '세계의 수도'로 일컫는 뉴욕시를 배경으로 한다. 그러나 뉴욕시라고는 해도 화려한 맨해튼 5번가나 브로드웨이가 아니라 2번가와 15~17번가가 만나는 스타이브센트 광장 근교가 중심 배경이다. 배경을 좀 더 좁혀 보면 뒷골목의 누추한 지하에 자리 잡은 초라한 가게와 그 가게에 딸린 방이다. 한편 시간적 배경은 워튼이 이 작품을 쓴 시기와 거의 같은 시대로 1890년대다. 1890년대라면 미국이 남북 전쟁을 끝내고 본격적으로 산업화를 진행하던 무렵으로, 그 어느 때보다 물질주의적 세계관이 널리 퍼져 있었다.

이 작품의 작중 인물은 제목 그대로 버너 자매, 즉 앤 엘리자 버너와 그녀의 동생 에블리나 버너다. 미혼인 두 자매는 조화(造花)나 작은 수예품, 모자 등을 근처 여성 고객들에게 팔아 겨우 생계를 유지하지만 그런 대로 행복하게 살아간다. 그들이 인생에 거는 기대가 크지 않으므로 불만도 없다. 그러나 일상적 행복을 포기하면서도 마음속 깊은 곳에서는 이성에 대한 애정이 마치 휴화산처럼 잠자고 있다.

앤 엘리자가 동생에게 생일 선물로 조그마한 탁상시계를 주면서 비극이 시작된다. 앤 엘리자는 이 시계를 허먼 래미라는 독일 이민자 시계 수리공한테서 구입했다. 허먼 래미가 그들의 황량한 삶에 나타나자 자매의 휴화산이 조금씩 꿈틀거리기 시작한다. 탁상시계가 고장나자 에블리나는 언니에게 시계를 구입한 래미 가게에 들러 수리할 수 있는지 알아봐야 할 것 같다고 말한다.

그러자 앤 엘리자의 얼굴이 화끈거렸다. "내가······ 그래, 내가 가 봐야겠지." 그녀는 허리를 숙이고 바닥에 떨어진 솜뭉치 하나를 주워 올리면서 말을 더듬거렸다. 납작한 가슴을 덮은 알파카 털옷의 솔기까지 심장의 떨림이 뻗쳐 나갔고, 양쪽 관자놀이에서는 갑자기 맥박이 살아서 팔딱거렸다.

앤 엘리자가 얼마나 래미를 만날 기대에 가슴이 설레는지 알 수 있는 대목이다. 래미는 시계를 수리하려고 가게 집에 찾아온다. 그가 갑자기 그들의 삶에 나타나면서 지금까지 "다람쥐 쳇바퀴 같은 일상이 참을 수 없을 만큼 단조롭게" 느껴지기 시작한다.

더구나 래미를 두고 두 자매 사이에 질투심이 생긴다. 지금껏 평화롭게 살아온 가게와 뒤쪽에 딸린 집이 에덴동산이었다면 래미는 평화를 깨뜨리는 사탄 같은 역할을 한다고 할 수 있다. 그러나 언니는 동생을 위해 래미에 대한 감정을 정리하고 동생에게 양보하기로 마음먹는다. 허먼이 에블리나에게 지참금이 부족하다는 이유로 결혼을 꺼려 하자 앤 엘리자는 공동으로 저축한 돈 중에 자신의 몫까지 동생에게 주면서 결혼하도록 배려해 준다.

래미는 마침내 에블리나와 결혼한 뒤 뉴욕시를 떠나 미주리 주 세인트루이스로 새 직장을 얻어 이사를 간다. 그러나 평소 병약해 보이던 래미는 실제로는 마약 중독자로 에블리나를 속이고 결혼한 것으로 밝혀진다. 그가 노리던 것은 에블리나의 애정이 아니라 결혼 지참금이었던 것이다. 결국 래미는 마약 중독이 문제가 되어 근무하던 직장에서 쫓겨나고 친구의 딸인 린다 호치뮬러와 함께 도망을 간다. 남편한테서 버림받고 길거리에서 걸식하는 신분으로 전락한 에블리나는 병에 걸려 가까스로 뉴욕의 언니에게로 돌아오지만 얼마 뒤 폐결핵으로 죽고 만다. 동생이 죽은 뒤 앤 엘리자는 동생의 병을 치료하면서 진 빚과 장례식 비용을 갚기 위해 가게를 청산하고 일자리를 찾아 맨해튼 거리를 헤매는 것으로 이 작품은 끝을 맺는다.

이디스 워튼이 작가로 활약할 무렵 대서양 건너 유럽에서는 프랑스를 중심으로 자연주의 문학이 큰 힘을 떨치고 있었다. 가령 에밀 졸라(Emile Zola)를 비롯한 일군의 작가들은 삶을 낭만적으로 묘사하던 전통적인 소설에 맞서 지극히 평범한 일상적 삶을 소재로 삼아 작중 인물들이 겪는 궁핍과 비참한 삶에 초점을 맞춘 작품을 쓰기 시작했다. 영국에서는 조지 기싱(George Gissing)과 토마스 하디(Thomas Hardy) 같은 작가들이 자연주의 전통에서 작품을 썼다. 19세기 말엽부터 찰스 다윈(Charles

Robert Darwin)이나 줄리언 헉슬리(Julian Huxley) 같은 생물학자들과 허버트 스펜서(Herbert Spencer) 같은 사회학자들이 미국 소설가들에게도 영향을 끼치기 시작했다. 그래서 미국에서는 프랭크 노리스(Frank Norris)와 시어도어 드라이저(Theodore Dreiser) 같은 작가들이 자연주의 문학을 발전시켰다. 「버너 자매」는 넓은 의미에서 자연주의 전통에 서 있는 작품이다. 이디스 워튼은 유럽에 살면서 이러한 자연주의 사상을 누구보다 먼저 호흡했다. 이 작품에서 자연주의적 경향은 크게 세 가지로 나누어 볼 수 있다.

첫째, 워튼은 사회 밑바닥에 있는 인물들을 다룬다. 앤 엘리자와 에블리나는 사회 계층의 사다리에서 아래층에 속하는 인물이다. 두 인물에 대하여 소설 속에서는 "처음 기대에는 미치지 못한 데다 일찍이 품었던 야망보다 훨씬 볼품없는 모양새였지만, 적어도 가게 수입으로 임대료를 내고 빚 없이 먹고 살아갈 수 있었다. 높이 솟구치던 희망은 꺾인 지 이미 오래됐다"고 설명한다. 그들은 미래에 대한 장밋빛 희망을 모두 거두어 버린 채 소소한 일상에서 행복을 찾으며 살아가는 평범한 사람들이다. 이 점에서는 시계 수리공으로 겨우 살아가는 허먼 래미도, 뉴저지주에서 남의 빨랫감을 맡아 세탁해 주며 힘겹게 살아가는 호치뮬러 부인도 마찬가지다.

둘째, 워튼은 작중 인물들이 겪는 가난과 궁핍을 중심 소재로 다룬다. 작가는 버너 자매가 가난에서 궁핍으로, 궁핍에서 결핍으로 점점 하락하는 모습을 다룬다. 버너 자매는 작은 것에 만족하며 살아가려 하지만 소소한 일상적 행복마저도 이어 나갈 수 없다. 허먼 래미가 의도적으로 접근하면서 버너 자매의 삶은 걷잡을 수 없이 몰락을 향하여 치닫는다.

셋째, 워튼은 대도시를 중심 배경으로 가난과 범죄, 마약 중독 같은 타락한 행동 등을 다룬다. 앤 엘리자와 에블리나 버너는 평생 가난한 생활에서 벗어나지 못한다. 허먼 래미는 마약 중독자에다 아내 에블리나를 버리고 젊은 여성과 도망친다. 래미의 독일인 친구로 뉴저지에 살다가 어디론가 사라진 호치뮬러 부인과 그녀의 딸 린다는 도덕적으로 타락한 인물이다.

자연주의 문학 전통에서는 인간의 자유 의지보다는 결정론을 설득력 있는 세계관으로 받아들인다. 자연주의자들은 인간의 행동이란 하나같이 유전과 환경에 따라 이미 결정되어 있다고 본다. 전자를 생물학적 결정론, 후자를 사회경제적 결정론이라고 부른다. 자연주의적 세계관에 따르면 의지와 관계없이 생물학적으로나 사회경제적으로나 큰 제약을 받는 인간은 아무리 발버둥 치더라도 결국 세찬 바람에 이리저리 나부끼는 가랑잎과 같이 무력할 수밖에 없다. 이렇게 자신의 힘으로는 제어할 수 없는 외부의 힘에 움직이는 인간은 한낱 가엾은 희생자일 따름이다. 자연주의에 늘 염세주의라는 꼬리표가 붙어 다니는 것은 바로 그 때문이다.

워튼은 버너 자매에게 이렇다 할 자유 의지를 허용하지 않는다. 그들이 주어진 환경에서 자신의 의지로 할 수 있는 것이란 별로 없다. 이렇듯 버너 자매의 삶은 유전 같은 생물학적 결정론보다는 환경 같은 사회경제적 결정론의 영향을 훨씬 크게 받는다. 버너 자매가 놓인 환경은 그들의 가게가 있는 을씨년스러운 길거리 모습에서도 쉽게 볼 수 있다.

세 건물은 그 거리의 특성을 잘 보여 줬다. 길거리는 동쪽으로 뻗어 들어갈수록 초라하던 모습이 불결하게 확 바뀌었다. 불룩 튀어나온 가게 간판들, 코가 빨간 남자들과 깨진 단지를 든 창백한 어린 소녀들이 슬며시 문을 여닫는 술집이 점점 더 많아졌다. 길거리의 한중간은 이따금 우울한 풍경으로 가득 찼다. 아무도 돌보지 않는 그 슬픈 구간은 먼지와 지푸라기와 구겨진 종이들이 바람에 날려 소용돌이치며 풀썩이곤 했다.

가게 간판이며 추위에 코가 빨개진 남자들이며, 깨진 단지를 든 창백한 어린 소녀들이며, 길거리에 있는 무엇 하나, 누구 하나 황량하고 을씨년스럽기 그지없다. 특히 먼지와 지푸라기, 구겨진 종이가 거센 바람에 소용돌이치며 날리는 길거리 풍경은 작중 인물의 비극적 삶을 더할 나위 없이 잘 보여 준다. 이 마지막 문장에서 워튼은 작중 인물들이 무자비한 환경의 힘에 무력하게 희생당하는 모습을 상징적으로 묘사한다. 에블리나는 이렇게 나부끼는 길거리의 먼지나 지푸라기처럼 이 세상에서 영원히 사라지고, 앤 엘리자는 사랑하던 동생과 삶의 터전인 가게를 모두 잃은 채 새로운 일자리를 찾아 맨해튼 거리를 헤맨다.

찰스 다윈의 진화론과 적자생존 이론이 점차 힘을 얻으면서,

전통적인 종교의 힘은 그만큼 약화했다. 워튼은 다른 작품들과는 달리 「버너 자매」에서는 로마 가톨릭을 중요하게 다룬다. 미국에 기독교 복음을 처음 전한 것은 개신교보다는 로마 가톨릭으로, 1513년 프란체스코회가 처음으로 로마 가톨릭을 신대륙에 전한 것으로 알려져 있다. 물론 초기 미국의 주류는 청교도를 중심으로 한 개신교였다. 1620년 청교도들은 종교 박해를 피해 메이플라워호를 타고 대서양을 건너 신대륙에 도착했고, 오늘날의 플리머스 항구를 중심으로 식민지를 만들었다. 초기 개신교들은 로마 가톨릭에는 그다지 호의적이지 않았다. 미국을 세운 건국의 아버지들은 1776년 미국 독립 선언에서 종교의 자유를 명시했지만 로마 가톨릭교도에 대한 비호의적인 태도가 없어진 것은 아니었고, 종교적 차별이 완화된 것은 20세기 초에 이르러서였다. 물론 일부 정치인이 주도하여 로마 가톨릭교도의 관리 채용 배제나 관직 박탈 같은 일이 일어났고, 제임스 코일(James Coyle) 신부처럼 피습당하여 순교하는 일도 가끔 있었다.

뉴욕시에 살 때는 개신교 신자였던 에블리나 버너는 세인트루이스에 사는 동안 로마 가톨릭으로 개종했다. 어려움에 놓여 있을 때 가톨릭 신부들과 수녀들한테서 많은 도움을 받았기 때문이다. "신부가 없을 때조차 에블리나의 위를 맴돌고 있는 보이지 않는 어떤 힘이 관대하게 그녀를 묵인해 주는 덕분에 그곳에 머물러 있는 것 같았다." 그러나 앤 엘리자는 동생의 병세에 전혀 차도가 없자 점점 가톨릭교회에 대한 믿음을 잃어 간다.

"앤 엘리자가 알 수 있는 것은, 오직 낯선 인도자의 손에 에블리나가 점점 멀리, 죽음의 어두운 곳보다도 더 어두운 곳으로 더 멀리 가고 있다는 것뿐이었다." 앤 엘리자의 간절한 바람과 기대에도 에블리나는 마침내 죽고 만다. 신 같은 초월적인 힘마저 인간의 파국을 막을 수 없다는 절망감이 짙게 배어 있다.

결정론적 인생관에 무게를 싣는 자연주의적 주제 외에 「버너 자매」에서 다루는 또 다른 주제는 삶의 외견과 실재, 겉모습과 참모습 사이의 괴리나 간극이다. 이 둘 사이에는 건너기 힘든 심연이 가로놓여 있다. 엄밀히 따지고 보면 인생의 비극은 외견과 실재, 겉모습과 참모습을 제대로 헤아리지 못하기 때문에 비롯한다고 해도 크게 틀리지 않다. 앤 엘리자나 에블리나나 허먼 래미의 진면목을 제대로 알아차리지 못한다. 그것은 남성에 대한 경험이 없어서 그럴 수도 있고, 그들의 성품이 워낙 고와서 좀처럼 남의 결점을 알아보지 못해서 그럴 수도 있다. 어느 쪽이든 자매는 래미의 실체를 알아채지 못하고 에블리나가 그와 결혼함으로써, 결국 에블리나는 말할 것도 없고 앤 엘리자도 파국을 맞는다.

예를 들어, 래미를 처음 만난 에블리나는 언니에게 "진짜 아파 보이긴 하더라. 가게에 온종일 혼자 있으니 굉장히 외로울 것도 같기도 하고."라고 말한다. 버너 자매의 가게에 두 번째로 나타났을 때도 그는 여전히 병색이 짙고 눈꺼풀이 붉은 상태였다. 그런데도 그들은 아무런 눈치를 채지 못한다. 래미가 아파 보이는 것은 혼자 가게에 오래 앉아 있어서가 아니라 마약에 중

독되었기 때문이다. 모든 일이 돌이킬 수 없는 상태에 이르렀을 때야 비로소 앤 엘리자는 래미가 일했던 티파니 회사의 지배인 루미스한테서 이 사실을 듣는다.

버너 자매는 비단 래미뿐 아니라 호치뮬러 부인과 그녀의 딸 린다가 도덕적으로 문제가 많은 인물이라는 사실도 눈치채지 못한다. 버너 자매가 좀 더 주의 깊게 살펴보았더라면 호치뮬러 부인과 린다에게서 이상한 점을 발견할 수도 있었을 것이다. "호치뮬러 부인은 래미 씨에게 경박스러울 만큼 친근하게 굴었다"고 묘사되었으니, 두 사람은 부적절한 관계를 맺고 있음이 틀림없다. 그런데도 버너 자매는 독일에서 이민 온 사람들끼리 느끼는 친밀감으로 치부해 버린다.

버너 자매는 위층에 사는 재봉사 미스 멜린스가 허황된 모험담을 늘어놓아도 사실로 곧이듣는다.

의심 많은 독자라면 미스 멜린스가 모험담을 많이 아는 이유가 주로 『폴리스 가제트』라든가 『파이어사이드 위클리』같은 잡지에서 정신적 자양분을 얻기 때문이라고 설명할 것이다. 하지만 미스 멜린스는 그런 암시를 줄 가능성이 없는 부류의 사람들, 즉 그녀를 으레 그 소름 끼치는 드라마의 주인공으로 인정해 주는 부류의 사람들과 어울렸다.

이디스 워튼은 이처럼 외견과 실재, 겉모습과 참모습 사이의 괴리나 간극을 보여 주기 위하여 환등기라는 중요한 상징을 사용한다. 겨울이 지나고 날씨가 풀린 어느 봄날 밤, 허먼 래미는 환등기 상영회에 같이 가자고 자매에게 조심스럽게 권한다. 환등기는 강한 불빛을 그림이나 사진 등에 대어 반사된 빛을 렌즈로 확대하여 영사하는 장치로, 오늘날 현대 슬라이드 영사기의 선조다. 앤 엘리자는 동생에게 기회를 주기 위해 핑계를 대며 빠지고, 허먼과 에블리나가 단둘이 환등기 상영 구경을 간다. 환등기가 비추는 베를린의 멋진 장면들은 실제 모습이 아니라 어디까지나 허상에 지나지 않는다.

　마지막으로 「버너 자매」에서 두 자매가 겪는 비극과 관련하여 이디스 워튼이 다루는 계절의 순환을 눈여겨보아야 한다. 작품은 겨울로 시작하여 새봄으로 끝을 맺는다. 작품 처음 부분에서 "태양에 한 뼘도 자리를 내주지 않고 음산한 구름이 하늘을 덮은 그날 아침은 습하고 추웠지만, 아직은 눈송이가 어쩌다 떨어질 뿐이었다. 이른 아침 빛에 길거리는 철저히 버림받은 것처럼 누추하기 짝이 없었다"고 말한다. 실제로 대서양 기후의 영향을 받는 뉴욕시는 한겨울에는 무척 춥고 바람이 많이 분다. 그리고 마지막에는 앤 엘리자가 어느 아름다운 봄날 아침, 일자리를 찾아 브로드웨이 길을 걷는 것으로 끝을 맺는다. 도시의 공기는 따뜻한 햇살로 가득하고 길거리의 창문은 거의 모두 활짝 열린다. 겨우내 실내에서 키운 시들한 화초들을 창틀에 내다 놓는다. 그야말로 만물이 소생하는 계절이 온 것이다.

　언뜻 보면 겨울이 끝나고 새봄이 찾아오면서 앤 엘리자 버너의 삶에도 새로운 희망이 찾아올 것 같다. 그러나 그것은 한낱 바람일 뿐 실제로는 그녀의 삶은 여전히 한겨울처럼 을씨년스럽기만 하다. 그녀는 브로드웨이로 걸어가 가게의 전대(轉貸)를 맡긴 부동산 중개업자의 사무실에 들려 건물 열쇠를 건넨다. 그러고 난 뒤 마침내 그녀는 거대한 두 건물 사이에 끼어 있는 조그마한 가게 창문 앞에서 걸음을 멈춘다. 창문 한구석에 "여점원 구함"이라고 쓴 종이를 보았기 때문이다. '버너 자매' 가게와 비슷한 분위기에 용기를 내어 일자리를 물어보았지만 종업원의 태도는 그리 호의적이지 않다. 종업원은 "여점원요? 네, 맞아요, 구하고 있어요. 추천할 만한 사람이 있나요?"라고 묻는다. 그러면서 그녀는 "저흰 명랑한 아가씨를 원해요. 세련되고 예의 바른 젊은 아가씨요. 무슨 말인지 아시죠? 어쨌든 서른이 넘으면 안 돼요. 외모도 좀 반듯해야 하고요. 여기에다 이름 좀 적어주시겠어요?"라고 말한다. 앤 엘리자는 '혼란스러운 듯' 종업원을 쳐다보고, 뭐라고 말하려고 입을 떼려다 그만두고 돌아서서 나간다.

워튼은 앤 엘리자 버너의 삶이 앞으로 그리 순탄하지 않을 것임을 강하게 내비친다. "맑은 봄 하늘 아래 이 거대한 도시가 무수히 많은 일을 시작하려고 움직이며 고동치는 것 같았다. 그녀는 구인 광고가 붙은 가게 창문을 찾으며 계속 걸어갔다." 워튼은 이렇게 마지막 두 문장으로 「버너 자매」를 끝맺는다. 뉴욕시는 겨울잠에서 막 깨어난 파충류처럼 '많은 일'을 하려고 고동치지만 이 도시에서 앤 엘리자가 막상 할 일은 그리 많지 않은 듯하다. 일자리를 잡는다 해도 지금껏 해 온 일보다 못하면 못하지 더 나은 일은 아닐 것이다. 그러고 보니 워튼이 왜 "삶이란 죽음 다음으로 가장 슬픈 것"이라고 말했는지 알 만하다. 개인적으로는 불행하게 살았을망정 누구보다도 유복하게 살았으면서도 그녀는 이렇게 삶에 적잖이 절망했던 것이다.

한편 「징구(Xingu)」와 「로마열(Rome Fever)」은 이디스 워튼이 발표한 많은 단편 소설 중에서도 가장 높이 평가받는 작품이다. 워튼은 1911년 「징구」를 『스크리브너스』 잡지에 처음 발표했다가 『징구와 다른 이야기들』(1916)에 수록했다. 이 단편 소설을 헨리 제임스를 풍자한 작품으로 간주하기도 하지만, 특정 인물보다는 20세기 초 지식인들의 현학적 태도를 꼬집는다고 보는 쪽이 더 옳다. 워튼의 풍자 대상은 '학식을 좇는 일이라면 발 벗고 나서는 몇몇 여성'이다. 물론 여성에만 해당하는 게 아니라 남성도 마찬가지다.

워튼은 「징구」에서 지식인이나 문화인의 현학성을 비판하고 풍자하는 인물로 로비 부인을 내세운다. 로비 부인은 비록 오스릭 데인의 『죽음의 날개』를 미처 읽지는 않았지만 독서 모임의 어떤 회원보다 독창적으로 사유하고 판단할 능력이 있다. 워튼은 '런치 클럽'의 회장 밸린저의 정신을 '호텔'에 빗댄다:

마치 호텔에서 묵으면서 주소도 남기지 않고 심지어 밥값도 치르지 않은 채 떠나 버리는 투숙객처럼, 밸린저 부인의 머릿속에는 정보들이 제멋대로 드나들었다. 밸린저 부인은 '현대 사상'과 나란히 발을 맞춘다고 자랑했으며, 테이블 위에 올

려놓은 책들만 보아도 자신의 앞선 위치를 알 수 있다고 자부
했다. 이러한 책들은 종종 새것으로 바뀌었고, 대부분 인쇄소
에서 막 나온 듯 뜨끈뜨끈한 신작들이어서 레버렛 부인에게
는 이름조차 낯설었다.

말하자면 클럽 회원들은 책의 화려한 육체에만 관심을 둘 뿐
그 심오한 정신에는 이렇다 할 관심을 기울이지 않는다. 워튼은
20세기 초엽 미국 상류 사회의 현학적 태도와 위선적 가면을 얄
미울 만큼 가차 없이 벗겨 버린다.

한편 워튼은 「로마열」을 1934년 『리버티(Liberty)』 잡지에 처
음 발표한 뒤 유작 단편집 『전 세계에(The World Over)』에 수록
했다. 이 작품의 공간적 배경은 팔라티노 언덕과 포럼이 내려다
보이는 로마 시내다. 로마 유적지가 훤히 내려다보이는 고급 레
스토랑의 발코니에 앉아 있는 중년의 두 미국 여성, 슬레이드
부인과 앤슬리 부인은 뉴욕의 상류층에 속한다. 물론 남편이 사
망하여 전처럼 풍요로운 생활을 즐기지는 못하지만 딸들과 함
께 로마 여행을 즐길 정도의 여유는 있다.

워튼은 「로마열」에서 삶의 아이러니를 다룬다. 얼라이다는
자신의 약혼자 델핀을 좋아하는 그레이스를 괴롭히려고 하지
만, 막상 손해를 보는 것은 그레이스가 아니라 얼라이다 자신이
다. 마지막 장면에서 작가는 그레이스의 딸 바버라가 호러스와
그레이스 사이에서 난 딸이 아니라 델핀과 그레이스 사이에서
태어난 딸이라는 것을 강하게 내비친다. 그렇다면 얼라이다는

비록 델핀과 결혼하는 데 성공했지만 약혼자의 마음까지 얻는 데는 실패한 셈이다. 워튼은 이 작품에서 오 헨리(O. Henry)의 작품에서 흔히 볼 수 있는 '트위스트 엔딩' 기법을 유감없이 발휘한다. 미국 문학사에서 워튼처럼, 오 헨리 같은 대중 소설에서 헨리 제임스 같은 순수 예술 소설에 이르기까지 다양한 실험적 기법과 형식을 시도한 작가는 찾아보기 힘들다.

워튼은 「로마열」에서 로마열과 뜨개질을 중요한 상징으로 사용한다. '로마열'은 말라리아 중에서도 가장 치명적인 유형을 가리킨다. 그러나 작품에서 로마열은 정열적 사랑의 파괴적 힘을 상징한다. 한편 뜨개질의 상징적 의미도 로마열 못지않다. 작품 첫머리에 슬레이드 부인과 앤슬리 부인이 오랜만에 우연히 로마에서 만나 식당 발코니에 앉아 이야기를 나눈다. 그때 아래쪽에서 한 소녀가 어머니들이 뜨개질이나 하게 그냥 내버려두고 놀러가자고 제안한다. 제니가 친구에게 "바버라, 저기 좀 봐, 뜨개질하고 있지 않은데……."라고 말하자, 바버라는 "아이, 비유적으로 하는 말이지."라고 대꾸한다. 이렇듯 작품에서는 앤슬리 부인이 직접 뜨개질을 할 뿐 아니라, 비유적으로도 주인공들이 까마득히 먼 과거의 창고에 묻힌 실타래를 끄집어 내어 젊은 시절에 느꼈던 사랑과 열정, 좌절과 질투의 천을 짜낸다.

한마디로 「버너 자매」는 「징구」와 「로마열」과 함께 이디스 워튼의 문학 세계를 엿볼 수 있는 더할 나위 없이 좋은 작품이다.

판본 소개

　이디스 워튼은 「버너 자매」를 1892년에 집필했지만, 이런저런 이유로 출간하지 못하다가 24년이 지난 1916년에야 비로소 『징구와 다른 이야기들』이라는 작품집에 수록하여 처음 출간했다. 이 작품을 번역하면서 저본으로 삼은 텍스트는 2008년 2월 영국 '에브리맨스 라이브러리(Everyman's Library)'에서 출간한 『이선 프롬, 여름, 버너 자매(*Ethan Frome, Summer, Bunner Sisters*)』다. 이디스 워튼 연구가 허마이어니 리(Hermione Lee)가 편집한 이 책은 지금까지 가장 권위 있는 텍스트로 평가받아 왔다.

1862 1월 24일, 뉴욕시에서 아버지 조지 프레더릭 존스(George Frederic Jones)와 어머니 루크레티아 스티븐스 라인랜더(Lucretia Stevens Rhinelander) 사이에서 두 오빠에 이어 셋째로 출생.

1866 가족과 함께 유럽으로 이주.

1872 유럽에서 가족과 함께 미국에 돌아옴.

1877 열다섯 살이 된 직후 남몰래 중편 소설 「제멋대로(Fast and Loose)」 집필.

1878 시집 『시편(Verses)』을 비밀리에 출간. 『애틀랜틱 먼슬리(Atlantic Monthly)』에 시 게재.

1879 뉴욕 사교계의 관습보다 1년 일찍 사교계에 데뷔.

1880 아버지의 건강 문제로 가족과 함께 다시 유럽으로 떠남.

1882 아버지가 프랑스 칸에서 사망. 3월, 어머니와 함께 다시 미국으로 돌아옴. 8월, 헨리 레이든 스티븐스(Henry Leyden Stevens)와 약혼. 10월, 결혼식을 연기한 후 뒤이어 파혼.

1885 4월, 에드워드 (테디) 로빈스 워튼(Edward (Teddy) Robbins Wharton)과 결혼. 예전 약혼자였던 헨리 스티븐스가 몇 주 후 결핵으로 사망.

1890 단편 「맨스테이 부인의 관점(Mrs. Manstey's View)」을 『스크리브너

스(Scriber's)』에 게재.

1897 오그던 코드먼(Ogden Codman)과 함께 쓴 『실내 장식(*The Decoration of Houses*)』 출간.

1899 첫 단편집 『위대한 습성(*The Greater Inclination*)』 출간.

1900 『시금석(*The Touchstone*)』 출간.

1901 어머니가 사망. 두 번째 단편집 『결정적 사실(*Crucial Instances*)』 출간.

1902 첫 번째 장편소설 『심판의 계곡(*The Valley of Decision*)』 출간. 남편과 함께 서부 매사추세츠주에 대지를 구입하고 설계하여 지은 저택인 '마운트(The Mount)'로 이주.

1903 『성역(*Sanctuary*)』 출간.

1904 세 번째 단편집 『인간의 유래와 다른 이야기들(*The Descent of Man and Other Stories*)』 출간.

1905 『환락의 집(*The House of Mirth*)』 출간.

1907 『나무의 과일(*The Fruit of the Tree*)』 출간.

1908 이후 약 2년에 걸쳐 지속된 모턴 풀러턴(Morton Fullerton)과의 불륜 관계 시작. 여행기 『프랑스 비행기 여행(*A Motor-Flight Through France*)』 출간.

1909 시집 『악타이온에게 아르테미스가(*Artemis to Actaeon and Other Verse*)』 출간. 프랑스 영주권자가 됨.

1911 『이선 프롬(*Ethan Frome*)』 출간.

1913 에드워드 위튼과 이혼. 『그 지방의 관습(*The Custom of the Country*)』 출간.

1914 프랑스에 정착하여 살면서 전쟁 구호 활동에 활발하게 참여함.

1915 프랑스 전선을 여덟 차례 방문하면서 목격한 참화를 묘사한 『전쟁 중인 프랑스(*Fighting France: From Dunkerque to Belfort*)』 출간.

1916 『징구와 다른 이야기들(*Xingu and Other Stories*)』과 전쟁 구호 사업을 위한 기금 마련 목적으로 편집한 『집 없는 사람들의 책(*The Book of the Homeless*)』 출간.

1917 『여름(*Summer*)』출간.

1918 전쟁 소설 『마른 전투(*The Marne*)』출간.

1919 1차 세계대전에 참전한 미국 병사들에게 프랑스 문화를 홍보하기 위해 쓴 에세이집 『프랑스식과 그 의미(*French Ways and Their Meaning*)』출간.

1920 『순수의 시대(*The Age of Innocence*)』출간. 북아프리카와 서구 문명을 비교한 여행기 『모로코에서(*In Morocco*)』출간.

1921 『순수의 시대』로 소설 부문 퓰리처상 수상.

1922 『달의 섬광(*The Glimpses of the Moon*)』출간.

1923 예일대학교에서 명예박사 학위를 받음. 마지막으로 미국 방문. 전쟁 소설 『전선의 아들(*A Son at the Front*)』출간.

1924 네 편의 중편 소설을 묶은 『옛 뉴욕(*Old New York*)』출간. 미국 예술원에서 금메달 받음.

1925 『어머니의 보상(*The Mother's Recompense*)』출간. 소설 작법 등에 관한 이론서 『소설 작법(*The Writing of Fiction*)』출간.

1926 미국 예술원 회원으로 선출됨.

1927 『박명의 잠(*Twilight Sleep*)』출간.

1928 에드워드 워튼 사망. 『어린아이들(*The Children*)』출간.

1929 『허드슨 리버 브래키티드(*Hudson River Bracketed*)』출간.

1930 단편집 『어떤 사람들(*Certain People*)』출간.

1932 『허드슨 리버 브래키티드』의 후편 『신들이 도착하다(*The Gods Arrive*)』출간.

1934 회고록 『뒤돌아보는 시선(*A Backward Glance*)』출간. 미완성 유작 소설 『해적(*The Buccaneers*)』집필.

1936 유작 단편집 『전 세계에(*The World Over*)』출간.

1937 8월 11일, 사망. 프랑스 베르사유의 고나드 묘지에 안장.

1938 미완성 소설 『해적』을 유언 집행인인 가일라르 랩슬레이(Gaillard Lapsley)가 편집하여 출간.

새롭게 을유세계문학전집을 펴내며

을유문화사는 이미 지난 1959년부터 국내 최초로 세계문학전집을 출간한 바 있습니다. 이번에 을유세계문학전집을 완전히 새롭게 마련하게 된 것은 우리가 직면한 문화적 상황에 적극적으로 대응하기 위해서입니다. 새로운 을유세계문학전집은 세계문학의 역할이 그 어느 때보다 중요해졌다는 인식에서 출발했습니다. 오늘날 세계에서 타자에 대한 이해는 우리의 안전과 행복에 직결되고 있습니다. 세계문학은 지구상의 다양한 문화들이 평등하게 소통하고, 이질적인 구성원들이 평화롭게 공존할 수 있는 문화적인 힘을 길러 줍니다.

을유세계문학전집은 세계문학을 통해 우리가 이런 힘을 길러 나가야 한다는 믿음으로 만들어졌습니다. 지난 5년간 이를 준비하기 위해 많은 노력을 기울였습니다. 세계 각국의 다양한 삶의 방식과 문화적 성취가 살아 있는 작품들, 새로운 번역이 필요한 고전들과 새롭게 소개해야 할 우리 시대의 작품들을 선정했습니다. 우리나라 최고의 역자들이 이들 작품 속 한 문장 한 문장의 숨결을 생생히 전하기 위해 심혈을 기울였습니다. 또한 역자들은 단순히 번역만 한 것이 아니라 다른 작품의 번역을 꼼꼼히 검토해 주었습니다. 을유세계문학전집은 번역된 작품 하나하나가 정본(定本)으로 인정받고 대우받을 수 있도록 최선을 다했습니다. 세계문학이 여러 경계를 넘어 우리 사회 안에서 주어진 소임을 하게 되기를 바라며 을유세계문학전집을 내놓습니다.

을유세계문학전집 편집위원단(가나다 순)
김월회(서울대 중문과 교수)
김헌(서울대 인문학연구원 교수)
박종소(서울대 노문과 교수)
손영주(서울대 영문과 교수)
신정환(한국외대 스페인어통번역학과 교수)
정지용(성균관대 프랑스어문학과 교수)
최윤영(서울대 독문과 교수)

을유세계문학전집

을유세계문학전집은 계속 출간됩니다.

을유세계문학전집 연표